♈ ♉ ♊ ♋ ♌ ♍ ♎ ♏ ♐ ♑ ♒ ♓

大貓就是這樣逃跑的

如高纬度城市夏季的烈日，直率且明亮
骄傲的狮子即便不能做一个王
也要做一个亮剑的勇者

晶 达 著

作家出版社

目 录
contents

第一章

路　上

　　火车站广场的人太多了。启开拖着许诺的箱子不时和她被人群撞散，许诺的步伐飞快，她时而停下紧皱眉头不满地看着启开，而后又立即向进站口冲去。她的不满来源于许多方面——她不满已经待业半年，不满今天的堵车，不满启开总是一副慢条斯理的样子，此刻最为让她不满的还是那张上铺火车票。

　　"我不是跟你说了不要上铺吗？"票到手的时候，许诺对启开嚷开了。

　　"那就只有硬座。"启开回答。

　　"谁让你不抓紧时间，非得说过两天。"

　　"上铺也比没有好吧。"

　　"行行行，我懒得跟你废话。"

　　于是他们就沉默了一路，许诺心想着，我是绝对不会先开口的。她此刻站在进站口等启开送箱子过来，然后就打算二话不说径直离开。

　　"没有站台票。"果然是启开先说话了，冷静且诡异。

"我知道。"

"那你过完年回来是吗？"

"理论上是这样。"

"什么意思？"

"谁知道中间有什么变故呢？"

"你是指什么？"

启开的话语里弥漫出一股酸味。他是个摩羯座的男生，当许诺毅然告诉他自己先回老家的决定时，他面无表情，但内心翻涌，许诺的这个决定让内心有些缺乏安全感的他不大舒服。

"我能指什么？除了工作我还能指什么？你希望我指什么？"许诺内心中的一切不满在此刻有些蒸腾。

听了她的话，启开心里一紧，但还是镇定地说："嗯。那你快进去吧。"

"拜拜。"许诺的心里冒着泡，把她对启开的不舍毫不留情地掩埋掉了，她倔强地说出这句话，就从启开手中接过提箱。

箱子一到手中，许诺顿时感到的不是一种沉重，而是更热。在刚才的疾行中，被藏在短羽绒服和保暖裤下的她的身体已经被细小微弱的汗丝侵略得没有完处，那些汗丝如同一根根绵针，刺得她又痛又痒，刺得她烦躁不堪。但她依然只能拖着箱子继续疾行，领口处不时冒出自己的体味，让她蹙紧眉头。

在这个不是非常南的南方 C 城，冬天就像一个矫情的小媳妇，不管你如何穿衣服，永远是静冷动热——而且冷时透骨，热时冒气。不管你穿得多厚，甚至是羽绒服加棉袄，如果静在某处，那就永远只能当"团长"；不管你穿得多薄，甚至只一件呢大衣或厚毛衣，如果快步地走起来，不一会儿就能享受到小汗针的频频攻击。在这里经过数年，许诺还是一直选择"挨"这个字眼来形容过冬天。

也许这是启开走路比较慢的原因？也许他比我更热。许诺这样想着，之前似乎已经变成硬邦邦石头的心，瞬间变成了脆皮鸡蛋，再过须臾，就可以不经过化学加工就径直变成棉花糖了，应该是在她给启开打过一个电话之后。当然，前提是启开的态度很好。

她乘坐的这趟列车已经开始检票，许诺在即将与大批排队乘客"追尾"的时刻放缓了脚步。她左手拉着提箱，右手拎着一个超市里卖3毛钱的大塑料袋，袋中装满了她这程漫漫长路的伙食，颇为沉重。她从肩上斜挎的皮质单肩包里费劲地拿出了车票，索性将车票衔在嘴里。可是，人流的前行实在很慢，她又气急败坏地想：如果不是启开慢吞吞，我本来可以提早来找小红帽的。很渴望咬牙切齿的她，怕湿了嘴里衔着的车票，只能选择平复内心。

列车开动的时间是上午10点56分，这意味着许诺要在车上吃个午饭再吃个晚饭。可是这两顿饭之间的几个钟头最让她头疼，她不确定自己到底是要爬上上铺躺一下午还是在凳子上坐一下午——她只能选择其中一个，因为对她来说，上上铺是一项工程一般的严峻任务。10点55分的时候，启开打来了电话，许诺望着窗外，车子就在她不经意的时候开始将这个城市渐渐撇在身后。

"我不想上去。"拿不定主意的她开始跟启开商讨。

"那你就坐一下午？"

"不然买了这么多吃的怎么办？上去又不能吃。万一我中途要上厕所怎么办，还得反复地上下，我不想让别人看到我笨笨的样子。"

"那你自己决定吧，路上小心点。"

许诺的心没有能成功地变成棉花糖，启开不温不火的态度让她心气更加郁结，她其实老早就觉出启开变了！似乎就在她辞职两月以后，也差不多是在他通过司法考试以后。启开通过司法考试的事实使得他在同学中如同一匹猛然跃出的擦了黑又亮的黑马，晃瞎了好多人的双眼；而对许诺来说，却如同晴天霹雳，劈得她晕头转向，始料未及——作为启开最亲近的一人，她居然不知道他一直在为司法考试而奋斗着。

启开说，我只是想给你个惊喜。可是这个惊喜就像个两吨重的秤砣，把许诺原本略高一筹的地位压低了下去。这一个霹雳让许诺知道，原来使她在学校风风光光的学生会艺术团之类的社团，在启开不日就会到手的律师证跟前，就像一粒过期的芝麻。虽然这个"不日"尚需一年之久，许诺却提前感到了那种无形压迫。

许诺与启开二人是在学长组织的同乡会上认识的。启开是一个长相平庸、身材平庸、衣着平庸、说话声音平庸、戴的眼镜也平庸的一个平庸学生，他鼻梁上的那副黑框眼镜，是那种丢在地上任何人都可以来认领的款式。他当然也有不平庸的地方，比如牙齿，比如睫毛，比如歌声，比如酒量。可是，牙齿被嘴唇挡住了，睫毛被眼镜挡住了，如果不是因为许诺坐得离他实在太近，她根本不会留意到这个男生。

许诺是一个美人，作为一个美人学妹，在这样一个场合必然要成为众学长频频发射爱心之箭的靶子，只是这些箭都化成了酒，许诺这个小酒罐不一会儿就被灌满了。她想起妈妈曾经告诉她，女孩子在酒桌上不要轻易端杯。她正后悔的当儿，又来了一位满脸粉刺的管理学院学长，边自我介绍着，边将酒推在了许诺眼前。

她不想喝，又不好不喝，人家会说，别人的酒你都肯喝，是瞧不起我？她讨厌劝酒的人在耳边碎碎念，她经常不顾后果只顾面子，她正捏着杯子挣扎的时候，身旁一直比较沉默的启开猛然站起来对粉刺学长说：

"我替她喝！"说着，一满杯啤酒一饮而尽，而许诺这时还不知道他的名字。

"关你啥事？只听说有代笔的，没听说还有代喝的，她给你授权了吗？"学长不满了。

"我就想喝。"启开似乎并不畏惧学长。

"想喝？想喝你就多喝点。替她喝是吧？那喝三倍！要不就别在这儿装孙子！"

"三倍就三倍。"

"你？"

许诺还没反应过来，启开拿起一瓶啤酒就对着瓶口往嘴里倒了起来，十几秒，那深绿色的啤酒瓶子就见底了。启开将它蹾在桌上，发出一声闷响，然后说："附赠两杯。"启开高调的行为引起了学长们的公愤，他们纷纷前来请求他"代喝"，启开和许诺面前的桌子上，开始了啤酒瓶罗列展览。

许诺就是在这个时候看到了启开长长浓密的睫毛，看到了他洁白整齐的、成方块状的牙齿，看到他喝了十几瓶依然扁平的腹部，她觉得他真是"大肚"极了。她的心脏用力跳了那么一下之后，再看着他仰天喝酒居然心疼起来，毕竟这场"激战"是因她而起的。粉刺学长再次登场的时候，许诺愤恨地看着他，他浑然不觉，只是一步步逼近。许诺已经做好了预备动作，粉刺学长刚一开口——许诺才不管他要说什么，他的嘴巴刚刚启动，许诺就抡圆了胳膊把她和启开面前的空瓶子全部打翻在地。

"你们太过分了。"她嚷道，然后拉着启开的手大步流星走出了饭店。

那是她第一次拉异性的手，可这一次拉手更像激愤使然，因为她一直张大每个毛孔留心周围的人，确切地说，是那些瞪大眼睛的学长们——她一边愤怒着，一边又十分担心"激战"会升级为肉搏。等她终于确定他们两人已经全身而退的时候，启开手掌的温度才渐渐灼热了她……

在摇晃的列车上吃了一碗泡面后，许诺坐在折叠凳上凝神纠结着，她一手拖住下巴，一手握住还没开盖的一瓶果粒橙，她觉得此时自己优柔寡断得太不像一个狮子女了。意识到自己是狮子女的事实似乎给足了她动力，她果断起身在依旧摇晃的列车里奔向厕所——她要确保体内无积水，然后在众目睽睽之下爬上上铺躺一下午。

站在卧铺扶梯面前，许诺想起小学的时候她跟其他同学最不同的就是她讨厌上体育课，她最讨厌体育课的接力赛跑。她讨厌蹲在地上那根用粉笔画成的起跑线面前听老师说"预备——"、她讨厌拿着红白相间的接力棒看着另一个不论是谁的女生把她越落越远、她讨厌站在对面队伍等待接棒的女生着急加厌恶的神情、她讨厌体育老师当着全班同学的面说许诺白长了这么高的个子，总之，她讨厌体育课。

她现在站在卧铺的扶梯面前，她觉得它就像是那个粉笔画成的起跑线，她左右脚分别互踩后脚跟，运动鞋就脱离了她的脚掌，没有人给她喊预备，她毅然地抬起了一只脚踩在梯子上，然后另一只脚向上摸索。她的动作果然太慢了，惹来过道里群众的目光，下铺本来在聊天的大妈们讲话也变得断断续续。他们的目光就像一颗颗小摁钉，纷纷飞到了许诺的屁股上。她想，原来不用坐着也能知道"如坐针毡"的触觉。

上铺很热、很窄，许诺很热、很长，她躺在上铺，再加上冬天的厚衣服，效果就如同窝在茧里的蝉，她想好好睡一觉，于是脱了毛衣和牛仔裤，将被子搭在身上。当屁股上有摁钉的感觉渐渐消退的时候，她睡去了。

"谢谢你。"

那天，她甩开启开的手之后说的第一句话。她也只能说这句话，之前手掌感到的灼热已经瞬间转移到了脸上，她更不好意思告诉启开，她人生中比较重要的这个第一次就这样在不知不觉不浪漫的情况下付之给他了。

启开站在她的身旁，没有说话，她才突然想起他是一个已经喝了十几瓶啤酒的人，她赶紧认真地看向他，关切地问："对了，你没事吧？你喝多了吧？"

"我，我没事。"启开对她冷静一笑。

"那好吧。我是外国语学院的，大一的，你呢？"

"我是法学院的，大一的。"

"那我们宿舍好像在一个片区哦。"许诺说。

"是吗？那我们一起走吧。"

"好吧。"

一定是因为拉过他的手，许诺觉得非常尴尬，她之前倒想如果他喝多了就好了，也许他根本不知道她拉了他的手，可是看着启开冷静的笑脸，她反而不知所措。当然，这个时候她还不知道他叫启开，她不知道的还有，这也是启开第一次跟女孩子拉手，而且是被拉，此时的启开也十分不自在。他们扣着尴尬的两顶帽子一直步行到了寝室附近，而后几乎是逃离了对方。

这一场逃离，说不清谁更后悔。许诺是觉得自己没能做到知恩图报，对一个拯救她于水火的男生，就那样让他默默走掉了，十几瓶啊，哪怕只是水也够胀肚了，可是她连他的名字都不知道；而摩羯男启开虽然也一路沉默，可是他想了很多，他不知道许诺这样拉男生的手是不是已经司空见惯，可是他知道她的名字，她第一次跟某个学长介绍自己时，他就记得了。

许诺开始眼镜不离双眼，不管是框架还是美瞳，她总是戴着，希望在寝室周围能偶遇恩人；她也时常在平庸眼镜哥里用目光进行搜索，时常搞得自己像有怪癖好的伪美女；启开则低调地不为人知地打听着许诺的各种信息，他知道她是班上的文艺委员，有一副好嗓子，是学校艺术团的一名新秀，同时还加入了学生会，更重要的是，她虽然有一些仰慕者，但可以确定是一名单身贵族，甚至还确定了她在哪栋楼里居住。

然后"偶遇"就在启开做好了充分心理准备的情况下发生了。

启开没有吃饭，下课铃声一响，他边啃着草莓果酱馅的面包边向寝室的方向走去，最后停在许诺寝室楼的附近，忽而蹲点忽而徘徊，因为他准备上演一幕刚好从食堂吃完饭然后在许诺寝室楼下与刚好也吃完饭的她"偶遇"的情景。

他猜想许诺吃饭应该要用上半个小时，所以他没有左顾右盼，而是观察着从刚才就让他耿耿于怀的面包馅——它很硬，已经从本来应有的半液体状态变成了一个固体，他怀疑寝室的刘某把这个面包慷慨地甩给了自己是因为这个面包已经过期了。这个想法让他非常痛苦，他很后悔把面包的包装袋已经丢在了不知道哪个垃圾桶里，否则他完全可以拿着这个证物在"偶遇"完许诺之后，去找刘某算账，可是现在他只能把还在嘴里的面包咽下肚去，他正准备这样做。

"天哪！"一个女高音在他耳边炸响，并且用力拍了一下启开的肩膀，使得他周身一颤，面包就噎在了嗓子眼儿，使他无法出声。

"你是不是在等我啊！"女高音继续说。

他转脸一瞧，嗓子里的面包似乎膨胀起来，让他几乎窒息——这个女高音不是别人正是许诺，在他意料之外猛然出现，还一语道破他的企图。启开摇了摇头，他现在快被嗓子里的面包杀死了。

"你怎么能吃这个啊！我请你吃饭！"许诺全然不知她的恩人正在她面前准备死去。

"水。"启开挤出了这个字。

"啊？那我去给你买！"

许诺转身要走，将死的启开拉住她的手，她先是吓了一跳，而后启开加足了马力使劲拉，迟钝的许诺似是才发现他脸色不对，立马从背包里掏出自己的杯子递给他，杯子里仅剩的一口水也是可以救命了，然后启开就对准杯子口间接地与许诺做了一次亲密接触。

"对不起啊，上次是晚上，光线又不好，我还以为你的脸本来就是这种颜色。"许诺很抱歉地说了一句很欠打的话。

"没事。"启开已经满头大汗，更不知道说什么。

"以后吃面包要小心点哦。"许诺微微一笑，她根本不知道是自己的高分贝和断掌拍差点害死了启开。

"啊。"启开觉得她又可气又可爱。

"那我请你吃饭吧，我也没有吃饭呢。"

"怎么没吃？"启开万万没有想到许诺根本没有按他料想的套路行动。

"我下午的课是三点多的，就不想去食堂挤啦。"

启开头上的汗已经被秋风拂干，但他心里的冷汗却成缕成缕地往他胃里钻，然后化作一阵阵酸水几乎要从嘴里冒出来。他从前认为自己很缜密，包括此次行动也是经过多方位考察和全面策划的，此时他从前引以为傲的谨慎突然坍塌，他瞬间被许诺上了一课——"多"方位考察是全然不够的，如果要做到滴水不漏，就一定要"全"方位考察。他实在应该把许诺的课程表也弄清楚，甚至应该把作息时间也弄清楚。

"fuck"，这是非英语专业的启开在心里说的话，但是对着许诺，他说："杯子，我重新给你买个吧。"

"啊？不用了，我回去消毒就可以了。"

"消毒……"

"啊！我不是那个意思！我的意思是我洗干净就可以了。"

"洗干净……"

"哎呀！我不是说你脏！反正就是不用给我买新的。"

"好吧。"

启开觉得很受内伤，五脏六腑包括喉咙均受到了重击，他很想立马逃开，也似乎说不出话了，可是看着许诺没心没肺的样子，他又在想是不是自己过于计较了呢。

"走吧！我请你吃饭。"许诺依旧友好地说。

许诺和启开的相识应该在这一刻才算作起点，对于许诺来说，启开终于被"启开"这个名字打上了一个独家标签，不再是一个稍显重要的路人甲，不再是平凡眼镜哥里与她稍有交集的一员——她拉过他的手，他用过她的杯子，他还有一个酒鬼的名字。许诺曾问他，是不是因为你叫了这个名字所以千杯不醉？

列车摇晃得时而舒缓、时而激烈，时而发出巨大的声响，让许诺姣长的身躯狠狠地颤动，可是这些都没能惊醒她，她不知道自己睡了多久。她的小腹部开始隐隐作痛，等着痛从小腹直直抵向肛门处时，她猛地坐起身，打算翻身下床，却将头毫无余地地撞在了列车白花花的棚上。

"妈啊！"

眼泪花立即从双眼暴了出来，可是她没有闲暇去享受或者检视这痛究竟是何种程度，她必须以最快的速度在狭小的上铺将她面条一样的长胳膊长腿送到扶梯处，再迅速爬下去，奔往厕所。

迫不及待从她体内涌出的，只是一团有味无色的气体，她认为它只是来打前锋的，"大部队"应该立即杀到，所以她耐心地等着，手里捏着心相印的纸巾捂住口鼻，不管门外等候的人不时敲门——她此时已经气急败坏。

然而她什么也没有等到，只是肚子里偶尔有不明气体从左方游离到右方，再从右方移转到左方，老是让她以为这意味着什么，直到她的腿蹲到酸胀，她依然什么也没有等到。她提起裤子，气急败坏地将纸巾丢在蹲坑里，可惜因为它质地很轻，加上蹲坑下方不时有风吹拂，纸巾没能够如她料想得那样好像很被嫌弃地掉在地上，它轻轻地，左右摇摆，而后淑女一般落在地上，似乎在嘲笑她。

她打开厕所的门，外面等候的人排成一个纵队，第一位是个男士，他用愤怒的眼神锁定她，似乎要一辈子把她"丑恶"的面孔记住。许诺已经没心情回敬这位仁兄，她之前撞的额头现在随着心跳的节奏也在一跳一跳地作痛。

她不敢也懒得再爬上上铺了，这个时候的时间是下午15点46分，她没有成功地将大部分时间利用睡觉来度过，她还需坐在折叠凳上，等到吃晚饭的时间、等到熄灯睡觉的时间，她想了想，似乎很漫长，可也许这漫长的时间她需要通过跑厕所来消磨。她一定要等到"大部队"的到来，否则，她绝不上铺。

　　掐指一算，许诺跟启开在一起已经有近四年的时间了。启开从最初面包噎嗓事件之后，吸取了不应该拐弯抹角的教训，转而时常明目张胆地出现在许诺楼下，并且告诉她，他在等她一起吃饭。那时候许诺真是省了不少饭票，但善解人意的她几乎每次都拉着启开去食堂，只是偶尔周末会到校外的饮食街吃顿好的，她也经常偷偷结账。

　　启开只是频繁出现，却不流露任何爱慕之情，看着他冷静的藏在闪亮镜片后的双眼，有时着急的倒是许诺，因为她不明白摩羯男启开要选择"冷水泡茶慢慢浓"的方式。许诺从来不是一杯冷水，她心里虽急，可启开当真不是她最满意的人选，加之新入社团，经常风光地参加各种活动，她还想"广泛撒网，重点选拔"一下，否则以她狮女的性格，她早就张开血盆大口扑上去了。

　　如果不是第二学期许诺的社团组织了一场校园歌手大赛，启开这茶不知是要泡到猴年马月了。当许诺在法学院名单里看到启开大名的时候，她扶着花枝颤笑了半天，然后给启开打了电话。

　　"我看到你报名了歌手大赛？"

　　"呃，同学帮我报的。"

　　"天哪，你们班的同学也太难为人了。"

　　"呃，是吧，呵呵。"

　　至此，许诺依然小看着启开的歌喉，而启开"被"报名根本与充数无关，因为他的歌声在跟同班同学聚会时就已经被当块宝挖了出来。

　　"我看看，你要唱的是，张学友的《李香兰》？"许诺手里握着名单，诧异地问。

　　"嗯，没错。"

"那我可以私底下辅导你哦，不收费，哈哈。"

"我就随便唱下，也没指望晋级，不用管了，你忙你的。"

"真的吗？那好吧，彩排的时候来。"

"彩排的时候要唱吗？"

"不唱，就走个场，中间还有些观赏舞蹈之类的。"

"知道了。"

当启开握住无线话筒慢步走上舞台的时候，作为主持人的许诺站在后台把手里的节目单都快捏碎了，因为不少人都知道他们二人走得很近，爱面子的许诺生怕启开一张嘴就化身为笑柄，那么她也就同样无地自容了。她边看着边把嘴张大，恨不能替启开唱了。

许诺周身紧张的细胞随着启开的歌声渐渐松弛，启开唱了几句之后，原本窸窸窣窣的观众们也似乎都屏住了呼吸，这一刻，这个平凡的眼镜哥似乎头上顶了个光圈，闪闪惹人爱。许诺依然张着嘴，但眼泪静静地滑上了脸颊。

"这哥们实力派啊。"同样在后台的工作人员们说道。

"你哭了啊，你不是跟他挺好的吗？"男主持对许诺说。

"嗯，挺好的。"爱面子的许诺此刻觉得倍儿有面儿。

"你每次听他唱歌都哭？"男主持疑惑地看着她。她转脸过去，没有给他好眼色。

因为启开这个不成心的惊喜，许诺在后面的主持过程中显得有些草率，她很难耐地想看到启开从小组赛中晋级、再在 PK 赛中击败对手，最后拿奖的样子。当启开最后拿着第二名奖杯的时候，许诺当着全校人的面拥抱了他，俨然化身为一头饥饿的母狮子。

本来以歌声著称的许诺反而被启开的歌声所吸引，可惜启开不是塞壬，当许诺将自己的心船渐渐驶近他的时候，他也渐渐敞开怀抱，欣然接纳，毕竟这是他梦寐以求的一天，只不过他这杯冷茶被许诺加火烧热，提前可以喝了。

许诺徒劳地望向窗外，因为每隔几分钟列车就进入漆黑狭长的山洞里。与其说她望向窗外，不如说她望着已经有镜子效果的车窗里的自己。山洞里没有信号，她还是拿出已经静了音的手机希望看到一个未接来电或者一条短信。这已经习惯了四年的模式，就在前段时间渐渐改变，启开说，是因为他很忙。

他的忙似乎是从正式通过司法考试之后开始的，尽管以前他也在律师事务所工作。如果有了司法考试合格证书，按照法律规定，他只需在律所实习一年就可获得律师身份。也许他是为了成为一名非常优秀的律师吧！许诺这样想着。

许诺对自己临近毕业得意忘形的样子记忆犹新，那时她认为自己通过了英语专八的考试，又曾经是学校社团的骨干，能歌善舞，形象颇佳，她何须去"找"工作，而应该是"挑"工作。

她先是自信满满地报考了空姐，可有人透露给她，如果不砸钱或者没关系，即便是考上了也只能做地勤。所以她将这个工作从选项中一笔勾销。

她还可以选择去培训机构做一名英语教师，可是她认为那丝毫没有发展空间，而且自己急躁的性格搞不好要拿教鞭抽那些跟自己同龄甚至还要大的"笨"学生们。万万不可，因此，第二个选项也被画了叉。

挑来叉去，许诺最后怀着憧憬和崇敬到了一家小公司做老总的行政助理。面试她的帅哥说，她将在这家刚刚起步的小公司大展宏图，只要她肯跟他们一起度过开始的创业阶段，那么，等公司扩展业务，甚至开分公司的时候，许诺将是一员功臣一名大将，那定然是要被委以重任、授予高职的。

　　许诺被忽悠得晕头转向，她似乎已经看到自己干练又年轻有为的样子，胸前的小牌子上刻着——总经理，字还金灿金灿的。因此她欣然并且武断地接受了这个只有一千八百块钱工资的行政助理工作。后来事实证明，许诺没有耐心等到十年八年以后这个公司开"分公司"，她受不了每天给这个下午三点才姗姗来迟的神龙见首不见尾的老总泡茶、收传真、发传真。她相信，即便十年八年以后这个公司真的开分公司的时候，老总也不会给一个"服务员"委以重任的。

　　她找到面试她的帅哥，那个人胸前的牌子上倒是刻着"总经理"三个字。"总经理"反对许诺辞职，还依依不舍地猛然拉住她的手，许诺立即甩开，甚至跳到房间一隅，她觉得不拿工资事小，被占便宜事大，所以她匆匆逃跑，再也没有接总经理的电话，当然，也再没出现在办公室，就这样白干了一个半月。

　　后来许诺也陆续投了一些简历，也有打电话通知她面试的，可是心高气傲又眼高手低的她，加上之前在小公司被笼罩了阴影，一直没有找到合适的工作。两个月的时间很快溜走了，她还是自负地认为找到好工作只是时间的问题。

　　直到启开将了她一军。

　　一个人闲在家里，特别是女性朋友们，很容易变成探照灯，尽管启开每天下班都会来找许诺一起吃饭再回到自己的住处，许诺还是经常跑到启开的 QQ 空间、新浪博客、新浪微博上去寻找蛛丝马迹。她就是在启开一条很普通的 QQ 心情上发现一个女人回复他：恭喜你通过了司考哦！

　　"什么？司考？"这是许诺脑中第一个霹雳。

"为什么我不知道?"这是第二个。

"为什么这个女的知道?"这是第三个。

"她跟他比我跟他亲近。"这是第四个。

四个霹雳雷火蛋噼里啪啦连续在许诺胸口脑海炸开,特别是最后一个结论性大霹雳,让许诺怒火攻心,她立即抓起电话准备兴师问罪。

"许诺。"启开很快接了电话。

"忙吗?"许诺故作镇定。

"你说。"

"可能会很长的。"

"要不下班以后再说。"

"不行!"

"那你说。"

"你考了司法考试?"

"是的。"

"通过了?"

"前天才出的成绩。"

"真棒啊!怎么没听你说过呢?"

"我是想给你一个惊喜。"

"是嘛!看来你先给别人了呢。"

"你在说什么?"

"有人比我先知道吧?不是前天出的?那你打算什么时候告诉我呢?等你一年以后当了律师的时候?"许诺气得周身发抖。

"你是说我 QQ 心情回复的那个女孩吧?"启开似乎料想到迟早许诺会就这个事情质问自己,所以非常淡定。

"行，够自觉，说吧。"

"她也是这个律所的，是个同事。"

"同事，我也没听你说起过。"

"你别瞎想了，我下班来找你再说。"

许诺不知道是因为一张司考的成绩单，还是一个神秘的女同事，或者是自己已经不再自信的阴暗心理作祟，总之，从那天开始，她觉得启开不再跟以前一样了，包括他的眼神，他说话的方式、内容，甚至连吃的东西——他以前从不喝酸奶的，也许是因为那个女的喜欢喝，他也开始喝了。许诺这样认为。

她开始问他各种奇怪的问题，诸如，你腻了吧？你喜欢别人了吧？你嫌弃我了吧？启开从最初觉得可笑欣慰，到渐渐觉得腻烦不可理喻，他不再解释不再哄她，可越是这样她越觉得有猫腻。以这样变了质的关系又相处了两个月之后，冬天让许诺更加觉得没有安全感，她想逃跑——逃开冬天，逃开待业的尴尬，逃开变质的恋情，也许放一放，也许柳暗花明。

可越来越沉默的启开依然在原地以沉默伤害着越走越远的许诺。火车穿梭在山洞里，偶尔见得天日的亮光也随着太阳落山而逐渐难以分辨。许诺又拿出了一盒泡面，她倔强地继续选择了麻辣口味，她一定要让"大部队"快点到来。

最终在她的分外努力下，在她把一大塑料袋的零食都染指过一遍之后，她在漆黑的走廊里摸索着并且胸有成竹地大步走向厕所。因为整整一个晚上，她被很多屁骗了很多遍，为了很多响屁臭屁蔫屁跑了很多次厕所，干了很多次脱裤子放屁的蠢事后，她总算能分清到底是屁的感觉还是便的感觉了。

"大部队"的到来没有许诺想象的那般轰轰烈烈，被折腾了良久的许诺终于愤然决定爬上上铺睡觉，管它三七二十一。此时上铺时间颇妙，因为早已熄了灯，她的屁股不会再遭受目光小摁钉的攻击了。

许是坐凳子跑厕所消耗了许诺太多体力，加上之前撞头撞得晕晕乎乎，她睡得非常沉非常死。第二天一早旁铺的小孩哭闹也没能吵醒她。她妈妈给她打来的电话固执地响了一次又一次后，她终于在几乎无意识的情况下接听了起来。

"嗯。"她含糊不清地说。

"还在睡啊？有个事问你一下。"许诺妈妈的声线很高，听上去像二十来岁的姑娘。

"嗯。"她继续无意识地说。

"你四姨给我来电话说他们市的电视台在招聘记者，你要不要试一下？"

"嗯。"她继续在当复读机。

"你醒醒！跟你商量重要的事呢！许诺！你醒醒！"妈妈顿时也成了女高音。

"啊？"许诺终于被惊醒，一秒钟。

"你要不要试一下电视台记者，试的话给你报名考试。"

"嗯。"她又迷糊过去了。

"那我可报了，你可是同意了的。"

"嗯。"

等到许诺的火车抵达她四姨所在的城市时，许诺还不知道自己已经报名参加电视台的招聘考试了。她原本只是打算在四姨家住上几天，再继续北上回家。四姨的第二个宝宝刚刚满月不久，她也多年没有见过四姨了——这也是她逃开启开的冠冕堂皇的理由之一。

第二章

考　试

一下车，东北干燥而凛冽的空气让许诺的胸腔非常凉爽，她能忽地享受严寒完全是拜火车上燥热的空调所赐，为了不使这凉爽迅速转为挨冻，许诺赶紧拖起箱子朝有出租车出没的地方跑去。她心情好极了，不停向空气中吐着哈气，看它们具象地白白地流动出来，而后消散。

过了一会儿，许诺的好心情就消失殆尽了，呼出的哈气也变成了严酷的象征，因为出租车纷纷拒载，许诺已经站在路边开始踩着小碎步，她脚上的运动鞋里没有棉花，只是一双普通的单鞋，橡胶底跟地面摩擦时，由于被冷空气冻得很硬，发出嘎嘎的声响。

许诺对着每辆出租车招手，它们停下之后，她毫无底气地说出目的地，出租车就无情地开走，可她又只能选择继续重复下去，直到最后一个大爷准她上车的时候，许诺高兴得像是得到了恩赐。

到了四姨家，刚刚出月子的四姨容光焕发，本来就很白嫩的皮肤而今像是要滴水下来。许诺已经近三年没有见过四姨了，四姨非但没有被时光在脸上赐予几道纹理，反而更加活力四射——浓浓的齐耳黑色短发，呈现着烫了许久许久已经散开的大卷，浓浓的黑眉毛没有什么变化，依旧像两枚卧蝉，两只凤眼跟许诺妈妈的没什么两样，只是四姨的嘴不似妈妈那般饱满厚重，可却比以前更加红润——刚出月子的少妇，很容易变得美艳动人。许诺的目光落下来，四姨的屁股依旧很大，丰满的体型依旧无法被厚衣遮掩。

其实令许诺她四姨容光焕发的还有那件许诺还不知道的事。她四姨准许许诺亲昵了小宝宝，又跟姨父寒暄了半天，终于在吃午饭的时候按捺不住了。

"我们已经帮你报完名了，考试大概是 5 天之后。"四姨笑眯眯地说。

"什么考试？"许诺一脸迷茫。

"你妈说是你亲口同意报名的啊！你装傻哪？"

"什么考试啊？我不知道！"

许诺严肃的样子让四姨也严肃起来，她知道许诺不是在开玩笑了："我们市电视台招聘记者，我告诉你妈了，你妈说给你打了电话你同意报名，我们就给你报了。这可是我们市电视台第一次在社会上公开招录记者，以前都是托人找关系才能进去的。"

"天哪！"许诺慌了。

"你这报名我们也是托了人的，你姨夫找的朋友，因为已经过了报名截止日期。"四姨像个不断往赌桌上压砝码的对手，也不管许诺是否想与她赌一把，反正她自顾自地给许诺施着压。

"我哪会电视台那些啊？"许诺心里打鼓了。

"报都报了，你就试试吧。"四姨用命令的口吻说出了一句听似商量的话。

"好吧。"许诺铁心认为自己考不上，四姨找了朋友，她不能惹刚出月子的四姨不高兴，反正就是进考场这个锅里稍稍涮一下，管它肉啊菜啊能不能熟呢。

"说不定就能考上呢！然后你就可以留在这里，然后把你妈妈接过来，然后……"

啪啦啪啦，许诺听着四姨如意算盘打着响，她就觉得纳闷，四姨为什么那么想她考试进入 T 市电视台，原来只是希望妈妈也过来这个城市生活，大家有个照应。想着当初四姨远嫁到这边来，这么多年没有自家的亲戚也甚是不易，可是让许诺锁定在这个城市生活，她似乎稍有不甘。

"你要是考上了，你姨夫在电视台也有朋友，以后慢慢上手了可以调到喜欢的栏目组去，甚至可以自己创建栏目组呀，你做过主持人，形象又好，说不定以后就当主播了！"许诺的四姨在当地文学艺术联合会工作，是一名画家，她身上有着艺术家的各种气质——优雅、敏锐、感性、自我、理想化、爱憧憬。

四姨为许诺憧憬的美好未来又一次使许诺心中荡起波澜，就像她最初被小公司的总经理忽悠时一样，只是她坚信四姨是不会忽悠她的，四姨也不会企图占她的便宜，因此她立即从刚才还无所谓走过场的心态变成了很渴望很向往，眼神熠熠发光。四姨继续说：

"这次电视台招聘十名记者，七男三女，要是真的考上了，那可算是精英。好好努力说不定以后可以去省台，甚至中央台，你好好把握这次机会呀！"

许诺心中被煽动起了熊熊火焰，她立即坐直了身躯，显露出一副志在必得的神情，可是想到自己对新闻领域一无所知，仅剩的 5 天时间连临阵磨枪都不够，心中的火焰随即被扑灭，她蔫软地说：

"尽力而为吧。"

　　参加考试的人真不少，女性居多，应该说，年轻女性居多。许诺递上准考证，忐忑地握着一支笔坐在了指定座位上，等候发卷。当白花花的试卷摆在许诺面前时，她被晃得迷糊了半天，随即觉得分外眼熟，在头脑中搜索了良久，确定了这居然是一张高中语文试卷。

　　"哈。"许诺暗喜，又觉得可笑。她暗喜是因为她高考的时候语文曾考过 135 分的成绩，可笑是因为她觉得该电视台对应聘者文化水平的要求有点——低，门外汉的她并不知道电视台记者跟杂志报刊记者对文字掌控能力的要求是不同的。

　　她很快答完了试卷，得意忘形地坐在凳子上，细细看周围还在奋笔疾书的人们，偷偷揣测哪个会成为自己的对手。待大家都交完卷子后，主考官通知所有人下午直接参加面试。

　　"不在笔试中筛选一下吗？"许诺自己问自己。

　　她觉得这是一个很不严肃很不专业的考试，怎么说也是个地级市的电视台。鄙夷之气立马蒸腾上脑，可是，在下午的面试中，该电视台就充分利用优势先把她将了一军。

　　本来许诺对面试的把握比笔试更大，她自诩自己曾在社团里呼风唤雨，又做过几次主持人，当着人说话不过是小菜一碟。可是她忘了，考官不是观众，他们比观众严厉得多，他们比观众离她更近、更近；而且除了考官之外，还有一个她万万没想到的怪物在等着她……

　　进入考场时，许诺第一眼看到的就是那个用三脚架支在那儿的大独眼怪物，虎视眈眈地对着她，似乎在流着哈喇子；整齐坐了一排的考官面目严肃，与她仅隔着一张不到一臂长的桌子，十几双眼睛都凶狠地将她锁定，许诺心想把他们当成一排土豆还是一排地瓜也无济于事了，心扑腾得厉害。

她只要一想着一台摄像机正在对准她拍摄，将要把她今天的言行永久存档，她就非常不自在，似乎有一种被监视的感觉。之前在考场外准备好的一整套说辞也面临着崩塌的危险。而大独眼怪物和十几双眼睛还在不断发射电波攻击，她无法继续保持淡定，哆哆嗦嗦地正要回答问题，一个声音喝止道："等一会儿！有一个考官去厕所了！"

而后是空洞的沉默，来自对面的电波攻击就显得更加猛烈了。许诺觉得自己像油锅里的鱼，被慢火"滋滋"地煎着，她只好低着头一直看着刚才已经看了无数遍的那张面试题的白纸。

上厕所的考官回来后，屋子里依旧是空洞的沉默。许诺哆哆嗦嗦却又故作大方地问："可以开始了吗？"

没有回答。

许诺暗暗地想：难道还有人要如厕吗？不会这么整我吧？

但是她又认为这应该是默认的意思，于是她说："我先回答第一个问题……"

许诺越说喉咙越紧，心跳越急，她突然意识到她的思维其实已经停止了，之前垒好的说辞早就坍塌成一片散沙，还被狂风吹得无影无踪。她从脑瓜尖到脚底心儿只剩下心脏"突突突"的声音，这声音覆盖了一切。她觉得她不能再张嘴说话了，一张嘴说得肯定都是"突突突"。她低下头继续看那张面试题的白纸，狠狠地咬着嘴唇，过了良久，她说："我答完了。"

其实她的心里话是把那个"答"字去掉，其实她想说：我完了。

许诺走出考场的时候，眼里噙着泪花。她不知道是因为自己太久没有面临人多势众的场面，还是长久的待业已经消磨了她的锐气；她不知道为什么她的嗓子像被一个夹子夹住了，她多年的主持人功底，居然像被废掉武功一样所剩无几，她觉得自己的嘴唇也不如当初伶俐了，好像念一念"吃葡萄不吐葡萄皮，不吃葡萄倒吐葡萄皮"都很迟钝，倒真是应了那句话——台上一分钟，台下十年功。

她慢慢向外走着，心里"突突突"的声音还在继续，只是放慢了速度。她眼睛里的泪水只是噙在眼眶里，迟迟不肯落下，许诺内心全然肯定眼睛里的这些水是生理因素造成的，它不能称之为泪，它们只是因为自己有些紧张，哦不，是激动，而分泌的非眼泪的液体，自己才不会那么没用。

尽管她极力掩饰，还是被门口保安看到了她眼睛里的"非眼泪液体"，保安的笑其实充满了善意和安慰，她却因为模糊的双眼，认定这笑是嘲笑，狠狠地剜了一眼那无辜的保安，愤慨地转身走了。

许诺今天这重要的举措，对于她非常重要的一个人却还蒙在鼓里，那就是启开。许诺已经离开他一周的时间，除了偶尔跟他报平安、报行踪，就是查他岗、查他岗、查他岗，但是因为心中一直被忐忑和憧憬两样相悖的心情搅和着，查岗的时候她非常心不在焉，似乎只是例行公事，因为她也非常渴望像启开给自己惊喜一样，像突袭一样地告诉他：我已经是电视台的记者了。那不是比他准律师的身份要洋气多了。许诺现在心里有一种偷鸡不成蚀把米的感觉，她觉得自己糗大了，她觉得如果启开知道了整件事的经过，他一定会偷偷地幸灾乐祸，他在两人之间的地位中就更高一丈。许诺决定不告诉他。

户外的冷空气不再让许诺觉得亲切，她踩着前天下的一点点雪，觉得很不过瘾，因为过于轻薄，不能发出咯吱咯吱的声音。几个人散落在她前方狭长的小径上行走着，她猜也是刚刚面试完的考生们；她又回头看了看，继续有人从考场大门走出来。她目测了一下，确定前后的距离足够远，这些人无法听见她说话之后，掏出了电话，打给老家一直在等消息的老妈。

"妈妈。"许诺声音低落地说。

"不好啊？"许诺的老妈一听见许诺低沉地发出了这个叠音，她就知道事情不太乐观，因为许诺在兴高采烈的时候通常没有耐性发出叠音，她只会高分贝地大喊"妈"。

"是的是的。"

"怎么回事呢？"许诺老妈立即开启了自己的闺蜜身份，这个开启非常自然，就好像一辆自动挡的汽车自动切换离合器。老妈也很像一个全能演员，在与许诺相处的多年中，各种角色信手拈来，随时对付这个她已了若指掌的女儿。

老妈一句温和又善解人意的话，让许诺嘴上的阀门一下子打开了，她开始嘟嘟囔囔："都怪那些面试的人！我刚刚做好准备说的时候，居然有一个人去厕所了，搞得我把想好的话都忘了，还有啊，那些人就跟僵尸一样，等那个上厕所的讨厌鬼回来以后，我问他们'可以开始了吗'，居然没有人回答我，你说他们是不是有毛病啊。"

"是，真是有毛病。"老妈附和着，她深知自己目前已然化身为垃圾桶，只好左耳朵听了，右耳朵出了，时不时地安慰几句。

许诺继续牢骚："你说，有没有这样不严肃的考试。笔试考高中语文就不说了，可是居然不经过笔试筛选直接面试，你说，是不是很奇怪！"

"是，真奇怪。"老妈的口吻稍稍带有戏谑，脸上也挂着许诺看不到的无奈笑容，只顾吐苦水的许诺对老妈的反应全然置之不理，继续说：

"面试而已，弄个破摄像机过来，杵在那儿对着你，你说吓人不？就想显摆他们电视台有摄像机呗！烦不烦人。"许诺一向标准的普通话因为愤怒而恢复了浓重的东北口音。

摄像机的出现倒是老妈始料未及的，她把本来应该附和许诺说的"烦人"两字换成了一个疑问句：

"还有摄像机啊？"

"是啊，总之，就很奇怪，很不专业，很差劲！"已经数落不出什么的许诺最后做了一个总结性发言。

"就是。"老妈继续只是附和，她很知道，此时说其他，女儿要么听不进去，要么更加恼怒。

许诺拿着电话的手在寒冬里已经变了色，像几根没长开的胡萝卜，她的嘴巴和舌头也因为严寒而变得有些麻木，她不想再漫骂下去了，于是她吼道："破地方！考上了我也不去！"

她要事先占领高地——并不是电视台先淘汰了她，而是她先放弃了电视台。老妈依然疲软地附和："好啊，可以的。"

然后她们这一通只是许诺吐苦水的、没有解决任何实质性问题的电话就结束了，老妈从始至终都只扮演了闺蜜的角色，她知道此时绝不是给出建议的好时候。

可是老妈没料想到，许诺挂了电话之后坐上那辆她唯一知道线路的环城公交冲到火车站，没有跟任何人商量就买了第二天返家的火车票，似乎在此行中受到了莫大的耻辱。

四姨看着许诺的火车票，疑惑地说："你还回去干什么？等结果出来了再决定走不走啊！"四姨怀里抱着新宝宝，摇摇晃晃，新宝宝是个男宝宝，四姨已经8岁的大女儿跟在四姨屁股后面，对新宝宝好奇不已。

"去写作业。"四姨对长得很像自己的、皮肤白白的、屁股大大的女儿说。

许诺她四姨并不知道许诺已经放了话——考上了也不去，所以她对许诺的行为很不解，许诺固然也是不敢将这话在四姨面前宣扬出来的，她只能选择迂回路线，她沮丧地说：

"我考得不好，估计考不上的。"这个沮丧是真沮丧。

"那可说不准，也许别人还不如你呢。"四姨一向盲目乐观。

"别人估计都学过新闻专业什么的，肯定比我强。"

"可是你形象好呀，你说万一考上了，你还得回来，多折腾啊。你真是的，买票也不跟我们商量一下。"

"这都买好了，退票也麻烦。即使考上也只有五成的几率吧，而且也不知道什么时候出结果不是吗？"许诺振振有词，其实她不过是想逃跑，她可不想眼巴巴地在四姨家等待宣判。

"这倒是。那你先回去吧，我跟你姨父帮你问着，有消息告诉你，我总觉得没什么问题呢！"

尽管许诺"事先占领了高地"，那也不过因为她是一个外强中干的纸老虎，一个喜欢装强悍的大尾巴狼。尽管她摆明了态度，"考上了也不去"，但日复一日的杳无音信让她的眉头像霜打了的茄子，皱巴巴的舒展不开。她的心其实就像丛林里的兔子，随时支棱着耳朵，等任何的风吹草动。她再也没闲情去查启开的岗了，也没逸致去看他的QQ空间、微博、博客的，只要是四姨给老妈打来电话，她都贴在墙上偷听。

"要不要练练朗诵什么的？"老妈建议道。

"为什么？"许诺坐在电脑前玩植物大战僵尸，说话的时候头也不肯抬一下，这早都过了时的、与她年龄不符的、稍显"低能"的游戏，她总是玩得津津有味。

"万一当了记者要出镜，说话要利索些呀。"老妈声音温和。

"当什么记者！我不是说了不去嘛！"许诺继续摇晃她的大尾巴。

"真的啊！记者跟你在学校当主持人可不一样哦，说话要快而且流利。"

"我现在这损样，别说记者了，主持人也当不了了。"

"不就是生疏了嘛！你有底子，很好练起来的，别说你了，妈妈以前是专业播音员，现在让我上场，也需要练练的。"

"你别说的好像我就已经考上了似的好不好啊！"许诺依然狂按鼠标，种着各种植物，她倒挺希望自己现在成为那没脑子的僵尸，那样就不用纠结了。

"好吧，那我不说了。"老妈一个人走开了。

许诺这才抬头，她看着老妈的背影，想着老妈刚才那句话，心里泛出酸。她突然意识到，她近一年没有回家，老妈都是一个人在这个空荡荡的屋子里，没有说话的人，没有分享喜悦或悲苦的人。

许诺的爸在她十二岁的时候去世了，老妈生怕女儿过得不好，甚至内心压抑，硬是拒绝了那些年所有人给介绍的异性。为了让许诺衣食无忧，顺利地完成学业，老妈又放弃了文化局清闲又雅致的工作，通过努力考上了当地的税务局，原因只有一个，那就是税务局的待遇好一些。

"明明是自己没出息，还迁怒于老妈！"许诺这样想着，狠狠地捏了一把自己的大腿。

其实许诺特别想追在老妈的屁股后边，搂着她的脖子说"我练还不行嘛！"可她的双腿就像灌了铅，嘴巴就像用了502，只有手还在不停地按着鼠标，然后一只无形的大尾巴晃啊晃、摇啊摇，只有她的老妈能看见。

她也再没什么心思查启开的岗，她有时甚至都快忘了有这个人存在。她逃离了 T 市，逃离了等宣判的地点，甚至还为她的逃离找了一个借口，然而她并没有逃离等宣判的感觉——她还是在默默地等待着考试结果。

为了不使自己满脑子都是这种令人抓狂的感觉，她只好让自己满脑子都是没脑子的僵尸。她在植物大战僵尸的游戏中得了银奖杯又得金奖杯，再换一个用户名重新来过，以至于每次启开给她打电话问她在干什么，她的回答永远是"植物大战僵尸"或者是"玩植物大战僵尸"。

"那有那么好玩吗？"终于有天，启开非常不悦。

"还行吧。"许诺边打电话边种植物，像一个机器人。

"你回家就为了玩植物大战僵尸？"

"不然我干吗？"许诺反问道。

一向很难保存个人隐私的狮子女许诺拼命克制自己千万不要告诉启开自己参加电视台考试的事，这也是她尽量减少跟启开沟通的原因，她怕自己一个忍不住就把此刻内心的苦不堪言倾诉出去了。

"你难道对未来没有规划吗？"启开带着鄙夷的口气。

"当然没你有规划了，律师先生！"许诺又想起启开的隐瞒，心情更加不爽快。可是启开并没有听出许诺的心事，他甚是担心许诺的前程，此时，在道德上，许诺还应该是他未来的老婆，现实又踏实的摩羯男总要为今后的日子做打算，他说：

"要不你跟家人待段时间就回来吧。"

"嗯。"许诺含糊地回答，继续玩游戏。

历时十七天后的一个电话变成了一把火，把许诺这个纸老虎给烧着了，让她这个大尾巴狼用自己的大尾巴狠狠地抽自己的大嘴巴了。

那依然是平凡的一个冬日，太阳很高，许诺眯着眼睛不肯起床，听着老妈在客厅走动的声音，她老是穿那双很大很旧的拖鞋，许诺记得清楚，那是她爸爸生前穿的拖鞋。老妈的电话响了，铃声刺进了许诺的耳朵，她蹙紧眉头翻了个身，依然眯着眼睛。

"喂，老四啊。"老妈的声音。

又是四姨，许诺想。这十多天以来，她已经不再为听见四姨的电话而紧张激动了，但她还是支起了耳朵，听见老妈说了一句话之后却立马瞪开了眼睛，就像鬼片里受了什么刺激而准备诈尸的僵尸。老妈的话是一句疑问句——考上了？许诺疑心自己听错了，大大的眼球在大大的双眼皮里左骨碌右旋转，心跳稍稍加速，继续屏息聆听着。

"哦，这个周末就报到啊，"老妈继续说，"好，我知道了，她之前说考上也不去来着，我问问她吧。"

"去去去！"这下许诺真的"诈尸"了，她像被拉了威亚的特技演员一样从床上一下跳了起来，穿着裤衩背心就冲到了老妈跟前。

"她四姨你听见她喊了吧。"老妈对着电话说。

"我就说呢，还能放弃这么好的机会。当初就让她别折腾，你瞧！@#￥%……"巴拉巴拉，四姨又开始自顾自地说上了。

老妈不敢戏谑地问问许诺"不是不去来着"之类的问题，许诺现在的面子就跟一张蜘蛛网一样脆弱，吹口气就破了，老妈也只能心里偷偷笑笑这个到现在还长不大的女儿。

　　许诺乐呵呵地开始收拾自己的家当，穿的戴的擦的抹的，一样都不肯落下，把她八成的家当装成了一个巨大的箱子。之前面试时窘困的样子，在寒冬里泄愤骂人挨的冻和自己掷地有声的"誓言"全部抛之脑后。临行的前一天晚上，她始终沾沾自喜无法入睡，想着自己可是十分之一里的三分之一，何其珍贵何其自豪啊，继而结合以往看过的电视电影之类的，开始幻想各种将要在电视台上演的以她为主角的故事。

　　由于过度兴奋，她抛之脑后的还有一位重要的人士——启开，她突然想起她还没有通知他这个能让自己扬眉吐气的消息。她重新打开已经关机的手机，看时间尚早，还不到子时，不过即便已经到了子时，她也会直接给启开打这个电话的，因为她内心的喜悦就像一个烧开的水壶，还是那种老式的铝制电水壶，水一烧开，就发出蜂鸣声，只有这通电话能起到切断电源的作用。

　　"喂——"许诺这个喂拖得非常长，以示她的好心情。

　　"喂。"启开在电话中一向冷峻。

　　"睡了没？"许诺兴高采烈。

　　"还没有呢，在查资料。"

　　"有新案子？"

　　"是啊。你怎么这么晚打电话？"

　　"有好消息告诉你，嘿嘿嘿。"躺在床上，许诺蹬着她的大白腿，摇晃着脑袋。

　　"看来真的很好，说吧。"启开放开了鼠标，认真地聆听许诺的消息，作为一个男友，他还是十分尊重许诺的，他更期待许诺告诉他自己已经对未来有所规划，他理想化地认为自己上次在电话中的话已经影响到许诺，让她反思并振作起来了。

　　许诺大声宣布："我考上 T 市电视台啦！"

　　"什么？"启开的一腔期待被吃惊的心情弄得冰凉，因此他的声音也冷冷的。

　　"我要当记者了，你不高兴吗？"许诺对启开的反应有些失望。

　　"在哪？哪的电视台？"启开缜密的思维使他冷静地问出了这个问题，虽然他内心中有非常不好的预感。

　　"我四姨他们那儿的，T 市电视台啊！"

　　"你为什么考之前不告诉我？"当确定不好的预感属实了之后，启开正式生气了，他严厉地质问许诺。

　　"我也想给你一个惊喜啊！"许诺似是委屈地说。

　　"也？你学我是吧！这根本不是你做事的作风吧！"启开少有这样残酷地讲话，他的情绪稍有激动。

　　"你什么意思？"这一会儿工夫，许诺的心情从兴高采烈转至失望，又到委屈，现在是不悦。

　　"你这是惊喜吗？"启开反问道。

　　"怎么就不是惊喜了？"许诺的声音升高了，这表明，她的心情又从"不悦"上升为"生气"。

　　"你不就是想证明你自己比我强么？"启开愈加激动，就愈加有些口不择言，然而他说的是实话，他不是一个笨人。

　　"我本来就比你强！"许诺吼开了，"你不是就喜欢玩阴的吗？阴戳戳地考了司法考试，要不是你们单位那个女的，我估计到现在还不知道吧！"

　　"我偷偷地考司法考试，跟你偷偷地考 T 市电视台完全是两码事！"启开压抑着自己的喉咙，在这个时间，与人合租的他即便再愤怒，也不敢像许诺一样大吼大叫。

"怎么就两码事了？怎么就两码事了？"许诺又将嗓音提到了一个调调。

"我考了司法考试是为了让我们以后生活得好，你倒好，一考考回老家了，这么远，我们怎么办？"

许诺沉默了，她发现自己真的没有考虑过和启开的关系，她太过于急切地想要证明自己了。

"你不是想证明自己吗？"启开平复心绪，继续说道，"那你已经证明了，你不是考上了吗？"

"是的。"

"那你可以不用去上班吧。"

"然后呢？我以后怎么办？"

这次又换到启开沉默了。

"你看，我以为你会说，我养你，你不是连这种决心都没有么？"

"是你之前找工作的方式不对，你回来以后，我帮你参谋，找一个好的工作。"

"那就等我回来以后再说吧！"

"什么时候？"

"不清楚。"

许诺默默地挂断了电话，她不知道老妈早在她吼开那一嗓子之后就站在门外担忧地听了许久，此时，老妈也不知道是不是应该敲敲门。许诺望着望不到的天花板，眼泪从眼角落到枕头上，她想起启开通过司法考试后的大变脸和刚刚连一句誓言都不愿给的吝啬，她毫不犹豫，她决定先好好地奔赴自己的未来。

许诺抹干泪水，只要一想到自己是三位女精英中的一员她就难以自制的嘴角上扬，有时候还会"扑哧"地笑出声音。由于启开惹怒了她，她甚至还过分地想，七个男精英里，会不会有帅哥养养眼呢？她开始在脑海中自编自导，想象着自己像电视里的女主播一样理着短发，穿着银灰色的西装裙，走在地板打蜡的敞亮办公室里，高跟鞋发出咔咔的声响，胸前挂着一个牌子，上面写着——记者证。

这样暗喜着憧憬着，她进入了梦乡，不知道老妈又趿着拖鞋悄然退回了自己的房间，老妈没有像以前一样找女儿"谈一谈"，这次她相信女儿会做出正确的决定。

许诺的电话挂得似乎很决绝，远方的启开盯着电话愣了半晌，他似乎能想象到当初许诺得知他通过司法考试后的心情，也觉得自己许是做错了，可他不能接受许诺的"以牙还牙"。他觉得那辆火车带走的不仅是许诺的人，更是她的心，可令他觉得费解的是，自己除了生气之外，似乎并没有悲痛欲绝的感觉，只是觉得稍稍头痛。

翻出手机里许诺的照片，看着她无邪的笑脸，还是有许多不舍。启开把手机丢到身后的床上，摸住鼠标继续工作，说是逃避也好，观望也罢，总之，他想继续工作，至于许诺，他想暂时搁置一旁。

第三章

颠　覆

　　首先破坏许诺美梦一隅的，是电视台的办公大楼。

　　考试的时候，考场被安排在该市的党校，因此许诺没有机会，更"不稀罕"去看看电视台的"尊容"。

　　她新单位的楼房让她很有亲切感，因为就跟她儿时、也就是差不多十五年前经常去的母亲的办公室很类同，那还是母亲在文化局时的办公室——不管是室内多种物品一起散发出的味道，还是办公楼里陈旧的办公设施。最醒目的还属如今百单位都难得一见的水磨石地面，就连门口立着的仪容镜都隔世般眼熟。

　　这种亲切感的重现让她很吃惊，因为母亲过去的办公楼早在很多年就拆掉了，取而代之的当然是华丽的新楼房。言外之意就是，这个电视台的办公大楼算是"古董"了。所以，亲切感并不能取代她内心中的失望，因为她幻想的以她为主角的故事的大背景已经被换掉了。

　　她悻悻地沿着墙边极其简陋的、没有扶手的楼梯向报到的会议室走去，整栋楼里不可能有她之前幻想的电梯了，她的鞋依然敲响着地面，只是那声音不是她想要的跟地板接触的音色。

不知是不是因为许诺"欣赏"电视台办公楼内部设施的时间过久，在通往会议室的整个途中，她居然没有遇到一个人，她怀疑自己迟到了，所以加快了脚步。一推开会议室的门，她差点被那阵容击退。

她记得四姨昨天还翻出电视台刊登在报纸上的招聘启事给她看，报纸上白纸黑字清清楚楚地写着招聘记者人数：十人，掐指一算的许诺在进屋的瞬间，就从十分之一变成了十七分之一；她也记得四姨托朋友时，电视台的内部人士口口声声地说：招聘七男三女，许诺又瞬间从三分之一变成了十二分之一。

看着那一大片扎小辫儿的，本以为自己是朵花儿的许诺瞬间觉得自己是茫茫草原里的一根儿草，瞬间从商场的展示柜台下架到了打折花车。

她没有时间自怨自艾，果然已经迟到的她赶紧找了一个角落坐了下来。一位不知道贵姓的领导在主席台上继续向这批新来的同事描绘着蓝图，许诺觉得用"批"这个量词很恰当，而且这"批"新记者都已经知道这个正在讲话的哥们是什么来头，叫什么名字，唯有迟到的许诺不知道。

领导说："虽然现在的办公环境很恶劣，但是三四年后，我们就搬新楼了，新楼有十几层，办公环境肯定非常良好。"

许诺想，蓝图就是蓝图，不知道贵姓的领导连到底是非常好，还是良好都不能确定。三四年，多么遥远啊，都够一个人从高中生向大学生的转变了，都够一个人从单身到父母的转变了。用搬新楼当诱饵，我们这些鱼要游的路途可够远的。

坐在许诺右手边不远的一个留着披肩发的美女边冷笑边小声说

了一句："地基都还没打呢，哼。"许诺从这笑声听出看来英雄所见略同了，便对她友好地投以一笑，美女勉强地提了一下嘴角。许诺略有不悦，心想：你长得好看有什么了不起的，这屋里就没有太差的好吧。

这个念头刚落，她的心就一颤——在进入办公楼的时候，许诺建造的美梦城堡的地基就首先被挖掉一块，失望还没得到平复，满会议室喷着各种味道香水的大批美女们就像一场大地震，震得她美梦城堡掉砖落瓦，几乎坍塌。尽管不知道贵姓的领导承诺了三四年后会搬进华丽的新办公大楼，但这丝毫不能减轻许诺的失望和沮丧。

蓝图绘制完毕，许诺依然不知道领导是何许人也，他将十几位新记者分成了两组，怎么看都觉得他的分配非常随意——他挥舞大手比画了一下，坐在会议室左边的一撮人成了第一组，右边的则成了第二组。

被分到第二组的许诺随稀稀拉拉的一个大队伍被一位据说是二套总监的秃头大叔带领着穿梭在幽暗的走廊里，向他们的办公室进发。被分到第二组，又被分到二频道，许诺自己今后少不了要充分贯彻"二"精神。

待进入了一个稍微亮堂点的小办公室，一直迷迷糊糊的许诺借着阳光定睛一看，跟她分到一组的，共十位，其中只有一位男士。许诺眼花缭乱，美女们叽叽喳喳地来了一个余震，她的美梦城堡就彻底成了废墟。

许诺表情黯然，尽管她是最高的一个女生，可是没人会留意到她，自从这"批"新员工进入到这个办公室，整个屋子里的气温骤然上升，二氧化碳陡然超标，大家都觉得有些头昏脑涨。

这个办公室里已经有十多位文字记者或摄像记者了，而这个办公室里一共就放了区区十张办公桌，这说明这个办公室里已经有人不拥有自己的办公桌。许诺觉得他们十位的到来显得非常唐突且仓促，让人觉得他们的到来简直是一个意外，绝不是 T 市电视台准备就绪而招录的。

小办公室的窗户是那种铝合金的大面窗，玻璃是蓝色的，想来是用以遮挡东北高纬度的猛烈阳光；办公室的正中间，四张办公桌两两相对，这四张桌子是质地稍好的假红木桌子，看上去比较结实；进门的左手边，靠墙一排是三张非常老式的普通木头桌子，桌面上的木纹已经磨损得厉害；右手边与门成一条线的墙边，是另外两张普通的破木桌子；而办公室的最深处，与门斜对角的一个角落，放着一个真正的实木大桌和一个椅背高高的转椅，此刻转椅上空着。

应该说，此刻每一个椅子上都没有人，可是每一张桌子上都放满了东西，就好像这些新人是来进行袭击扫荡的，每一个老人都不敢坐在属于自己的位置上。

新来的这批人就像动物世界里排队站着的一只只猫鼬，也是一样的高矮胖瘦不一，只不过他们的脸上不是猫鼬脸上的那种可爱的、好奇的、期盼的表情，而是无措、木讷、呆滞，他们觉得自己就像三明治里多余的沙拉酱，只要稍加挤压，就会露到面包外面，形成一副窝窝囊囊的样子。他们僵滞地站着，办公室里一些人开始手忙脚乱地找凳子——那种只有三条腿的圆形凳子。

许诺及八位女生都分到了一个凳子之后，她们端着凳子随机坐成两排，只有那个男生远远地站着，许诺心想，真是有风度。因为这个小办公室连这种凳子也供不应求，似乎还从邻屋借了两三个。

坐着的人显然比站着的人占地面积更大，原本只有十双脚踩着一小块地板，现在又加上了九个膝盖和九个被凳子拖住的屁股悬在半空中，办公室立即显得水泄不通，她们九人都穿着厚厚的羽绒服，热得面红耳赤。自从坐了下来，她们就从直立的猫鼬变成了几个胖胖的考拉，只有唯一一只雄猫鼬还做着翘首以盼的造型。

一个身影就在此时掠过她们，敦实地坐在了办公室里最大最舒服的转椅上，使得转椅被动地无奈地晃了晃自己的身体。

他们的这位直属领导是位中年女人，许诺不想说她是个女人，因为第一眼当真没敢确认她的性别。她鼻子上架了一副黑框眼镜，镜片一反光，连她的眼睛都看不清楚，皮肤略显粗糙，头发短黑，但凌乱得要命，双手一直保持抱着膀子的姿势。

而后，她用闻所未闻的高分贝说了一句话，许诺才知道这是个女人，因为男人是无法拥有那么高的分贝的，连歌剧男高音都不行。

她说："你们都穿着大衣不热？我看着你们都热！"

大家都只能回答："呵呵呵。"然后心里寻思：我们还真不知道脱下来以后往哪儿搁合适，屋子小就罢了，初生牛犊不怕虎但总是怕老牛的吧，谁没经过允许就敢把自己的大衣放在老记者的桌上呢。

许诺坐在离直属领导最近的一个凳子上，她这一张嘴，许诺只觉震耳欲聋，有苦难言。

好在她在说第二句话的时候降低了分贝，她说："我叫牛丽杰，是都市之窗的创办人，也是现在的制片人，咱们这个栏目做的是民生新闻。我也是这个办公室的主任。我是一个非常严格的人，所以你们在我手底下工作就得努力，知道吗？"

众人点点头，点头的力度各有不同，牛丽杰才稍稍收回她刚才扬起的下巴，她上下打量了一下离她最近的许诺，然后说：

"你多高啊？"

"175。"许诺简略地用三个数字作答，她觉得这个问题莫名其妙。

"那么高？"牛丽杰的高分贝又一次响彻办公室的上空。

"是的。"许诺上牙打下牙。

"看不出来，是不是腿短？你看这么坐着咱俩差不多，"说着牛丽杰立直了上身，一副比肩的表情，又说，"我才一米六八。"

"呵呵呵。"许诺无语。

牛丽杰快速翻了翻许诺的简历，又带着奇怪的眼神盯着她，说："你是许诺！听说你姨是咱省画协的会员？"

"是啊。"许诺有些小得意，抖了抖双腿，笑了笑。

"咱省——的？"牛丽杰又把分贝加高，她把那个"省"字拉得尤其长，音调尤其重。

许诺觉得刺耳的已经不是牛丽杰的嗓音，而是这充满怀疑蔑视的反问句。她有些不悦，说了句"嗯"，然后就做好了回答她接下来各种取证问题的准备，而且她还打算没好气儿地回答她，因为今天的一切实在太扫她的兴了，最好惹毛这个牛主任，自己就有充分的理由不用来上班了，否则她若擅自放弃很有知难而退的嫌疑。

结果牛主任连看都没看她，继续跟列位其他美女用大嗓门询问各种问题，许诺觉得这位领导的思维简直是不可思议，简直是太跳跃了。牛丽杰一对九地进行盘问完毕之后，又逐一地瞅了瞅她们，像是自言自语地说：

"咳，这次招的可都是美女，还是美女都分到我这了？"

她大概用了她音域中最低的一个声音，可大家也都听见了，只不过很难分辨她是在觉得庆幸还是在觉得不满，然后她又说了一遍：

"哎！我说你们穿着羽绒服就不热？"

这时，一个脸很清秀但身体很敦实的、扎着马尾辫的女孩"腾"地站起身脱下她的短款羽绒服抱在了怀里。许诺清楚记得她刚才自报家门时说自己是体育学院毕业的，招了大家笑，可是许诺没记住她叫什么名字。看到她有所动作，热不堪言的大家也都纷纷效仿。牛丽杰立即对这个姑娘流露出了另眼相看的眼色，的确够机灵。

可是许诺没有效仿这个体育学院的未来记者，因为许诺的大衣很厚很长，与其抱在怀里还不如穿在身上舒服，况且她老早就把拉链开了很大的口子。有些也穿着长厚羽绒服的效仿者们，不是把羽绒服拖在地上为新办公室搞卫生，就是像在怀里抱着一个硕大的毛绒玩具，动弹不得。

这些新来美女的名字许诺一概没有记住，即便是知道几个名字和几张脸，也无法准确对号。许诺唯一记住的就是那位男士。

现在他倒成了十分之一里的百分之百，他倒成了香饽饽，而且香味翻了几倍，因为牛丽杰当即就给他安排了重要工作，许诺心里很不平衡，难道就因为他是十分之一里的百分之百？性别歧视真的无处不在吗？

牛丽杰在给这位男士安排工作之前甚至没有例行盘问，她不停地跟他扯闲话，还亲切地称其为"恒恒"。毋庸置疑，他们是老相识了。听着听着，许诺听出这位"恒恒"的爸爸叫"赵台"，似乎也在电视台里工作，再继续从牛主任的语气判断，这位"赵台"先生是她的上司。

许诺心里不由更加失望——这以后绝不会受到一视同仁的待遇了。

许诺注视着这位"恒恒"，虽稍显心宽体胖，但整体透着一丝斯文气，五官虽不精致，但组合得十分随和，让人看着蛮亲切。说话的时候松弛自然，丝毫没有因为自己的父亲是某个领导而流露出高人一等的架势，再加上他之前不与众美女抢座的绅士行为，心里本要燃起的敌意就在瞬间被熄灭，而且灭得很彻底。

在体育学院的记者带领大家脱了大衣不久之后，也就是牛丽杰跟"恒恒"套完近乎拍完马屁这十分钟的时间，牛丽杰转向大伙说："今天是周五是吧？那就这样吧！周一你们就直接来上班。"

许诺拉上拉链迈开大步就走了，脱了大衣的她们慢吞吞地在狭小的办公室又再次把大衣穿上，许诺边走边想象着她们发绿的脸，不由觉得暗爽——让你们随大流没主见！

一个身影匆匆经过许诺，是那个穿着短款羽绒服、扎着马尾辫的体育生，看着她壮硕的小短腿，许诺想，真是受过专业训练，短我那么一大截还走那么快。

许诺是第一个走出办公室的，没有跟任何人说一句再见，因为她知道自己在别人眼里就像那八位美女在自己眼里一样，是分辨不出也懒得费心去分辨的，她心里有两个想法：要么以后熟了自然就分清了，要么以后就没必要去分辨了。还是坐在她唯一知道线路的那辆环城公交车回四姨家的路上，她一路踌躇到底是走是留……

当许诺看到为她开门的四姨满面春光的表情时，刚到嘴边的埋怨就随着口水一起咽回了喉咙里。四姨边盛菜边关切地说：

"怎么样啊？被分到哪个栏目组了？看你姨夫有熟人没，好多照顾你一些。"

许诺的四姨夫是 T 市一家报社的副主编，再加上性格开朗、知识渊博，使得他在这个城市的关系网大鱼小鱼都能网，虽能网到鱼，但这个鱼绝不是用来烹饪的，换句话说，这个城市各个领域不论是大人物还是小人物都会给他五分面子，完全是出于对他才情的敬佩和欣赏。

只顾着为她高兴的四姨压根儿没注意到许诺的脸上并没有兴高采烈的神情，因为四姨自从知道她考上的消息之后就一直是这样一个兴高采烈的心情，只要许诺踏入电视台，她就可以继续将她自己的算盘打得啪啪响。

也许在四姨看来，能有份记者这种体面的工作是非常难得的，至于工作目前是否理想是次要的，况且许诺之前根本是个无业游民，如今终于可以为她的二姐——许诺的妈减轻负担了；况且即便是现在不如意，日后还可以调组，说不定还可以"自己创建栏目组"，说不定还可以"去省台"；况且身为知名画家的四姨一向比较自我，既然高兴开了，一时半会儿是不会收工的。所以，四姨直接忽略了许诺这个"人"，而是一直为许诺考上电视台这件"事"而兴奋不已着。

许诺之前的失望和沮丧也在进门后不久变成了一种无奈的心绪，她低落地说："被分到都市之窗了——"

"那个栏目在这儿收视率算是比较高的了，以前看过一两期，做得还可以，哎呀，咱们运气挺好的。"四姨又自我并高兴地打断了许诺的话，依然没空去理会她话语中流露的低落情绪，把菜放在餐桌上，扭着丰满的屁股，边向客厅走去，边说："老丁啊，都市之窗你有认识的人吗？"

许诺也扭着丰满的屁股慢慢吞吞地挪进了客厅。丰满的屁股是许诺母系家族女人的一大特征，她的姥姥如此，妈妈如此，大姨四姨如此，自然她的表姐表妹和她自己也是如此。这说明她们都得遏制自己发胖的迹象，否则这个屁股就不是丰满而是硕大了，日前许诺正为有些发胖的事儿犯愁，可是和现在比起来，硕大的屁股算什么，这个新工作才让她几乎抓耳挠腮了。

她扭着暂时还算是丰满的屁股也去了客厅，这证明她依然对她内心中的美梦城堡抱有幻想："也许这恶劣的情况是可以由我伟大的姨夫扭转乾坤的。"

她的姨夫叼着小烟，抖着精细的小腿，扬着两撇八字眉，继续看着报纸，漫不经心地说："谁管你们哪？"

"牛丽杰。"

她的姨夫还是没抬眼睛，又说："哦，听说过，没见过。没事儿，改天跟你们二套总监吃饭的时候我给你说说，让她好好带带你。"

许诺觉得这是一张空头支票，尽管她的姨夫有扭转乾坤的能力，可是不代表这个事儿在她姨夫的眼里也是一个"乾坤"一样重要的事儿，也不代表她的姨夫什么时候有时间为她扭转。就像她的姨夫在银行里存有钱，但不代表会给她，或者什么时候给。她本来稍微抖擞的心情再次在她广袤的内心世界来了一次自由落体运动，只是程度远不及先前她的城堡被震塌那么严重。就像全身骨折的人根本不在乎右手的小拇指也被夹断了。

四姨似乎很满意姨夫的回答，空头支票依然是支票，早晚有兑现的时候，又扭着屁股去继续盛饭，边说："吃饭喽！"

许诺在吃饭的时候，还是决定说一下自己的遭遇，她找了一个不太敏感的切入话题，问她的姨夫："姨夫，赵台你认识吗？他的儿子跟我们一起考试的。"

"我认识王台，还有崔台。"

许诺觉得很惊讶，姨夫现在竟然能用一本正经的表情说玩笑话了，原来一把年纪的姨夫也可以升级。她笑道：

"哎呀，姨夫你别逗我了。"

她的姨夫依然用一本正经的表情说："怎么是逗你呢？我本来就认识啊！"

"哈哈哈，哪有那么多叫'台'的人啊？电视台的人就都叫'台'？"

"………"姨夫一脸无语的表情。

"哈哈哈，人家那个是台长的简称。"四姨笑得厉害，给她解释道。

一直在旁吃饭插不上话的小表妹终于有说话的机会了，她也边笑边说：

"姐姐真傻！哈哈哈。"

许诺也觉得自己真傻，情绪沮丧值达到历史新低，比她以往挂科的时候还低。挂科嘛，哭哭就算了，现在的处境让她全身都不自在。她决定还是等吃完饭跟最能理解自己的母亲吐吐苦水，说不定母亲一心疼，她就可以奉旨回家了，她的纸老虎精神再次作祟，她需要别人给她铺个台阶下才行。

接通了妈妈的电话，妈妈也没有理会她是什么情绪，妈妈倒不是像四姨那样因为自我和高兴。妈妈气喘吁吁地说：

"哎呀，我正打包呢！把行李什么的都打好了，现在正包咱俩的衣服呢！然后去发快件。"

之后在一旁帮妈妈打包的大姨拿起电话，温柔地说：

"给你买了一件大衣，让你妈妈给带过去。以后采访的时候好穿，老在外面采访得注意保暖。这工作多好呀，我太高兴了，你好好干呀！"

妈妈又接过电话，说："你大姨多疼你，大衣一千多块呢！我都不好意思啦！好了，我们得忙了，一会儿再打电话吧！"

许诺前所未有地体会到上了贼船是什么感觉，她还属于不会游泳的那一类，虽然船离岸不远，但是她绝没有那个魄力跳船入水。她仰卧在沙发上，看着天花板，上面仿佛正上演着一幕她孤零零地站在船头，迷离地望着远去的河岸，岸边却连跟她招手并打算营救她的人都没有……

一个电话打断了她的清梦，她接起电话，那头又传来因为兴奋导致高八度的声音，难得高八度的表姐没有适当地调整电话跟嘴的距离，许诺的手机听筒边"刺啦刺啦"地响，边传递出这几句话：

"诺诺，听说你考上记者了，我真高兴，我妹妹就是厉害，一定要好好努力，好好工作。别再让你妈妈为你操心了。"

又挨了一棍子。

许诺冷静地说："知道了姐姐，放心吧！你也要好好照顾自己！"

内心却气急败坏：敢情我们家亲戚都成了十八铜人了，一个个都拿着他们那"为我高兴"的棍子"鞭策"我。稍稍摆了个小阵，许诺就被架起来了，四肢不着地，也不知道会被运往什么地方……

她又准备睡过去，电话却又铃铃铃地响了，许诺烦躁不堪，举起手机摆在脸前想挂掉，来电名却让她一激灵——启开。她坐起身，拿着一直颤抖的电话不知如何是好，她正想着怎么说的时候，振动停止了。她大吐了一口气，她总是需要时间思考一下的，可她这口气还没有吐完一半，手机在手里又振动起来了，她慌乱地按下接听。

"你在干什么？"启开似乎因为第一个电话没打通而不悦，他本不想主动给许诺打这个电话，可他也很想了解事态发展。许诺的怠慢让他更有些心灰意冷。

"睡觉来着。"许诺说。

"大中午的睡什么觉。"启开发觉自己似乎无法信任许诺了。

"这边就这样啊，中午下班是可以回家的。"

"哪边？"启开不想听到许诺已经前往 T 市的消息，所以他有些自欺欺人地问了这个问题。

"四姨家这里啊。"

启开沉默了许久，许诺有些慌了。之前记者身份在她心里是一个巨大的筹码，可是经过今早的确认，她觉得两者相比，还是启开值钱一些，她立即说：

"我估计不会在这上班的。"

"你不是已经去了吗？"

"我……"许诺不怎么会撒谎，"我就来看看。"

"还是想去是吧？"

"启开……"

"你真就没想过咱俩？"

"我……我还没决定去啊，我不是很想去的。"

"那你选好了告诉我吧。"

"选？选什么？"

"选去或者不去。"

"然后呢？"

"没然后。先这样吧。"启开似乎已经失去了跟许诺交流的欲望，他内心的决绝已经萌芽，只是他自己还没有意识到，许诺也没有。

许诺躺在四姨家书房里的长沙发上，这个沙发是她这几日一直就寝的地方。自从四姨陆续生了两个孩子，许诺来四姨家的"地位"就随之下降——最早的时候，许诺每次来都可以住两个卧室中较小的那一间，虽说是小，总是有自己独立的空间；后来表妹出生了，这个小丫头先是占了她爸爸的地方——她时常要求跟她爸爸互换位置，让爸爸去住小房间，自己跟妈妈住，所以许诺再来的时候就不得不跟四姨以及小表妹挤在一张床上，还夜夜被睡在中间的小表妹踢肚子；再后来，四姨生了新宝宝，大卧室归她们娘仨，小卧室归姨夫，许诺就只能睡在客厅兼书房里的长沙发上了。

　　长沙发对许诺来说并不算长，冬天的夜里，她伸在沙发外面的脚让她觉得特别没有安全感，她只好选择侧躺而后蜷缩。倘若是面朝外面蜷缩，膝盖就会露到沙发外面；若是面朝里面蜷缩，她丰满的屁股就会露在沙发外面，更加让她觉得随时会因为失重而掉下去。况且如果是背对着空荡荡的书房，她总是不免有毛骨悚然的感觉。所以最终，她只能两害取其轻的唯一一个露膝盖的姿势睡一整晚。

　　此时，她也正保持着这个姿势，只不过午觉时她可以在几个姿势中随意更换，因为中午很暖和，而且不阴森。她现在睡不着了，她在想这一切是如何发展至此的。一切的一切都像是意外。她蹙着眉头，望着四姨家贴满墙高至顶的书架，发呆，由于侧躺，她的嘴有些咧开，细小的口水流有越出嘴角的趋势，她正吸了一下嘴巴，四姨家的门就被敲响了。

　　"又来客人了。"许诺心知肚明。

　　她只好不情愿地坐起身，把被子叠好，给四姨夫的客人腾地方。四姨夫当真人气很高，他不是时常被邀出去被请客喝酒，就是有人造访来家里喝酒，然后高谈阔论，甚至高歌一曲。

　　门一开，屋子便嘈杂起来，这时四姨的儿子突然大哭，兴许是因为被吵醒了，要么就是又拉尿了，许诺顿时感到无地容身，就像她睡在沙发上脚悬空一样不踏实，她跟四姨说：

"我出去溜达溜达。"

许诺走入了一个公园，她找了一个石凳坐了下来，一股拔凉从屁股窜进心里。在石凳旁边的假山旁蹲着一只流浪猫，身上黄白相间的毛都结在一起，它蜷缩着。许诺慢慢放低底盘走近它，它的身体颤了颤，流露出警觉的神色，可它没有立即逃跑，也许好不容易蹲热的地方不想因为不确定的危险而随意放弃吧！许诺继续逼近，猫才弓起身子，做出要随时逃跑的姿势，可依然没有动。许诺看着它，它的眼神坚定。

"我可是个大猫。"许诺想。

许诺这个狮子座的姑娘，用曾轶可的歌唱，她是"八月份的前奏"，可以说是狮子中的狮子，她一直自诩自己像希腊星座神话里狮子座传说中的大力神赫拉克勒斯一样果敢、霸气。这个半神正是最明目张胆、不怕非议的"花心大萝卜"——希腊神王宙斯的儿子，是宙斯与一个凡人美女所生，被誉为希腊神话中最伟大的英雄。他完成天后赫拉指使国王布置给他的"十二项不可能的任务"后化身为全能选手，而且他还因解救了偷火种的普罗米修斯而享誉盛名。

在得知他与自己的星座有关联之前，许诺觉得他离自己很远，自己可不是那种四肢发达的家伙，至于他是不是头脑简单，这已经无从考证。反正许诺觉得自己就算不是阿佛洛狄德也得是雅典娜，或者总可以是阿尔忒弥斯。可是后来当她知道天上狮子座的那只狮子就是被赫拉克勒斯杀死后，由宙斯抛掷到天宇成为了狮子座时，她骤然觉得这个伟大的英雄跟自己息息相关，甚至自己也可以像他一样骁勇善战，只不过在这和平年代，她只骁勇就可以了，善战的功能可以暂时搁置一边。赫拉克勒斯对她来说，突然变成了一个勇气的源泉。

　　在希腊神话中，赫拉克勒斯天生拥有无比神力。被"花心老公"宙斯折磨得心灵扭曲的赫拉更加妒火中烧，不采取报复绝不是她的作风，她一向是以嫉妒、狠毒、爱报复而在希腊神话中著名的。所以，赫拉在赫拉克勒斯还是婴儿的时候就放了两条巨蛇在他的摇篮里，希望他被缠死咬死，可惜他以过神的臂力轻松加愉快地捏死了两条巨蛇。

　　许诺未必能在现实生活中遇见巨蛇了，可是她非常害怕软体虫，当她切开一个苹果或者掰开一个桃子再在里面看见一只白白肉肉的小家伙时，她的表皮神经会迅速麻痹，只有喉咙可以使用，所以她只能用极大的分贝大喊一个长音——"啊——"，这一个长音就立即转化成一个声控启动器，因为喊完之后，她的双腿才可以立即弹跳，让她逃离得远远的。

　　可是，在她知道赫拉克勒斯徒手捏死巨蛇之后，她再看见软体虫的时候就变得"骁勇"了。前面的步骤还是一样的，只是在喊过长音之后，她会找到某样"武器"，比如碗、杯子、书籍、杂志、另一只苹果或桃子、鞋、袜子等等……应该说是她手边任何一样可以让她拿起来杀死这个虫子的东西。待谋杀成功之后，她会沾沾自喜地觉得自己像那位半神英雄一样又捏死了两个"蛇"。

　　"我的先辈是赫拉克勒斯，我有什么好怕的，他连大他五倍的狮子都不怕，我怕什么？"

　　想起这个，她的内心豁然开朗。只是她并不知道，这个被赫拉克勒斯杀死的、被宙斯抛掷到天宇的这头猛兽，并不只是一只嗜血的禽兽而已。

第四章

历　险

虽说想起了"先辈"赫拉克勒斯使得许诺的心像一个气球一样被注满了勇气，可实际上去电视台上班与否这事儿跟赫拉克勒斯没有一点关系，因为这与去跟狮子搏斗完全是两个性质的事情，所以许诺的心情只是开朗而并没有开心。

她的老妈适宜地打来电话：

"东西终于发出去啦！你怎么样？"

"你都发出来了，我还能怎么样。"

"这么消极呀，是什么又不可心了呢？"老妈知道许诺的心又像堵住了的马桶一样，她要用自己的柔情发挥出皮搋子的效用。

"那个电视台的办公楼，跟二十年前你工作的地方一样。"

"哦，老楼房，这不是什么大问题啊，又不让你住在里面。"

"可是，不是说只招聘十个人吗？结果都快组成一个排了！"

"那么多吗？"

"十几个。"

"也还好啊，多几个人而已。"

"全是女的！"

"哈哈，这有什么关系呢！"

"那个牛丽杰，就跟个男人婆一样！"

"她是谁呢？"

"是我们的主任啊！我们的顶头上司，我不大喜欢她。"

"你瞧，你说的这些问题都不是实质性的问题，你发觉了没有？"

许诺顿了顿，说："好像是。"

"有什么实质性的比较严重的问题吗？"

"我暂时还没有发现，可是启开，他很不高兴。"

"嗯，我理解。那你打算放弃做记者的机会再回去启开那儿吗？"

许诺又停了停，说："我不知道。"

"那不如就先试一试，说不定有别的收获。"

"反正你把家什也发过来了，也只能这样了。"

"什么时候上班，通知没有？"

"就大后天。"

"那你这两天就抓紧时间找房子吧。"

许诺把这个事忘在了脑后，老妈的这句话像一个耳边敲响的大钟又让她的头剧烈震荡，她烦躁不堪，说：我知道了我知道了。随即挂断了电话。

在去看房子的路上，许诺迈着沉重的步伐，北风把她的坏心情吹得东倒西歪，却始终吹离不出她的躯体。她的步伐沉重还有一个原因，就是老妈和四姨都给她下了很多指示，这些指示对许诺来说就像武僧练武时腿上绑着的沙袋，让她举步艰难。

老妈的指示是，四姨刚刚坐完月子，天寒地冻，不能让她跟着许诺一起奔波在外到处看房子，已经成熟的许诺应该自立自强，在找小窝的事情上独当一面。

　　四姨的指示是，找的房子最好便宜些，最好离电视台很近，不太近的话，最好交通要方便，最好干净整洁，最好家具齐全，最好能洗澡。许诺觉得她们"十八铜人"中这两个铜人的棍子又发挥了威力，将她捅了又捅，翻了又翻，就是不能落地。

　　许诺之前在网上浏览了各个网站的租房信息，可是这个T市似乎在租房行业中并不大依赖网络的力量，因为她浏览的少量租房信息发布的间隔时间非常长，两三天、四五天才有一条新的信息，不像在大些的城市，几乎每隔几分钟都会有新的房源信息。加之这个T市面积不是很大，她没有花很长的时间就记录了几个电话。

　　她本来的首选是一个联系人为"李老师"的人。据网上信息介绍，这是一个地理位置最好、房价最便宜、房屋比较新的一个优质房。许诺满怀希冀地将电话拨了过去，稍作等候，一个中年女人的声音在电话那头响起。许诺说：

　　"您好，是李老师吗？"

　　"是的，你是哪位？"

　　"请问您有房出租吗？"

　　"没有！！！"

　　她的声音流露出难以抑制的愤怒，让许诺十分诧异。

　　"什么？可是我在网上——"

　　"没有房出租！别再给我打电话！我没有房子出租！不知道是谁弄的！我已经报警了！"

　　许诺惊愕中还没想好如何回复，那边就利索地挂掉了电话，留许诺一个人还举着电话待了半天。她想起在网上曾经看过的一句戏言：你要是再惹我，我就把你的电话号码写在墙上，然后在后面加上两个字——办证！只不过有人把"办证"两个字换成了"租房"，在接了无数个这样的电话后，"租房"两个字在这位李老师面前就如同一个火星，可以立即将她炸药包的信子点燃。

许诺打这个电话的时候，她想象的只有 A、B 两个结果，要么房还在，要么已出租，突然杀出个 C 答案，让她觉得这个城市非常不可思议，因为她在藏龙卧虎的发达城市待了多年也没有遇见过这种事。当然，这种 C 答案可不是随时就有的，所以她后面打的几个电话结局都在她意料的两个选项之中。而她终于跟一个房东约好去看看房子。

许诺伫立在寒风中，终于等来了在网上找到的唯一一个离电视台很近的却还没有被租出去的房子的房主。这位男性房主热情洋溢地边带许诺上楼边说：

"咱家房子可好了，屋里特别热，跟夏天似的，你就穿个小背心都行，家具都有，电视也有。下楼就有超市，有公交车站啥的。"

许诺心想：大冬天的我穿个小背心，要出趟门我得花费多长时间再把秋衣秋裤穿上、再把毛衣毛裤穿上、再把外裤外衣穿上，我还不如找个温度适宜的，要出门直接套上外套就走来得方便呢！

门一开，果然一股热气扑面而来，这高大的男房东没有说谎。许诺细瞅了瞅，才发现这屋顶多算一间特别热的仓库——家具都有，只不过坏得旧得差不多了，就像几个古稀老头支着拐棍儿颤颤巍巍地靠着墙边站着，这难道是要"复古"吗？电视的确也有，只不过只有 16 寸，还没许诺电脑屏幕大，这得拿个小板凳蹲在电视跟前才能看清楚！厕所就更特别了，只有一扇门那么宽的小屋只置下了一只小马桶，别无他物。昏黄的光线、粗糙的墙面，让小马桶显得不像一只马桶，而像随时准备行刑的电椅。由于年久失洗，已经辨别不清它是什么颜色。许诺觉得如果她在这个小屋上厕所的话，门一关她就得乘着那带有"邪恶"气息的马桶直线下坠，直掉到地狱里去。

许诺在这个布局古怪的房子走了一圈，她觉得只有那些不想让人发现又不怎么注重生存环境的恐怖分子才适合住这个房子，她觉得自己被一直跟在身后走的这个高大的男房东忽悠了，看来高大跟伟岸真的不能每次都放在一起说。想起在寒风中等待二十分钟受的冻和被浪费掉的时间，许诺咬牙切齿。

咬牙切齿的许诺渐渐挪到门口，手扶着大门的把手，才敢狠狠瞪着那人，吼道："你在电话里不是说能洗澡吗？你不是说房子条件好吗？那你自己怎么不住啊？骗人不觉得缺德吗？恶心！"说完打开门以迅雷不及掩耳之势"腾腾"下了楼梯迅速逃跑——她也生怕那人会揍自己一顿，可是她的一腔怒火是一定要这样发泄一下的，谁叫她是个"火象星座"的女孩呢！

许诺火烧屁股一样跑到楼下后，发现天已经有些暗了，她继续奔出了小区，又在路边跑着，边跑边回头看看，那人并没有追来。她还是躲进了一家便利店——躲那人，也躲凛冽的风。坐在柜台后面原本嗑着瓜子、看着电视的老娘们儿耷拉着眼皮说："买啥啊？"

许诺只好假意挑选饮料，顺便问："大姐，咱这儿的房子好租不？"

"挺好租啊，挺多墙上都贴广告。外地的？"

"是啊！昨天刚到，想赶紧租个房子。"

"租啥样的？单间还是整套租？"

"想整租。"

"哎那正好，我表弟家房子好像要租来着，不知道租出去没有，就在旁边这个楼，我帮你问问啊？"

"是吗？房子怎么样？"

"那房子可好了，屋里特别热，跟夏天似的，你穿个小背心就行，家具都有，电视也有。这不楼下就是便利店，还有公交车站啥的。"

许诺听了这话，觉得既熟悉又冷汗频频。她赶紧随手拿了一瓶饮料，到柜台前乐呵呵地说："噢，多谢您了，呃，这边有点儿远。"

那娘们儿找钱慢吞吞，又说："远怕啥，交通方便啊！"

许诺赶紧拿过钱，也不管钱被那娘们儿吃瓜子黑了的手摸得脏兮兮的，说：

"不用了，谢谢您。"

许诺落荒而逃，剩那娘们儿满脸鄙夷的神色，说了句："切！"而后继续用拿过满是细菌的钱的手嗑瓜子。

许诺出去后，眼睛就开始到处瞟，果然在黄昏尚亮的光线里看到随处贴着"有房出租"白纸黑字的违章广告。她想，这瓶水还是没白买的，至少得到了有用的情报。看来 T 市的租房行业是通过违章广告支撑起来的，不是中介也不是网络，这真是一个地域特色，虽说免去了中介费，可在这寒冬腊月里站在寒风里找租房信息着实不是一件让人感觉轻松的事。

许诺找了一处广告贴得比较密集的墙面，开始对广告自左而右、自上而下进行扫描，什么广告都有——租房卖房、点滴护士、疏通水道、电器维修，许诺还看到四个赫然的并且胆大包天的字——"特效迷药"，下面也赫然地写着电话号码。她心里犯堵：这到底是一个什么城市啊！

扫描过后，她掏出电话开始逐个号码拨打。

打过六个电话之后，她的手早已失去知觉，候选单上却依然空空如也。她并没有严格按照四姨和妈妈布置的"六最好"执行了，不管便宜贵贱，不管整套单间，不管是否方便，她只要看到任何"租房"两字下面的任何电话号码她都打。可是她打过电话的这六个房子都已经租了出去。

许诺把拿过电话已然冻僵的手伸进了自己的围脖里取暖，全身打着冷颤，北风那个吹啊，她之前盘好的"道姑头"被从各个方向前来进攻的风搅得稀烂，零碎地飞舞在风中，许诺的眼泪又涌了出来，不过是因为她有些沙眼，她想：这东北的风不是风，它不是用来改换四季的，这东北的风吹起来的目的就是想把人都撂倒！

天已经愈加暗了，任许诺再在广告牌上进行搜索也依旧无果，她慢慢在风中行进，再一次深切地感受到自己当初参加电视台的考试就如同上了贼船。她想起自己当初原本已经做好"不来"的决定，说得掷地有声、说得斩钉截铁，可她却在得知录取后无耻地反悔了；她又很后悔在自己对电视台很失望的一刻没有果断跳下贼船入水的魄力，早点跳，只会湿了身子出出丑，现在跳，她就会殃及池鱼——妈妈已经将货物发了快件，听说几个姨也已经将此事昭告天下，她无法想象这些亲戚铜人撤了棍子之后，自己会摔得多惨。

这时，许诺猛然在其他地方发现了违章小广告，就是那些电线杆子、马路牙子、墙根墙角之类的。这些小广告也一样是白纸黑字，只不过它们通常被贴得东倒西歪，不如广告栏里整齐划一，可以想象贴广告的人随手一拍的模样，不知是非常敷衍还是怕被发现，总之，这些人的动作应该是迅速的。不论是如何东倒西歪，被印刷的加粗加黑的"出租"二字还是十分醒目。

许诺开始沿着电线杆左顾右盼，慢慢寻觅着，时而把头歪向左边，时而把头歪向右边，倒很像一只在寻找电线杆尿尿却老是犹豫不决的公狗。她看到一则招租广告上写着"限女"，便突然想起在她之前的候选单里，还有一个电话没打。她之前把这个选项 pass 掉是因为这个房子不仅仅是合租，而且是跟房东合租，而且房东的条件显现出为人非常刻薄。条件是——在其套三的房子中出租两间，因为还有一间房东已经住在里面，要求单身女性，爱打扫房间，无不良习惯。

许诺想着这要求思虑了很多。其一，一般合租的房屋"限女"是非常正常的现象，可这位房东还强调了"单身"女性，这说明，她不能接受家里留宿男生，甚至是来男生做客吧！其二，爱打扫房间，这句话弹性非常大，是打扫自己的一片小领地呢，还是连公共区域也要打扫呢？其三，没有不良习惯，估计就是抽烟喝酒深夜归家了，或者更多。这哪像在招租，简直就是找儿媳妇。

许诺认定这个房东定然是一个矫情又多事的老太太，况且跟房东一起住是非常受拘束的。可是，即便到了明天，网上多半也不会更新什么房屋信息，路边的小广告也说不准是半年前贴的，因为小广告上没有印日期。天边已经从暗变黑，都到了这一步，她许诺应该就像一个饿慌的人，还挑什么馒头还是包子呢？

许诺想了又想，她自诩没有什么不良习惯，她和妈妈一人住一间，也算两个单身女性，至于打扫房间，看在房东年迈体衰的分上，她觉得年轻人多干点活就是了。想好之后，她心一横，将已经在脖子上取好暖的右手拿了出来，翻起电话号码。许诺必须用右手，因为她的手机是触摸屏幕，日久以来练就的都是右手，到了这东北寒风凛冽的天气，真叫她苦不堪言。

许诺已经做好了足足的心理准备，对付这个矫情又多事的老太太，自己一定要有耐心，有爱心，有恒心拿下这个房子！

"嘟——嘟——嘟——"电话等候接听中，许诺捏好了嗓子，打算用最甜的声音让老太太喜欢自己，尽量少问点废话，免得右手再次冻僵。

"喂！"电话那头传来慵懒且敷衍的一声，这一声让许诺把捏着的嗓子骤然扩张，想好的"甜言蜜语"都回流到了嗓子里，差点把她噎死！没错！许诺听到的是一个男人的声音，虽然是仓促的一声，可她绝没有听错。

"也许是她儿子"，许诺宽慰自己，而后鼓起勇气问这个"儿子"道："呃，您家有单间出租是吗？"

"是啊！"也许因为许诺的声音比较温柔甜蜜，这个"儿子"立即来了兴致，语气中也流露出了积极良好的态度，而他积极良好态度的背景音乐是"哗哗哗"的麻将声。

"呃，您是房东吗？"许诺没有死心。

"我是啊！"

"敢情你在以招租的形式找配偶？"许诺这句话没有经过声带振动，"真是在找媳妇啊，只不过不是矫情老太太找儿媳妇，而是穷屌丝男找女朋友，这人都沦落到这地步了，还想来个近水楼台先得月吗？Oh my god！"

那人又说："今天不行，我明天给你打电话你来看房子吧！"麻将声从"哗哗哗"改成了"　——噬——"，看来他们已经从洗牌改成了打牌。

"我没说我要来看房子！再见！"

许诺挂断了电话，心想：还要求别人无不良嗜好，自己居然是个赌徒，"找配偶"还这么不积极，别说不敢租的姑娘了，就是敢租的也得被你吓跑了！这到底是一什么城市啊！

　　许诺有些灰心，应该说是非常灰心，她也不再守着电线杆查信息了，她已经不抱任何希望了——至少今天，她是打算放弃了。她把手机揣回了兜里，两只手也一起捂在羽绒服的兜里，她没有戴手套，因为她手机的触摸屏隔着布是触摸失灵的。总之，她已经泄气地打算先坐上公交车回四姨家。

　　许诺走了几步，突然一个男人在她身边说：

　　"原来你在这儿！"

　　虽然这声音几乎是在她耳边响起的，可是许诺知道自己是绝无可能在这个城市偶遇熟人的，所以她没有回头、也不想理会。如果在她心情好的时候，她兴许会因为好奇回头看一看，可是此时，她悻悻地迈着自己的步子。

　　"你还要往哪走？"

　　这声音更近了，似乎成了一种逼迫，许诺不得不回头看看究竟是怎么一回事？但见一个二十七八岁左右的男人正将眼光对着她。许诺盯了他几秒，确定这个男人的确在跟自己说话，她便说：

　　"你认错人了！"

　　"你装什么？我找了你多少天了？"说着，男人靠得更近。

　　许诺赶紧闪开一些，蹙紧眉头，心怦怦直跳，说：

　　"我不认识你，你真的认错人了！"

　　这时，她想起之前在网上看到过的拐卖妇女的新手法，即装作熟人，甚至是吵架的情侣，这样任女孩再怎么闹，路人也只会袖手旁观。她正这样怀疑着，男人身后又走了两个人过来，一男一女。女人对这个男人说：

　　"你找到她了？"

　　"是啊！"话音刚落，他邪恶的大手就企图拉住许诺。

"别碰我!"

许诺像猫在低嚎一样发出威胁的声音，然后举步就跑。跑了没几步，三个人都跟上来了，男人大喊道：

"你到底要怎么样？"

女人也过来拉许诺的衣服，边说："别闹了，有什么回去再说吧。"

许诺立即掏出电话准备报警，无奈手冻得厉害，动作缓慢极了，她的打算立即被识破，男人甚至要伸手过来抢手机。无助的许诺知道即便路人会袖手旁观，此刻也只能选择大喊大叫。她的心剧烈跳动，腿也在发抖，身上冷汗频频，她喊：

"救命啊！救命啊！"

说着就挣脱三人的包围，可是三个人就像黏上的尾巴，她挪动多少，他们就跟着挪动多少。许诺不停地以她的高分贝大喊、挣扎，路人纷纷前来围观，她的眼泪已经噙了出来，她对着路人说：

"我不认识他们，我不认识他们，求求你们救救我！"

路人甲乙丙丁们有发呆的、有笑的、有吃惊的，就是没人说一句话。许诺挣开他们拖着她的手，一个耳光就扇在了男人的脸上，她过于激愤，不知道如何表达，可这其实是一个错误的举措，这样路人就会更加以为他们是一对情侣在吵架。

"没事没事，就是吵架了。"女人对着围观群众解说道。

"吵你大爷！我不认识你们！你们是骗子！"许诺依旧徒劳地大喊，扭动全身想要挣脱，她的大喊声直破云霄，就像有人在拿钝刀割她的喉咙。

也许是过于震耳欲聋，三个骗子的围攻稍稍有放松的架势，许诺得空立即向马路边逃跑，没跑几步，又被三人黏上。她绝望的眼泪洗刷着她的脸，刚刚流出来是热的，可是立即被冷空气冻冰，然后刺她的脸。她不停地嚎叫，就像猪在被宰。

终于有一个人从围观群众中钻了出来，他行进的架势似乎并不只是希望看热闹看得更加清楚。他越过围观群众，走到了许诺等四人的面前。许诺已经哭得闹得身体疲软，但她还是只能硬邦邦地使尽全身力气像木锥一样挺立在原地，只要她稍稍松懈，三人就有想拖走她的趋势。她的嗓子还在大喊着，嗓子似乎是不知疲惫的。

"你们让她走吧。"这个穿过人群而来的男人说。

"不关你的事！"其中一个男人像狗龇牙一样说出这句话。

"那我报警。"这个见义勇为的男人声音淡定，"我已经拨好了，我现在就可以当着大家面立即拨打过去。"

许诺从他说第一句话时就停止了呼吸，她屏息静观事态发展，随时准备突围出包围圈。在听了这个男人的话后，三个骗子无法在众目睽睽之下继续他们的勾当，所以离去了。许诺立即瘫坐在了地上，她此时顾不了那么多了，她已经筋疲力尽。

"你没事吧？"见义勇为的男人蹲到她面前说。

"谢谢你。"

"我在网上看过这种骗术，一般大城市比较多，没想到这儿也有了。"男人的声音不算低沉，很柔和，听上去跟许诺年纪相当，天已经黑了，况且许诺也没有心思去关注他的脸。

"谢谢你。"许诺大喘着气，也不知该和他说什么好，路人们也渐渐散去了。

"要不我送你回去吧？"男人提出这个建议。

许诺的神经骤然再次绷紧，她立即联想起这个骗术中还有一个连环计，就是出现一两个"见义勇为"的人士让受害者放松警惕，然后被哄骗上车。许诺想，网上的帖子里提到的是一对慈祥夫妇，这次换成有为青年了。

许诺立即发力想要站起身，可是腿部发软让她这个动作非常不利索，男人见状伸手搀扶，被许诺一掌拍开。激愤的许诺再加一掌在这个男人的胸口，原本蹲着的男人由于失重，一屁股坐在了地上，瞪大了眼睛。

"别以为我不知道你跟他们一伙的！"许诺大吼着站起身来。

"我不是。"男人依旧坐在地上，仰脸看着许诺，淡定地说。

"是吗？那你接下来不就是要带我上车吗？"

男人站起身，拍了拍身上沾的土，看着他高大魁梧的身材，许诺立即跳开到一米远。男人笑了，他的眼睛在黑夜中呈现棕黄的颜色，眼角上提，像一只狐狸。男人跟她说：

"那你要没事了就早点回家吧，以后小心点。"然后转身走了。

许诺怔在原地。看着他坚决的快步，她知道自己肯定错怪好人、恩将仇报了，她很想喊住他，再说些感激的话和道歉的话，可是她太疲惫了，她就只是内疚地看着他消失在转角。

许诺拦了一辆出租车，到四姨家之前她在汽车后座上就像一个瘫痪病人，横躺在上面。司机师傅不停地从后视镜里撇着嘴监视她，不时说一句："姑娘你可别吐在我车上啊！"

在家里迎候她的四姨依然乐观无比，她根本不知道许诺差点被人拐带走。她油光满面披头散发地坐在客厅看电视，看到许诺灰头土脸地进了屋，便说：

"没找着吧？"

"没有。"

"我就知道，我就说最好你不要一个人去，又不认识路，对不对？”

　　“是。”

　　许诺只觉得自己快死了，可是四姨现在抱着儿子坐在她晚上要就寝的“床”上，她也只能靠着沙发挺在她旁边。四姨继续说：

　　“告诉你个好消息，你姨父已经托朋友帮你找好啦！离电视台不远，房子可好呢，还有免费的热水。”

　　此时此刻，许诺的内心中，真不知是该先高兴还是先无语，或者先后怕还是先后悔，这真叫五味俱全了。她抽动了一下嘴角，等候睡觉。

第五章

尼密阿

正式上班的第一天，都市之窗这批新来的记者就从十位缩减到了八位。

早上，许诺坐着那辆环城公交车去往单位，就好像 T 市只有这个公交车跟许诺有缘；这个公交车是 1 路，就好像所有小城镇的环城公交都是 1 路。

从她的新住处乘坐这辆车只需要三站就可抵达电视台办公大楼的门口，大概只需七八分钟的时间；如果要去四姨家，则要坐上反方向的 1 路车，却需要半个小时之久了。不过这些时间的计算都排除了等车的时间，许诺后来才知道，这个车的到来是多么不可捉摸、多么随意的一件事。

许诺跟全中国大街上的许多女孩一样，脚上是一双百搭的雪地靴，就是最开始被称作 UGG 的那款雪地靴，后来又涌现出了许多许多品牌，只不过大家还是习惯用 UGG 来称呼它。她穿着一双不是 UGG 牌的 UGG，上了那辆绿色表皮被贴满花广告的公交车。

公交车的地面是钢的，上面湿漉漉的，那是众多乘客脚上踩的雪融化在了车里。许诺没有得着座儿，再小的城镇也存在上下班高峰期的现象。她握着扶手站立着，钢的湿气儿由地面自下而上向许诺传递着冰冷，这个钢的湿地面加上零下二十多度的低温，已经比外面的雪地还要冻脚了，用一句东北话说，就是拔凉拔凉的。

许诺非常不理解——她不理解这个公交车的钢制地面。不过她不理解的不是生产汽车的厂家为什么要用钢来做地面，而是不理解T市的公汽公司为什么要选钢制地面的公交车。也许因为公汽集团的首脑根本不会坐这辆公交车，当然他们的脚就不会感受到这种拔凉的痛苦。

车一到站，许诺逃也似的冲进了电视台的办公大楼，脚指头像十个迷你冰棍儿。她到办公室的时候，时针指向7点55分，牛丽杰正在说，有两个女孩已经决定不来这里上班了。

"那更好，我还嫌挤呢！"牛丽杰在大冬天说着风凉话。

虽然少了两个，但是许诺她们依然充当着破水管里的烂土豆，把办公室堵得水泄不通，依然端正地坐成一排半，依然穿着厚实的大衣。对，是"她"们。因为那个香饽饽"恒恒"已经出去采访了，他可是赵台的儿子——赵台长的大公子！

许诺的内心中多少因为少了两朵斗艳的花而小高兴了一会儿，同时再次鄙夷自己实不如人的魄力——我怎么就不能把这块鸡肋潇洒地弃之不可惜呢！

她想起美国电影中经常出现的一句台词："So what？"通常是当某人做了别人不能理解的、自己又很认定的事时，他会潇洒地来一句："那又怎样？"许诺觉得自己目前还没有机会说这么潇洒的话，委实遗憾，但是将来一定要找机会说一次！

牛丽杰主任突然扯着大嗓门对几个姑娘又说了她最喜欢说的那

句话：

"你们穿着大衣就不热?！"

依然是那个体校的记者率先脱下了她的羽绒服，她依然扎着马尾辫，只是多了一个齐刘海儿。许诺不知道她这个发型是不是为了庆祝当上一名记者而新剪的，反正上次她露着光光的额头，戴着宽宽的发卡。她脱下羽绒服后放在了身后的桌子上，大家继续纷纷效仿。这次许诺也不例外，因为她很明白此时的状况——她要在这个二氧化碳超标的办公室待上个把小时。

她们身后的桌子立马转换了功能，成为堆放大衣的专属工具。

看到自己的威力得到了成效，牛丽杰满意地继续低头看手里的稿件。都市之窗栏目所有人员都在这一个办公室里办公，包括他们的牛主任，这是许诺无法理解的。在往后的日子里，她会渐渐发现跟主任同在一个办公室是多么痛苦的事。

脱了大衣后，她们七个美女烂土豆的身份并没有得到改善，她们依然端坐成一排半不知该干什么，果然过了几分钟，牛丽杰又觉得她们碍眼了，以高分贝炸响一个谴责口味浓厚的反问句：

"你们一个个坐那儿干啥？不知道找书看看？"

几人四下张望也没有望见一本看上去像是公共图书的书籍，便没人敢轻举妄动。牛丽杰一看她的命令延时了，她只好不满地下达进一步的命令：

"那桌子上不有吗？自己拿着看啊！你们几个都不是新闻专业的，也不知道自己多学学理论啥的？"

几人只好陆陆续续地在其他人的办公桌上像小偷一样翻腾、找书……正式上班的第一天，几人就在牛丽杰一惊一乍的话语中，在读着新闻专业的图书中，度过了。

　　好在"耳语组织"初具规模——许诺在耳语中，和梁晓晓以及余小游成了好朋友。之所以成了"耳语组织"，是因为只要她们说话的时候振动声带，牛丽杰就会狠狠地瞪她们，然后说："小点声！领导都在这层呢！"她完全不知道她一个人的大嗓门足以覆盖她们三人一起说话的声音。

　　梁晓晓就是那个体校毕业的留着齐刘海儿扎着马尾辫的敦实姑娘。两只小短腿一看就是练短跑的料，齐刘海儿下一对尖尖的眼睛，尖眼睛下面一只尖尖的鼻子，尖鼻子下面一张尖尖的嘴。模样跟她的为人一样机灵，她说话语速极快。

　　许诺对她说："你和鼹鼠唯一的区别就是你有个稍大的眼睛。"而后惹来几拳狠揍。

　　余小游则留着非常漆黑的及腰披肩发，不时地甩一甩。身材高挑纤细，许诺目测，她的数字应该是 168CM 和 45KG。一双大眼睛里除了会瞎高兴其他什么内容都没有，说得好听点，是单纯，说得难听点，就是傻乎乎的。圆鼻子圆嘴镶在一张小圆脸上，看着就喜庆。不过全身数下来，许诺最羡慕的就是她那双修长的小细腿，许诺光着的腿都比她穿着棉裤的粗些。

　　余小游跟许诺同岁，巨蟹座，在星座表中排在许诺狮子座的前面，是一对近邻，可性格却大相径庭，因为巨蟹是一个水象星座，都说巨蟹座的女孩是最好最温柔最合适做老婆的，可惜许诺也是女的，她觉得只要和余小游别"水火不容"就行了。

　　梁晓晓比许诺小一岁，天蝎座，也是一个水象星座。可是天蝎座的人却很容易跟狮子座的人"水火不容"，因为狮子被称为阳王，天蝎则被称为阴王，两个"王"在一起恐怕就要明争暗斗了，固然明争是很难抵抗暗斗的。不过目前看来，梁晓晓是非常友好的，许诺更是。

　　下班的时候天已经黑了，高纬度的东北一到冬天阳光就特别吝啬。还不熟悉的那几个姐妹陆陆续续地走出了办公室，已经熟悉的这两位同走跟许诺相反的方向，许诺要一个人探黑回家了。

　　许诺租住的房子相对电视台来说是很近的，可是离闹市很远，因为一般电视台都在城市较偏僻的位置甚至郊区——不过中央电视台那造型奇异的楼可排除在外。她站在路边静静地等 1 路车，她很安静，可是风很吵，她的耳朵开始逐渐僵硬发红，她觉得自己应该买顶帽子。

　　一到天黑，1 路车就更加肆无忌惮地不可捉摸，中午上下班的时候它还很靠谱。许诺开始寻摸出租车，兴许是因为地理位置较偏僻，出租车也不愿在天黑后到这个方位来。无奈的许诺只好朝家的方向步行，路灯把有雪的白白的地面映射成了橘黄，可许诺感觉不到温暖。

　　路上车少人少，许诺身后响起了一个脚步声，因为之前的拐骗事件，许诺已经草木皆兵，她先是加快步伐，而后警觉地回头张望，落她几步远的是一个孤单的男青年。她非常确定这个男青年在盯着自己，于是她走得更快，后面的也是。

　　待遇到一个岔路口，本该直走的许诺立马右转，男青年也跟着拐弯了，许诺的心越跳越快，不过路上的人渐渐多了起来，有很多小商店门庭若市，因为正是采购晚饭食材的时间。许诺赶紧进了一家卖蔬菜的小店，然后在门口看着男青年走了过去。店里的女老板说：

　　"买点什么？"

　　许诺回头扫视一圈，想装一下买瓶水之类的，却发现这家蔬菜店真的只有蔬菜，她只好挑了两根黄瓜放在秤上。她就是这样，说是爱面子也好，难为情也好，她就是没办法径直走出去不搭理这个老板的热情与期望，也没办法跟人家说：

"我是来避难的耶！"

走出蔬菜小店，许诺拎着黄瓜的手还在发抖，她其实也不确定那个男青年到底是不是在跟随自己。也许他的跟随是一种很随机的行为。

"这个城市总不会有这么多变态吧！总不会这么频繁地让我遇见吧！"许诺想着。

可同时她又觉得自己的心空空的、没着没落的，她现在特别不想一个人。她很清楚，启开其实在和她冷战，可她现在非常需要他，她不管有面子没面子、不管手会不会冻僵了，她要立即打电话给启开。

"是我。"许诺弱弱地说。

"我知道。"启开声音低沉，虽跟以前一样冷，却更显无情。

"你在干吗？"许诺依旧示弱。

"在外面。"他使用了男人通常的敷衍字眼。

"什么外面？"许诺果然难以自制地不高兴了。

"就是没在家。"

"你要不要这样跟我说话？"许诺立即提高了嗓门，手也冻得开始红肿，可她管不了那么多。

"哦。怎么样？新工作很好吧？"启开故意使用了十分见外的语气，像百分之十浓度的硫酸一样，酸透了许诺的心。

"不好！你满意了？"许诺生起气来，不觉步伐也加快了。

"哦。"

"你知道我最讨厌别人跟我说'哦'！"

"嗯。"

"启开，你是以后都要这样跟我说话吗？"

"我跟朋友在一起。"

"你知不知道我到底都发生了什么？你不关心吗？"

"这是你选的。"

启开的心里已经刮起风雪，心中树立了多年的许诺的雕像已经冻脆，他听到许诺这些话，很想非常简洁地说一个"该"，可他毕竟是一个思维缜密的准律师，毕竟许诺还是他的女朋友，所以他用非常文明的字眼，表达了"该"字的含义。

许诺已经走到小区门口，走得全身发热，可是启开这句话无疑是一盆冷水直冲脸颊，让许诺差点窒息。她曾听说摩羯座的人一旦狠起心来是如何决绝，她从不相信，如今她觉得应该重新认识启开了。

"好。那你先忙吧！"许诺挂断了电话。

她多想说些狠话，让胸口一口恶气得以疏解，她多想说：当然是我选的，因为不关你的事；她多想说：那就不要在一起了；她多想说：你滚吧！有多远滚多远！

可她知道，这些始终只是自己的气话，她说得出做不到，启开已经不是以前的启开，她不敢再信口开河，她怕自己的话会像泼出去的水，无法收回。

许诺不知道，狮子座一旦用情，始终是外强中干的。她边上楼梯边流着眼泪，这个时候她全然化身为天上那只被杀死的狮子，如果她知道这只大赫拉克勒斯五倍的猛兽是怎么死的，也许她就知道自己为什么在这个时刻如此脆弱了。

许诺挤着嗓子，坚持到了打开防盗门，当身后的门"啪"的一声把世界隔绝在外时，她开始号啕大哭。她没有换鞋，穿着沾满雪的雪地靴径直走到沙发俯身趴了下去，呜呜地哭，鞋底把大块的乳白色釉面砖踩了一串连泥带水的脚印。当然防盗门隔绝的只是外面的世界，不是声音，有经过她家门口的路人会迟疑地停下脚步，许诺其实发觉了，只是她没心思再去管一个根本看不到她脸的人了，因为这不存在"面子"的问题。

她趴着的沙发垫是枚红色的，客厅的窗帘上印着大朵大朵的向日葵，电视柜跟地面一样乳白且干净，她当初也是一眼就爱上了这个屋子。虽然电视是老式大头电视，可是屏幕很大，足够她这个两百多度又拒绝戴眼镜的近视眼看了。许诺是自从大学毕业以后开始拒绝戴眼镜的，她觉得框架很难看，隐形又对眼球不好。

夜里没有阳光将这个采光很好的房子填满，她突然觉得这个两室一厅的房子有些空旷，特别是与客厅相连的开放式厨房，此时让房子显得幽暗狭长。她猛地坐起身，跑到厨房把灯打开，又跑到两个相对的面积相当的卧室把灯打开，把满屋的乳白色釉面砖踩出不规则的脏黑脚印，而后看着卧室里粉粉黄黄的碎花窗帘，她的心稍稍温暖。

这个房子现在是她唯一能感觉到踏实温馨的地方了。屋里的一切陈设都是房东布置的，包括电视柜两边的架子以及架子上摆放的卡通小瓷器之类，包括厨房里的灶台、锅，甚至还有盘子和碗。许诺觉得这根本不像是要租给陌生人的，她想起这个房东，还觉得像自己的大姐。

在用泪水释放过后，许诺平复了很多，她又开始觉得她这些眼泪不是为启开流的，只是因为自己最近遇到太多诡异的事情而已。

她同时又觉得四肢发达的赫拉克勒斯不能完全代表自己了，赫拉克勒斯是不可能像她一样趴在沙发上哭的。

她拿出手机，准备百度一下关于狮子座的神话，她找到的大多数还是关于大力神如何杀死猛兽的这个神话，可是有一个让她知道这个狮子是有名字的，还有一段关于它的美丽传说——

狮子的名字叫尼密阿，他不像赫拉克勒斯一样是一个半神，尼密阿是一个半妖——他的父亲是巨人堤丰，他的母亲是蛇妖厄德格。不过他并非从母亲的肚子里出生，当人和妖相爱的一刻，他便从月亮上掉了下来，就好似上天赐予的礼物，他美貌无比，可惜他依然是一个半人半妖的怪物——白天，他是一头凶猛的狮子，全身的皮毛闪耀太阳的颜色；夜里，他又化身为一个金发碧眼的美少年。

尼密阿有一个妹妹，与他不同的是，这个妹妹是由她的母亲亲生的，名字叫做许德拉，她是一个蛇妖，上半身是一个惊艳动人的女子，下半身是修长的蛇尾，呈现月光的颜色。

尼密阿从小就深爱着妹妹。许德拉说，尼密阿是从天上掉下来的，终归是要回到天上去的。尼密阿答：在回到天上之前，我愿意为你做任何事，包括死。于是，他们相爱了。

可他们的爱情并没有来得及生根发芽，就迎来了赫拉克勒斯的追杀。尼密阿不明白为什么神界的斗争要波及他们两人，他本不愿与赫拉克勒斯相搏，可为了保护妹妹，他决定将赫拉克勒斯阻挡在大森林之外。许德拉依依不舍，挽住了尼密阿，他对妹妹说：

"放心吧！除了你，没有人能杀死我，我一定能战胜这个宙斯与凡人的儿子！"

可跟尼密阿一样，许德拉也很担心心上人受到任何伤害，更不愿他被杀死，她决定赶在尼密阿之前挡住赫拉克勒斯，哪怕是同归于尽。

许德拉来到阿密玛纳泉水旁迎战赫拉克勒斯。美丽的许德拉变出九个头幻化成蛇妖，虽有咄咄逼人之势，可她终究是一个弱女子，而赫拉克勒斯毕竟是一个伟大的英雄。赫拉克勒斯毫不费力地杀死了许德拉，并把随身携带的箭全部浸泡在剧毒蛇血里。

傍晚来临了，尼密阿终于找到了赫拉克勒斯，他此时还是一头浴血的雄狮，奔跑着冲向赫拉克勒斯。赫拉克勒斯挥剑与他激战，可狮子的皮毛坚韧无比，似乎任何兵器都无法刺透，赫拉克勒斯渐渐处于劣势。

天色渐渐暗了，已经招架无力的赫拉克勒斯突然想起沾有许德拉毒血的利箭，他举起弓箭向雄狮射去，第一发、第二发都打在狮子的身上而后落在地上，可第三发却直接射入了尼密阿的心脏。许德拉的血让尼密阿的心一下子破碎了。他倒在地上变回了人形，赫拉克勒斯吃惊地望着他，他却一句话也没说就死去了……

虽然说尼密阿也不会像许诺一样趴在沙发上哭，但是跟赫拉克勒斯比起来，许诺觉得还是自己更像尼密阿——有着坚硬的皮毛，却有一颗易碎的心。说得难听点，就是外强中干，可是许诺从不用这个词说自己，她要用"表里不一"，即便心易碎，也是因为重情重义。

她觉得很可惜，启开并不像许德拉爱尼密阿一样爱自己，那么为他心碎是否值得呢？有待考证。她又无法自控地拨通了启开的电话，等候了半天，无人接听，而后许诺的心又碎了一下，眼泪又流了出来。

可即便心碎了也不能让胃空着，许诺抽了几张纸巾擦干眼泪，从包里翻出一个口罩扣在了脸上，她其实是因为红肿的眼而觉得难为情，因为狮子座的人最怕别人窥伺到自己的软弱，只可惜月黑风高，不然她原本应该戴墨镜的。

她冲到楼下买了半斤饺子，等饺子的时间比吃饺子长多了。许诺干脆打包带走，因为她没办法在饭店戴着口罩吃。吃到最后剩了几个，她决定明天早上微波或者油煎了当早饭。而后，她冲到卫生间洗了个免费的热水澡。这个是货真价实的免费，甚至连水费电费气费都没有的免费热水，房东大姐说是这个房子离供热公司近，她丈夫又有什么什么关系，从而接进来一个什么管子，所以这个热水只有冬天有之类的。许诺没有记清楚，因为大姐的语速也很快，总之，在她看来，免费热水是这个亲爱的大姐送的。

许诺没有办法用上网来打发时间，周末的时候她早已跑遍各处咨询上网事宜，在此地若想上网就必须有固定电话，所以许诺果断放弃在家安装宽带的愿望了。她拧开大头电视机，不停地换着台，不是正在演广告就是节目播放没几分钟就开始演广告。

她的手机一直很安静，她不大确定到底是启开没有听到电话响还是根本没想接了。她觉得启开在把她推开，如果说记者工作和启开之间是一个天秤，在许诺心里原本是一样的重量，但是启开自己在把砝码抽减着，所以许诺只好对明天的工作充满期待，否则她觉得自己心又要碎了。

这种期待是一种被迫的行为，有一种两害取其轻的感觉。可是想到余小游和梁晓晓，许诺也开始认为那个办公室里并不是一无是处的。她钻进被窝用手机上着网，启开终于在她快睡着的时候打来了电话：

"我刚才没听见。"他周围的确嘈杂。

"我猜到了。"许诺也没了兴致。

"哦，怎么了？"

"没怎么，你在哪？"好奇是猫科动物无法避就的一个特质。

"在酒吧。"

"开始有这种嗜好了啊？"许诺讽刺道，心又狂躁了。

"跟朋友来的。"

"那你玩吧。"许诺也变得冰冷了。

"好吧，那你早点休息。"

"拜拜。"

"拜拜。"

在挂断电话之前，许诺在那短暂的间隙之中，分明听到了一个女人娇滴滴的声音，以她的性格她本是应该立即打电话过去质问的，可是她现在劝着自己：酒吧女人很多，路过的女人也很多，我现在需要睡觉。

第六章

试　镜

在一个慢摇吧，启开身边坐着另一个女孩。这女孩此时并不能称为他的新欢，最多只能加一个"准"字，他也并没有在单独约会，只是自从他成为一个"准"律师以后，他的生活方式也渐渐发生了改变。就像此刻，他跟很多朋友在慢摇吧摇着，尽管这是摩羯男很容易觉得无所适从的热闹场面。

启开也并不是不再喜欢许诺了，此刻，他只是觉得身边的这个女孩更能吸引自己，她不像许诺一般飞扬跋扈、热烈奔放、唯我独尊、任性自我。与许诺，最初是被她的热烈所吸引，可离得近了却发觉很炙手，这不短的四年，许诺每每张嘴就像一个一千响的鞭炮，噼里啪啦又大声，总是说着一些毫无意义的话而后大笑。启开则更喜欢思维缜密地与人讨论一些话题，喜欢在讨论中汲取营养，甚至占上风。

可是他引以为傲的理性逻辑思维经常被傻大姐许诺嗤之以鼻，加上大学时期自己的确各方面都较为平庸，不得不有一种屈于人下的感觉。这四年的相处，多亏了启开摩羯座隐忍的性格。他也不是不觉得幸福，只是这样的时刻比较少，他总是企图有一天能够在许诺面前咸鱼翻身，这也是他偷偷准备司法考试的原因，他就是想突然来个大逆转，好让许诺收敛一些，从而做个乖乖女。

他没想到事与愿违，同样行事极端且自尊心极强的许诺没有接受这样的逆转，她像只落败的猫一样逃跑了。

在启开迈上自己事业之路之前，他的平庸和沉默使得他在校园里并不是一个很受女生欢迎的角色，他身边的朋友以及许诺身边的朋友都认为他能找到许诺这样看似是个仙女的姑娘是上天的恩赐。许诺的暂离起初并没有使他的心动摇，可当许诺的暂离因为她当了记者而变成不可期的久别之后，他才意识到其实两人之间的鸿沟已经很深。

"你女朋友吗？"他打过电话回到座位时，女孩问他。

"不是。"他撒了个小谎，他不想破坏此刻与女孩的暧昧气氛。

"我听说你女朋友很漂亮。"女孩笑眯眯却毫无醋意地说。

"她已经回老家去做记者了。"他不想说他们还没有分手，也不能继续撒谎说已经分手，所以聪明的他选了这样一句可以做任何理解的话。

"这样啊。"很显然，女孩看他失落的神态以为他被抛弃了，她借着酒意握住他的手又说，"是她不懂得珍惜。"

启开没有以同样的动作做出回应，他端起酒杯，邀她一饮而尽。

在认识这个女孩之前，启开觉得许诺的美貌和单纯的性格是世界上最美好的东西，尽管与她相处时常让自己感到不自在，可他从没怀疑过她的好。如今，看着这个女孩，他终于发现一个女人温柔的时候才是最美的时候。

她没有许诺姣好的面容，没有许诺高挑的身材，没有许诺清澈见底的眼睛，没有许诺细白的肌肤。她只是留着简单的长发，一脸素颜，身材矮小，穿素白的毛衣和黑色的牛仔裤，与她相处，启开却没有与许诺相处时的压迫感，面对她，启开觉得轻松。

"你是什么星座？"女孩问。

"摩羯座。"启开答。

"土象星座哦？我也是。"

"你是什么？"

"我是金牛座。"

"我不大了解这些。"

"摩羯座是土象星座之王，也因为有谋略，能沉得住气而被称为万王之王呢。"女孩对星座很在行。

"真的吗？"启开顿时有了一种被崇拜被认可的感觉。

"你女朋友是什么星座？"女孩又问。

"我不知道，是八月初的生日。"

"阳历吗？"

"是的。"

"那是狮子座哦。"

"有什么说道吗？"

"嗯。按照星座上面分析，摩羯和狮子的确不大适合呢。"

"的确。"启开斩钉截铁地说，这是他的心里话。

"狮子座是火象星座之王，摩羯是土，一个要向上熊熊燃烧，一个要不断向下沉积，是完全相反的呀。"

"我们的差异的确很大。"启开无可奈何地叹了一口气。

"同时二者都是野心勃勃的，狮子座又总是霸气外露，一般会使摩羯感到不舒服吧！"

"嗯。"启开想起了这四年自己的苦楚,他觉得自己终于找到了心有灵犀的人,感动之余,却不敢多说什么。

"对不起哦,我只是随便说说,这种东西也不能尽信啦!"

"那摩羯座跟什么星座合适呢?"

其实启开想问,摩羯座是不是跟金牛座很合适。按照逻辑分析,如果火土相斥,那么土土应该是和谐的,他是这么认为的。可是他如果直提金牛座,那么不免有暗示的嫌疑,他要思虑清楚,不能给别人留下可抓的尾巴。

"呵呵呵。"女孩捂嘴乐了,似有些难为情地看着启开。

启开也看着她乐了,他又一次因为自己缜密的逻辑思维获得了正确的答案而内心舒爽,他觉得这个女孩真是不可思议。

而许诺在启开电话里听到的女人声音的确不是这个温柔贤惠的姑娘,那的确只是慢摇吧里各路美女其中之一,然而实际上,启开正在做的事也跟许诺正在胡思乱想的差不了多少。

她很难睡去,脑子里浮现出各种画面,她干脆把手机关了机扔到了远远的地方,她怕控制不住自己又打电话过去讨辱。她只能以要做记者这件事来鼓舞自己,她嘴巴念着:

"吃葡萄不吐葡萄皮不吃葡萄倒吐葡萄皮吃葡萄不吐葡萄皮不吃葡萄倒吐葡萄皮吃葡萄不吐葡萄皮不吃葡萄倒吐葡萄皮……"

后来又改成:

"一只羊两只羊三只羊四只羊五只羊六只羊七只羊……"

而后终于迎来了清晨。

第二天一上班,许诺就挤在梁晓晓和余小游之间,她原来较为清秀的双眼皮已经变成像做完整形手术还没消肿的样子。她坐在中间,是因为有一种"中心"的感觉,也是因为怕被人留意到自己的糗样。她们三人堆坐在一起，凳子的距离摆得很近，这样进行耳语交流的时候比较方便快捷。

第二天所有人都知道自己在牛主任下达其他命令之前应该干什么了，甚至他们在她来之前就这样做了——将大衣统一安放在一张桌子上，而后拿出新闻专业的书坐在椅子上看，不时地耳语一番。

对，是"他们"，因为第二天跟第一天是有差别的：第一，那个"恒恒"今天也搬了一张椅子加入了她们烂土豆的行列；第二，开完早会之后，走了两个烂土豆，她们跟着老记者去见习采访了。

原本想把自己跟"浑球"启开爱情故事的来龙去脉好好跟余小游和梁晓晓大肆倾诉一番，再讨教现在如何突破这个瓶颈期的许诺注意力突然被走了的两个烂土豆吸引过去了。

她有些心慌，她觉得自己在跑道上被别人落下了——这个"恒恒"就不说了，谁让他是赵台的儿子呢？可是我什么时候能有机会跟着去采访呢？牛丽杰安排采访到底是随机的还是有什么别的标准？莫不成这里的人都有点关系？那我以后岂不成了垫背？

这些碎糟糟的发散性问题和念头折磨了她良久，折磨得她身上发热，头冒汗珠，把双眼皮里的积水都排出了，她就那样沉默着，直到她意识到其实还是和她一起坐冷板凳的人更多时，她才冷静下来，她觉得既然今天"恒恒"都在坐冷板凳，就充分说明被派出去采访是轮流进行的。她长舒了一口气。

许诺回过神，发现余小游和新加入的烂土豆"恒恒"聊得热火朝天，她的耳朵便自动支起了无形天线，打算听听是什么原因让他们这么快就升温了。虽然这个行为有点八卦，但是目前许诺除了看书，确实没有其他能做的事儿，况且，这个骤然升温的现象更能吸引她的好奇心。

"那张照片你还有哪？"恒恒说。

"是啊，你当时穿的是熊猫衣服。"

"那改天拿来看看啊，然后我拿去扫描。"

"那行！明天我就给你拿来。"

许诺听得一头雾水，但能确定的是，他们两人绝不是刚刚认识的。这个想法让她的好奇心更加跃跃欲试，几乎从心房挤到气管里面了，就想理出个一二三。因此她不觉地将头一偏，用眼睛瞄住了两人，谁说话她就盯着谁看，又黑又大的眼睛骨碌骨碌地转。这时，她的眼睛已经恢复了美丽清秀。

"你说考试那天我怎么没认出你呢！"恒恒说，许诺就望向恒恒。

"哈哈，我认出你了，但没好意思跟你说话，怕你不认识我了。"余小游说，许诺就望向余小游。

"你大学学的什么专业？"

"学的播音主持呀，学得不好。"

"我也学的播音主持，嘿嘿。"

"那你肯定挺厉害。你以前在电视台工作过吗？"

由于余小游坐在许诺的右手边，恒恒坐在余小游的右手边，所以余小游面对恒恒说话的时候，她并不知道许诺在看他们，而恒恒面对余小游的时候，也正好面对着许诺。他发现了许诺在看着他们，他开始不自觉地不时瞄一眼许诺，他说：

"以前大学实习的时候来过这儿，也是记者来的。"

"那正好，你告诉告诉我，记者都干什么啊，我什么都不懂。"

余小游眼大漏神，并没有发现恒恒的眼睛时而飘到她身后去了，而她提的问题又引起了许诺强烈的求学精神，她将眼睛张得更大，盯着那位恒恒，她也的确想知道自己在这个工作岗位究竟应该干什么，她深知，绝不是像现在这样在这里充当烂土豆的。

"像咱们做的这个民生新闻，主要就是针对老百姓的衣食住行方面的新闻进行报道，更关注跟老百姓息息相关的生活信息之类的，还有，尽量帮助他们解决生活中遇到的问题。我们文字记者的任务就是跟着摄像记者一起出去采访，然后写稿，交给牛主任，就完事了啊！"恒恒用典型学过播音主持的标准普通话进行着孜孜教导。

恒恒在进行说教的时候，眼睛有三分之二的时间都定格在许诺的脸上，后知后觉的余小游却依然没有发现，似懂非懂的表情挂在脸上，就说：

"哦，这样啊。"

"那这些新闻是自己找，还是有人安排，还是怎么呢？"许诺突然问道。

这句突然的话，对许诺来说不突然，对恒恒来说也不突然，只是对余小游来说突然了点，她一直不知道许诺也在听，一直不知道恒恒其实在看着许诺说给自己听呢。她身体颤了一下，回头提高了音量，对许诺说：

"哎呀，亲爱的，你吓我一跳。"

这一提高不要紧，又按到牛主任的电门了，她眼睛又瞪了过来，紧紧抿着嘴，以示她的不满，可是这三个孩子一个也没注意到。许诺一时高兴，也提高音量说：

"哈哈，胆小鬼。"

牛主任一看眼神的威力这么弱，还是得来点掷地有声的，于是气急败坏地又扯着嗓门吼开了：

"你们都干啥呢？少在我办公室给我整跟工作没关的！"

"不是，牛姐，我在告诉她们记者都该做什么呢！"恒恒又用标准的普通话解释道。

"是吗？我咋没听见呢？行了，恒恒你去找个闲着的摄像，看她们一个个闲得五饥六瘦的，试试镜！"牛主任跟恒恒说话的时候，虽然也没好气儿，但是声音温柔了许多。

恒恒出去之后，牛主任对她们五个姑娘说：

"一会儿都试试镜，想说啥就说啥，我看看效果，到时候选一个天气主持人。这天气主持人最好要好看的，让这个版块成为咱们栏目的一道风景线。"

许诺又一头雾水了。她用耳语问余小游：

"什么天气主持人啊？你看过这个都市之窗吗？"

"我也没看过啊！我也不知道啊！"

"哪个频道，什么时间演啊？"

"我也不知道啊！"

"问问！"

"我不敢。"余小游脑袋急速左右振动。

"谁让你问牛主任了？我说问梁晓晓。"

梁晓晓坐在许诺的左手边，头埋得很深，齐刘海儿晃来晃去，她一直拿着手机"咔咔"地摁着，摁得速度也很快，堪比她说话时的语速，只不过说话的时候是十分之一秒一个字，打字的时候是十分之一秒一个按钮，不过在不能尽情说话的时候，这也算是弥补的方式吧——她在用手机上QQ。

"喂！"

"嗯？"

"刚才牛主任说话你听见没？"

"听见了。"

"天气主持人是什么啊?"

"就是介绍天气的每天节目最后一个版块拿着话筒说一下近两天的气温说点生活小常识就完事了。"

"………"

由于说话太快,加之声带没有振动,许诺只知道她动了动嘴皮子,基本上只听见"完事了"这三个字。她寻思:嗯,你说完了,你是完事了,我们没完事呢,一会儿我们就玩完了。

她正抓耳挠腮,那个曾经将过许诺一军的大独眼怪物很快又出现在她面前了。她看见一名摄像师如何把三脚架支了起来,如何把那怪物摆了上去,她觉得她就在看着别人架炮,一会儿就是轰她用的,自己却连盾牌都没有,马上对着余小游哆哆嗦嗦地说:

"哎呀呀,我们到底说什么啊?"

"梁晓晓怎么说的啊?"余小游周身的紧张气氛要弱一些。

"她说一堆,我没听清。"

"那就让她先说,咱俩最后说,看她们怎么说,咱们就怎么说。"

"嗯!好主意!"原来余小游在关键时刻还是很给力的,并不因为自己是水象星座而拖泥带"水"。

牛丽杰静候了半晌,看着她们几个都没有自告奋勇争先恐后地涌现到摄像机的"出炮口",便蛮横地说:"谁先试?赶紧的!别磨蹭!"

许诺撇撇嘴,对余小游耳语:"她又没说已经开始了,真搞笑。"

余小游也撇撇嘴的同时,梁晓晓勇敢地冲锋陷阵去了。她拿起话筒,清了清嗓子,说:

"那观众朋友们大家好,欢迎和晓晓一起关注天气。那今天夜间到明天白天最低温度零下二十度最高温度零下八度，明天夜间到后天白天的温度在零下十八度到零下十度之间。那冬季到了很多人都感觉脸上很干……"

"那——原来是这个啊，那——桌子上有以前的稿，咱俩赶紧看看。"许诺夸张地学梁晓晓每句话之前莫名其妙地加个"那"字，梁晓晓不知情地还在拿着话筒对着镜头："那一定要注意多喝水。"

余小游掩嘴偷乐。两人找到稿子之后，余小游立马沉下脸开始默背，转脸之快貌似传说中的"翻脸比翻书还快"，只是她不是"翻脸"而是"变脸"罢了。

许诺对自己说："如果背的话，这么短的时间效果肯定不好，还是随便看看，临场发挥。"实际上她已经意马心猿——一会儿想看看别人是怎么说的，一会儿想看看稿子上是怎么说的，一会儿又想自己发挥发挥。

她的这三个"一会儿想"还没进行完第二回合，余小游就已经站在镜头前面了。受过专业播音主持训练的就是有气势，不知道她以前已经跟这个独眼怪物大战过几百回合了，所以她非常从容淡定，进行得非常顺利，说话虽然没有梁晓晓那么快，也一样是一架抑扬顿挫的机关枪，所以，还没等许诺为余小游高兴完，就该轮到她自己了，而且她已经是最后一个，再没余地地拖延下去。

她又开始想象自己上次的糗样，心脏不免加大了马力，她夹着步子慢慢移动过去，脑子里想着一会儿应该说的话，可这些话即便在她脑子里也是断断续续的。她此刻多么希望立马随机地从某个上方飞下一个蒙面大侠将摄像机一劈两半，就像金庸的武侠片里演得一样，然后完全可以在此人施救完毕再解释他到底是谁、为什么这么做。

那个恒恒此时站在一旁，关切地望着许诺，许诺低着头、撇着嘴，一抬眼皮瞧见了他，他对着许诺点点头，笑了笑。牛丽杰突然大喊：

"你磨叽什么？快点！"

许诺突然灵机一动，她发现了一个程咬金，赶紧说：

"那个谁还没试镜呢！"

"谁？"牛丽杰皱着眉头不耐烦地问。

"那个啊！"许诺指了指恒恒。

"恒恒？"

"对啊，他先试吧！"

"他试什么试？他用试吗？"

"为什么？"

"我刚才说天气主持人是女的你没听见？"

"什么时候？"许诺这句话是嘟囔出来的，她的确根本没听见她说过天气主持人是女的。

"是，我没说过'女的'这俩字，但我说要好看吧？"

"男的也有用'好看'形容的。"许诺小声嘀咕，牛丽杰没有听见。

"再说就算让恒恒做主持人，人家也不用试镜了。是吧，恒恒。"牛丽杰一扬下巴，对着恒恒大乐一嘴。

"没有没有，牛姐，您过奖了。"恒恒难为情地抿嘴笑。

牛丽杰立即拉下脸转向许诺："行了你别磨叽了，别人咋那么痛快呢，长那么大个儿干啥了？"

许诺又听见这句让她讨厌的曾经体育老师经常说的话了，就像她曾经以为"长大高个"跟"跑得快"没有必然联系一样，她此时也认为"长大高个"跟"不磨叽"没有必然联系。但是这个牛丽杰已经跟她曾经讨厌的体育老师有必然联系了，因为他们都有奇怪的逻辑、都很不着调，他们都让许诺讨厌！因为情绪激愤，许诺的心跳得更快。

她站在镜头前，清了清嗓子，一直加速跳的心脏突然有了配音——就是她久违的那个"突突突"的声音，不过她打算速战速决，举起话筒正要说话，却又被人阻止了，那个躲在大独眼怪物后面的摄像记者突然从一旁探出头说：

"往后站，再往后站，再往后，你也太高了。"

这时许诺才发现这个摄像的身高估计只到自己的眉毛，可是当时她并不知道摄像的身高在取景的时候有决定性因素。她往后站，再往后站，再往后之后她的腿就挨在了沙发的边缘，实在没法再往后了。

她又举起话筒，正要说话，又被这个摄像记者阻止了：

"你话筒拿得不对，栏目的 logo 要朝外，话筒要竖着，你的手不要碰到海绵套，捏在那个铁的地方。"

"浑蛋，试个镜还那么讲究干什么？"许诺的心里话让她的胸腔快速起伏。

但她必须迅速调整好自己已经快扭曲的面部，按照摄像记者的指示拿好话筒，可是两次阻止已经让许诺"一鼓作气、再而衰、三而竭"了，她毫无自信地开始说："观众朋友们大家好，很高兴为大家播报天气情况。今天夜间到明天白天西北风三到四级，嗯——，最低气温零下二十度，最高气温，零下十三度，嗯——"

她又说不下去了，嗓子里"突突突"不停作响，她仿佛听到大独眼怪物对她说："将你击毙！将你击毙！"她赶紧将脸转向窗外，继而转向余小游，余小游一边握握拳头，一边用唇语对她说：

"加油！"

"冬季到了，建议大家喝点姜枣茶，这样既能驱寒，又能养胃。嗯——"

牛主任可不愿意等许诺"嗯啊"的浪费时间，她迫不及待地说：

"说完了吗？行了，邹倩，去机房采带，看看效果。"

许诺觉得如释重负，转而又想：邹倩？这是在喊谁呢？

"邹倩"这个名字她并不陌生，在她学习过去节目的稿子时，曾经看到这两个字频繁出现在"记者"、"冒号"后面。她曾经把这个名字跟办公室里的美女老记者逐一进行过对号入座。可是她认为应该叫"邹倩"的那个女孩子此时并不在办公室里，应该说，现在办公室里的女孩子除了她们几个新来的就没别人了，可是她们几个里没有叫这个名字的啊……

她正琢磨得起劲，牛丽杰已雷厉风行地往门外走去，快到门口的时候，回头看看，然后说：

"你们不跟着过来一起看看？坐那儿不动弹，都在那儿想啥呢？"

几个姑娘赶紧起身跟了上去，许诺捏着余小游的胳膊，悄悄说：

"我发现啊，咱们主任的命令一向是只意会，不言传的，你发现没？"余小游一听，又是掩嘴偷乐。

在采带的过程中（"采带"是牛主任说的第一个专业术语，顾名思义，许诺也知道是什么意思，就是把录像带里的影像采集到电脑里，但是具体怎么采，她此时是不知情的），由于要先进行倒带，影像迅速跳转，只能影影绰绰地看到里面的人。许诺恍惚地看到一个胖脸女孩，虽然还没看出具体是哪一位，但是她心想：真可怜，这么不上镜还怎么在电视台混啊。

等到正式播放的时候，才发现大家发挥得都不太理想，特别是每个人上镜后都远远逊色本人。而许诺恍惚看到的那个胖脸女孩一直到最后才出现——是的,那个胖脸女孩就是她自己。

许诺怎么也想不到天天对着镜子看着的自己竟然这么陌生!音响里缓缓播放着她的声音,这是她有史以来第一次旁听自己说的话,她觉得如果不是事先知道这是自己的声音,她一定会认为这个声音的主人是个弱智低能。她从没有听过有人说话的语速慢到这种程度。儿童的还差不多,可是儿童的声音比她的声音清脆多了。应该说,她的语速是儿童的语速,嗓音是成人的嗓音,这样的结合当然会让人感觉她像个低能弱智。

许诺的情绪沮丧值再创历史新低,她就在这一刻意识到:原来一个人想真正地认识自己是个多么艰巨且漫长的过程,二十三年了,她连自己真正的外形都没有认识清楚,更何况自己的内心呢?

但是她很清楚地认识自己是条大尾巴狼,她立马用大尾巴遮挡住自己窘困的模样,自嘲地说:

"我说话怎么像弱智啊?"

回应她的是异口同声的笑,这笑中到底包含多少种意思,她不愿意去分辨。她只是更加灰心,她想:我真可怜,我这么不上镜以后还怎么在电视台混啊?

在回往办公室的路上,她的话明显变少,她就是那样一个无法掩饰自己的大尾巴狼。一只狼的尾巴再大,也大不过自己的身体,也掩盖不到自己的脸颊,除非她有朝一日变成了大尾巴松鼠,还得是冬天的松鼠。

余小游拉着她的手,细声细语地说:

"亲爱的,别难过,第一次没说好怕啥呀。我家有练习播音的书,我给你拿来,你回家好好练练,肯定行!"

"如果我告诉你我以前在学校做过主持人呢？"许诺觉得自己曾经的荣耀因为这一次试镜彻底被击垮了，碎了一地。

"你说的哪种主持人啊？"余小游问。

"就是演节目时候的报幕员。"

许诺想：对！我只是个报幕员！什么主持人！

"那不一样啦亲爱的，我觉得挺好的，就是不大流利嘛，练练就好啦。"

"我就觉得像弱智。"

"没有像你说的那么像弱智啊，我第一次听自己声音也是觉得像弱智的，自己听自己不习惯，以后就好了。"余小游举高手像要扣篮一样拍了拍许诺高高在上的头以示安慰。

"虽然有点像弱智但是不是不可救药你跟我们在一起说话慢慢就变快了哈哈。"梁晓晓也在一旁安慰道。

"那——也对，那——我就劳驾二位了，我好耳濡目染，希望你们以后能说多快说多快。"

许诺偷偷看看梁晓晓，她没有任何反应，看来她在镜头前每次说话喜欢加一个"那"字，经过初步验证，是完全无意识的。

第七章

偶　遇

许诺的老妈此时坐在火车卧铺的折叠凳上看着漆黑的夜渐渐被城市的灯光照亮，早在乘务员换票之后，她就已经把包收拾好放在铺位上了。她的包很大，可是里面少有她的衣物，而是很多家乡的特产菜——全是带给想家乡菜想得泪水汪汪的女儿的。

许诺的老妈三十三岁才把许诺生了下来，是名副其实地响应了国家"晚婚晚育好"政策的一等良民。许诺才刚刚毕业没一年，老妈就到了退休年龄，在随份子的事儿上可吃了不少亏——同事朋友家的孩子上大学随一份、结婚随一份、生孩子随一份、再婚随一份、生二胎随一份。许诺的事八字还没一撇，老妈就退休了，人走茶凉指日可待，不过许诺的老妈从来不把这些事放在心上。

老妈只有一个愿望，就是女儿开心健康。如今，她可以收拾行囊远行到另一个城市照顾陪伴自己不醒事的女儿，继续与她相依为命，也是极大的幸福。

许诺是在青春期时孵化为一枚霹雳雷火蛋的。老妈记得她小的时候乖巧听话、聪明伶俐，青春期后，只保留了聪明伶俐，却不怎么"乖巧"了，她变得任性、火爆，原本也很强势的老妈也曾一度以强硬手段镇压过，可总是适得其反，许诺总是拿出一副"宁为玉碎"的架势，虽然那时她眼里的"玉"也不过是逃逃课、爱爱美、吃零食。

更年期遭遇青春期这样的惨状恰好被她们两人撞上了，曾经一度，虽说二人没有达到彼此憎恨，却也时常对峙。这样的日子持续了不久，老妈在一次无奈中改变了策略，睿智地以闺蜜身份长谈了一次，效果却出乎意料的好，她尝到了打太极的好处，也知道许诺虽有一身刺，却是只明白事理的刺猬，因此多数时候，老妈是有耐心对她进行疏导的。

然而，当青春期遭遇更年期时的激烈过后，她们偶尔的争吵并没有戛然而止，因为许诺的老妈是水瓶座，与许诺的狮子座在星盘上称为对立星座，这两个星座既互补又对立——狮子座善于整合能量，统一一切；水瓶则善于分散能量，平等一切。狮子座的心朝向人性自我，水瓶座则朝向社会人类。狮子座和水瓶座都骄傲而自负，又创造力强，不能容忍平庸的生活。

所以她们两人要好的时候就永远穿一条裤子一致对外，可一旦吵起来也不可开交。好在"情"这种东西总是能化解一切，有的爱情会败给这样对立的性格之中，母爱却永远是包容的。

这几日许诺每天打数个电话给老妈喷自己的惨状，她就像一个说评书的把自己不那么愉快的遭遇描述得栩栩如生，包括启开如何冷淡她，男青年如何尾随她，牛丽杰如何欺凌她以及她们，楼下的饭如何难吃，她的胃如何疼。

许诺爱跟老妈吐槽是从小养成的习惯。从小学开始，每天放学回家她都立马做起说评书的免费兼职，把她在学校看到的听到的鸡毛蒜皮的小事都一一列给老妈，她尤其特别对谁谁谁惹了她这种事津津乐道，老妈一耳听一耳出，在厨房客厅忙乎自己的家务活，许诺就像胶皮糖一样随时跟在屁股后面强迫老妈听并要不时做出回应，她总是逼问这样的问题："你说是不是？"或者"你说是吧？"或者"对不对？"老妈的附和习惯就是从那时养成的。

原本只是耳朵起茧的折磨，待许诺到了远在西南的大学之后就附加上了另一种折磨，她开始十分担心女儿的这种性格能否与他人融洽相处，她有时倒希望女儿的嘟囔还是在耳边好些。

许诺每日的追命评书电话让老妈按捺不住了，如果说以前许诺远在西南让老妈感到特别无能为力，那么现在老妈与许诺之间只有十小时的车程，所以老妈宁可买了黄牛票也要立即飞奔到女儿身边。

"我今天试镜了。"许诺在站台见到老妈后说的第一句话。

她原本依旧想打电话讲述这个遭遇的，可是被在火车上的老妈拒绝了，老妈说："我在漫游！"所以她憋了一下午一晚上，终于可以大说特说，甚至现在可以加上动作。

"不理想啊？"老妈说着，把手里的包交到了许诺伸过来的手中。

接过包的许诺先一吃惊："这么沉！"但是重包也无法转移她想吐苦水的意志，她继续说："当然不理想了。原来我说话像个弱智似的"。

"没有啊，你声音很好听的。"老妈的声音显得有些疲劳。

"那录出来怎么能那样？"拎了包的许诺走起路来像个企鹅。

"虽然说你以前做过主持人，可也没有受过专业训练，老是不说，嘴和舌头也会硬滴。"老妈活泼地使用了年轻人在网络通用的语气。

"而且我好丑。"许诺呈现着备受打击的语气。

"在摄像机里吗？"

"是的，脸像一张饼一样，那么大，那么肉，就像肉饼一样，跟平时自己照镜子的时候完全不一样。"

"这个跟摄像师的水平也有关系吧。"老妈显然要更有经验。

"可是别人都挺好看的，那就说明不是摄像机的问题。"

"别灰心啊，慢慢来。我们怎么回我们的新家呢？"老妈适当地转移了话题。

"打车吧，这包这么大这么沉。"许诺拖着它，很有些吃力。

"全是你爱吃的。"

"嘿嘿嘿嘿。"一听说有好吃的，许诺立即笑逐颜开。

老妈的到来让许诺幸福感顿时提升几个指数，远的不说，就明天一早，她就会有香喷喷热腾腾各式各样的早饭吃了。

余小游给了许诺一本练习朗诵新闻的小册子，然后他们一行人继续在办公室充当堵塞水管的烂土豆日复一日直到周五，形势产生了质的改变——

他们新来的几个烂土豆终于找到了组织——牛丽杰为他们分了组。许诺终于弄清了邹倩是谁，终于弄清了"恒恒"的大名叫什么。

邹倩就是试镜时为他们摄像的那个男人，也就是个头只到许诺眉毛的那个男人。当许诺知道邹倩是个男人并是个浓眉大眼长相彪悍的男人时，她一点其他的表情都不敢有，她镇定地走到邹倩的面前，然后说：

"哥，您的电话是多少？"

因为这个浓眉大眼长相彪悍的，有着女人名字的男人，是许诺日后的组长。

　　在牛丽杰进行分组的时候，原名叫赵誉恒的赵大公子被分到了另一个组，他坐在许诺远处对面的沙发上，哀怨地看了许诺好一会儿。许诺心里纳闷儿：这么哀怨，难道是因为没有跟我分到一组吗？难道是暗恋我？她心里小得意了一会儿，赶紧把眼光移开。怕再对视下去，万一出火花怎么办？

　　还有一位新来的姑娘被分到许诺一组，名叫葛歌。一头齐耳的自然卷头发，高高的鼻梁，眼球呈现异于常人的浅黄色，大家都认为她祖上一定有外国人血统。

　　她说她是处女座，许诺一听这个星座就浑身起鸡皮疙瘩。虽然她是狮子座后面的另一个近邻，可这个星座是出了名的怪咖。据说以前在网上有人做过投票游戏：如果要选择一个星座消失，大家希望是哪个呢？大部分除了本身是处女座的人，都投了处女座，这个星座的可怕之处显而易见，用一句流行的话说——龟毛。

　　"那你不要老挑我的刺儿好不好？我很怕受打击。"许诺可怜巴巴地对葛歌说，葛歌呵呵笑道：

　　"傻孩子，别太信星座，就当成娱乐，人和人之间还是看缘分。"其实葛歌比许诺小两岁，可她老是胸有成竹的又少言寡语总是聆听的性格让她像个大姐；而狮子座的许诺少心没肺，做心理年龄测试也不过十六岁而已。

　　余小游和梁晓晓两个水象星座被分到了一组，组长是一位身材高大魁梧，脸盘圆圆，眼睛窄窄的年轻摄像记者。许诺想他最好不要是火象星座的某一个，小心被两个水给淹了。

　　由于余小游和梁晓晓一起走了，许诺觉得自己脱离了组织，便哀怨地看着她们二人。余小游说："没关系，亲爱的，我们不会抛下你的。"

　　总体来说，许诺还是更加喜欢余小游，她有时甚至总觉得梁晓晓在跟自己争夺她，比如梁晓晓动辄拉着余小游去干吗干吗，然后从不知会许诺。可许诺要是买了冰棍酸奶，她都是一式三份的，她希望对梁晓晓好一些，即便她是阴王也好，她作为一个太阳也要把她融化掉。

　　许诺正式工作后的第一个周末就这样到来了，余小游这个坐地户邀许诺一起逛街吃饭，当然还有梁晓晓作陪。尽管许诺是那么讨厌逛街，她就像个男人一样每次想买什么就直接买完拉倒，可她还是不愿意放弃这个能更加增进三人关系的机会。

　　"一会儿吃饭的时候赵誉恒也来。"余小游挽着许诺的胳膊说。

　　梁晓晓走在余小游的另一头，两个手戴着卡通的不分指手套，耳朵上是一个粉红绒绒的耳包。余小游的另一只胳膊挽着梁晓晓。

　　"你叫他的？"许诺问。

　　"是呀，他是我幼儿园同学来着。"

　　"这渊源够远的。"

　　"他以前就在咱这栏目实习过一段时间，咱们问问他。"

　　"嗯，这是个好主意。"

　　许诺痛苦地跟着余小游和梁晓晓在商场里转悠，似乎什么都能引起余小游的兴趣，特别是一些正在打折搞活动的店家，她就会蹦蹦跳跳地走进去。许诺想，她是真的很适合做家庭主妇。在她们挑选东西的时候，许诺给启开发了短信，消息报告已经回执了，说明他已经收到，可是启开很久都没有回。许诺发的是：我想你了。

　　梁晓晓耳朵里塞着耳机，她的目光虽然也扫在柜台里的东西上，但似乎心不在焉。许诺走到她面前，跟她说：

　　"你看什么呢？"

"随便看看了没什么想买的。"

"我男朋友现在对我越来越冷淡了。"许诺拉开了嘴巴的拉锁，终于要将此事向她们倾吐一下了。余小游这时也走了过来，两手空空，于是又挽着两人向店外走去。

"要么分手要么问问他为什么到底想怎么样。"梁晓晓说。

"什么事呀？亲爱的。"余小游问两人。

"我男朋友因为我在这儿做了记者对我特别冷淡，不理我了，我现在不知道怎么办。"许诺嘟起嘴巴，以一句话概括了这件挠头的事。

"他在哪呀？"还是余小游的回答比较靠谱。

"他在南方呢。"

"你喜欢他吗？"

"其实我也不知道了，有时也想分手，但是下不了决心。"

"你是狮子座又不是天秤座摇摆不定你都动了念头还不分手在一起有什么意思啊。"梁晓晓又勾了一个连发。

"我有时是这样，很难做决定。"

"这可不大像狮子座呢，你月亮星座或者上升星座是天秤吧？"余小游说。

"什么是月亮星座上升星座？"

"呀，亏你还天天星座星座的挂嘴边，这个都不知道。"

"咱们找个地方喝点水顺便给她上上课吧。"梁晓晓提议道。

她们三人选了附近的一家肯德基，天寒地冻所以都要了热饮，许诺还想吃个汉堡，余小游立即遏止道：

"这没多会儿就吃晚饭了呀。"

"你每天所说的狮子座只是你的太阳宫星座每个人的星座有

十二宫除了太阳宫星座还有对人产生影响比较大的就是月亮和上升了。"梁晓晓实在不适合普及知识。

"等等等，你说话太快，小游你给我翻译一下。"

"去死。"梁晓晓似笑非笑地瞪了许诺一眼，使劲摇她握着水杯的手，想让她把饮料洒出来。

"好了好了，我大概明白了大概明白了。那怎么查其他的呢？"

"查星盘呀。"余小游咽下一口咖啡后说。

"星盘在哪？"许诺故意左顾右盼，本来是在装怪，一双狐狸眼却突然被她摄入眼中。

"网上就有，笨蛋。"

许诺没有听她说这句话，她当然知道"百度一下"，她将目光锁定到那个狐狸眼的身上，仔细辨别着，狐狸眼却似乎吃完了，站起来向外走去，一看背影，许诺便确定是恩人了。

"我有点事你们先吃一会儿电话联系。"她着急得化身为梁晓晓，说完就拎着包追了上去。

"见鬼了。"梁晓晓撇撇嘴。

"是遇见熟人了吧？"余小游看着许诺急匆匆的背影分析道。

"她刚来多久她能有什么熟人。"

"好了，随她去吧，一会儿吃饭给她打电话。"

许诺跟在狐狸眼的恩人后面，思虑着怎么上去打招呼才好。但见恩人穿着一个黑色的短款面包羽绒服，脖子上藏蓝色的厚围巾，简约的深蓝色牛仔裤，脚上一双棕色登山大头鞋。他步伐迈得很大，许诺鬼鬼祟祟地不时要小跑一下，许诺始终争取跟他保持着一米远的距离。

"我怎么跟他说呢？我说是我，他一定不知道我是谁，我说我是上次差点被拐带然后被你搭救的那个女孩？是不是很吓人？
万一他已经忘了或者还在责怪我冤枉了他那我多糗，难道我冲上
去说你好……"她又开始在心里纠结，她也开始怀疑自己有天秤
座的特质。

　　她边快步走着，边看着他的脚步，边想着到底该怎么说。突
然，狐狸眼恩人的脚步停了，许诺的眼神从脚滑到他的脸上，他正
在看着自己，许诺赶紧将眼光移向别处。

　　"你是不是在跟着我？"恩人站在一米远问。

　　"没有啊没有。"

　　"刚才在肯德基我就看到你跟着我出来了。"他说话的时候，舌
头似乎不大灵光，带着许诺不知道的乡音。

　　"啊？"许诺的脸瞬间红了。

　　"你有事吗？"他很官方地说道。

　　"我，我是那个，你还记得我吗？"

　　"我记得。"一丝狡黠的笑容从他脸上一闪而过。

　　"啊？记得，那，我是想跟你说声'谢谢'然后再说一声'对
不起'。"许诺稍欠身体，故意学一个恭谦的日本人。

　　"没关系！然后没关系，两个的回答一样。"狐狸眼男人两手插
兜，站在原地，只是身体扭了过来。

　　许诺慢慢靠近，然后说：

　　"我，我觉得我应该谢谢你。"

　　"你刚不是谢过了？"

　　"我的意思是，请你吃个饭什么的。"

　　"哦？那你要请两顿吗？"

　　"啊？什么？"

“你不是还要‘对不起’一下吗？”

“哦，对对对，是，三顿也可以。”

“可是我刚才吃过了啊。”男人又偷偷地笑了一下，他其实在逗她，许诺没有发现，紧张不已。

“那么早，再吃点吧，晚上会饿的。”许诺说完就后悔了，她觉得自己傻透了，可是又不知说什么好。

“你可以用其他方式谢我啊，比如以身相许什么的。”

许诺立即做出了防御的姿势，睁大了牛眼，她不能想象一个会见义勇为的人也会乘人之危，这两个绝无法联系到一起啊！她憋住喉咙，抿住嘴巴，皱起眉头，僵在原地。

“哈哈哈哈哈哈哈。”狐狸眼男人突然大笑，声音洪亮。

“你笑什么？”许诺警觉地看着他。

“我逗你的。”

“真的吗？”许诺也不知他哪句话是真的。

“当然真的。”恩人又歪嘴笑了一下。

“那还吃饭吗？”

“可以吃。什么时候？”

“就现在吧。”

“我都吃过了，你不带这么省钱的，哈哈。”他说着便走近了许诺，两只手依然插在兜里。

“你想吃什么？”许诺态度坚决。

“要不就回肯德基再吃点算了。”

“不行不行不行。”许诺狠命摇头，她决不能让余小游和梁晓晓知道这件事。

“那你说吃什么。”恩人扬起了眉毛。

"我不知道啊。"许诺呆呆的。

"你这也太没诚意了吧?"

"不是不是,我不是这里的人,我不知道都有什么!"

"你不是这里的人?我也不是。"

"那你是哪的?"

"山东的。"

许诺知道他乡音的来处了。他们俩开始一起没方向地走起路来,许诺决定聊一聊,于是问:

"那你在这儿干吗?"

"上学啊。"

"你叫什么名字?"

"你要不要这样转移话题啊?吃什么还没说。"

"哦哦,我真的不知道,你决定吧。"

"那你准备出血吗?"

"出出出。谁让我对不住你了。"

"好,那今天这顿是道歉餐喽?"

"是是是。"许诺觉得冷汗直流,什么人啊这是。

"好,那跟我上车。"

"什么车?"许诺又紧张起来。

"你又在怀疑我了是不是?哎呀,出租车,公交车,您老人家选。"

于是他们一起上了公交车。

"你叫什么名字?"许诺站在这辆非1路的公交车上问他,她终于坐了一辆不是1路的公交车,不过这个车跟1路一样是钢面地面,脚一样拔凉拔凉的。

"席贯。"

"啥?"

"主席的席，籍贯的贯。"

"怪名字。"许诺撇了撇嘴，觉得他在编造。

"那你呢?"席贯问，此时他的手已经从兜里拿出来，扶着公交车的扶手。

"许诺。"

"还不是一样的怪。"他的嘴以更大的幅度撇了撇。

"没你怪。"

"有你这样跟恩人说话的啊?"

"那你怎么跑这儿来上学。"许诺立即转移话题。

"有什么问题吗?"席贯故做一本正经。

"肯定学习不好，这能有什么好学校。"许诺又撇撇嘴巴。

"学校好不好没关系，关键看学生。"

"切! 自卖自夸。"

"王婆卖瓜，自卖自夸，那也得先有瓜才能夸，对吧?"

"你当然有瓜了，傻瓜，对吧?"

"我不吃了，我下车了，还要被你损。"他说着便打算向公交车的后门口走。

许诺赶紧拉住他的羽绒服袖子说:"别别别，我不说你了。"

当许诺跟狐狸眼恩人席贯坐在一家自助火锅店的时候，余小游、梁晓晓也迎来了电视台大公子赵誉恒，他们三人选择了一家川味干锅。这是一家新开的饭店，生意火爆，赵誉恒落座后用难以置信的眼神环顾了一下，问:

"就你俩?"他想象的是三位美女在等他。

"对呀，许诺突然有事走了，我刚才给她打电话她说她今天就不来吃饭了。"余小游作答。

"哦。"赵誉恒眼神稍显暗淡。

"你是双鱼座你也不要把你的滥情表现得这么淋漓尽致吧我们两个美女陪你你还觉得不过瘾啊?"梁晓晓大开大公子玩笑。

"天哪,你说什么啊?"赵誉恒打着哈哈,企图掩盖自己的尴尬。

"亲爱的,你怎么知道他是双鱼,我都不知道。"余小游说。

"不是发了通讯录上面都有生日吗我把大家的都查了一下。"

"那你自己是什么?"赵誉恒问。

"天蝎。"

"呀,那今天咱仨正好是三个水象星座,他双鱼,我巨蟹,你天蝎,太逗了。"余小游拍拍手。

"所以许诺不敢来了她要是来了她个火象星座的就被咱们三个给灭了。"梁晓晓阴森地说。

"她是什么星座?"赵誉恒问。

"她是狮子一头母狮子你个双鱼小心点据说百分之九十的双鱼男都会爱上狮子女然后被狮子整得很惨。"梁晓晓像一个女巫般说。

"真是这样的,水象星座和火象星座做恋人没有合适的。"余小游说。

"你看你们扯哪去了,那咱们三个水象星座喝点啤酒吧。"赵誉恒又用标准的共鸣浑厚的普通话转移了话题,他才不想被她俩当做谈资笑柄。

与此同时,许诺也在提议喝点啤酒,她坐在恩人的对面,说:

"还是喝点吧,这不是道歉餐吗? 不喝酒何以请罪?"

"谁说喝酒是用来请罪的,负荆才有请罪的诚意,你要不要试试?"席贯扬了扬细长的眉毛。

"人家廉颇可是个壮汉，再说你把自己比作蔺相如，不难为情啊？"

"我倒觉得你当初一把把我推翻在地很有壮汉的气势呢！"

"即便我有壮汉气势，你也不是蔺相如，你最多是《海扁王》里那个徒有正义感的很 weak 的男主人公。"

"我始终不觉得你像有道歉的诚意啊！我要多吃点肉让你大出血以泄我心头之恨。"席贯露出了洁白整齐的牙齿。

"哈哈哈哈，随便吃，你忘了这是自助餐吗？"

"咳，失策失策，好在还有下顿。"

"喝不喝点酒，你要是海量倒是可以让我出下血，酒水不包含在自助费用里。"

"原来除了壮汉气势，你还有酒鬼气质。算了，我不能为了让你出血而让我自己胃出血。"

"谁是酒鬼？就算你要喝酒，我也最多奉陪一两杯而已。"

"太没诚意了，我后悔救你，应该让你被带走。""

"话说，你是当时一时兴起，还是有见义勇为的习惯呢？"

"说得对，见义勇为的席贯。"

"这么优秀啊？"

"不然你以为我当时搭救你是为了你今天这贼没诚意的一顿饭啊？"

"你是什么星座？"许诺这个伪星座专家又开始问了。

"天秤。"

"我怎么不觉得你像传说中的那么随和温柔娴雅和蔼呢？"

"那是因为你是个'壮汉'啊，我干吗对'壮汉'温柔和蔼。"

"他们说我月亮或者上升星座可能是天秤，因为我有时很难下决心。"

"宋小宝说了，现在不看星座，看五行（hang）。"席贯学着小品《相亲2》里宋小宝的东北腔。

"我要查查我的星盘。"许诺无视搞怪的席贯。

"自己什么样就什么样好了，为什么非要贴标签。"

"我想知道我的弱点然后避重就轻啊。"

"照你们这些神婆来算，世界上就只有十二种人了。"

"所以说，我同事说星座不准，星盘才准。"

"你是什么星座？"

"狮子座啊。"许诺认真地按起了手机。

"哦，听说狮子座的女生最不讨喜了，哈哈。"

"看你嘴那么破，又喜欢见义勇为，我倒觉得你像狮子座。"

"嗯，有人这么说，不过我是男生啊，男生就是狮子王，多霸气；女生就是母狮子，多难听，哈哈哈。"

"鉴于你今天的表现，仅此一顿，没有下顿。"被攻击的许诺很不高兴，收起手机，夹起一块冻豆腐塞进嘴里，狮子座最不喜欢被批评被说坏话了。

"对不起对不起，即便你是母狮子，你也是最漂亮的那只。"

"你这样说只是为了第二顿饭！"虽然许诺表面上没有接受席贯夸奖的"漂亮"，但她心里已经从酸唧唧变成美滋滋了。

"那下顿我请咯，算我的道歉餐。"

"那你别后悔。我刚才查了，我的上升星座还是狮子座，哈哈。"许诺得意洋洋地说。

"狮子就狮子，我只是个秤，不在食物链里，不怕你。"席贯夹了一坨肉，在碗里涮了涮，张大"血盆"大口吃了下去。

"但我的月亮星座果然是天秤，你瞧，星盘真的蛮准。"

"得了，我还是找个大师批八字吧！"

在后来的聊天中，许诺得知席贯是一个大四的学生，小她两岁，这两岁之差让许诺顿时觉得自己高大起来，席贯再说什么不靠谱的难听话她也全都采取不屑一顾的态度。席贯跟启开一样，学习法律专业，不过席贯没有像启开一样准备从事法律专业，他说他不喜欢法律的循规蹈矩和冰冷理性，只是由于毕业流程，他现在在一家律所实习，做法律援助工作。

"记者大姐啊？那敢不敢曝光什么的？"席贯换取到许诺的个人信息后，带着戏谑的口吻说。

"我现在只是一个小白。"

"别美化自己了，一点都不白，就羽绒服挺白的。"

"你们这些还没毕业的小孩儿啊！你老这样说话没有女孩子会喜欢你的。"许诺一副倚老卖老的口吻。

"我都说了，你是壮汉不是女孩，我跟女孩从不这样说话。"

"好吧！那哥要回家了，很晚了，你吃饱没？"

"饱了饱了。"

席贯走在许诺右手边落后一点的地方，他故意放慢了脚步，他也不甚清楚自己今天为什么会对这个也算率真可爱的姑娘说话带有针锋相对的意味，他很想好好跟她聊天，像他的太阳宫星座天秤座一样随和温柔，但是好话一到他嘴里就像被什么咒语加工过一样变成了难听的话。他现在很想跟她说，我送你回家吧。可是嘴巴好像被缝住了。

许诺走到一辆出租车跟前，跟他说，再见，席贯突然意识到要"再见"又要靠不平凡的偶遇了，而偶遇在不期待的情况下是惊喜，可一旦期待，它肯定会成为奢求。席贯想到这里，他跑到出租车跟前打开了车门，寒风灌进了温暖的车里，席贯也坐进了车里。

"干吗？打劫啊？"许诺说。

"去哪啊？"司机师傅问。

"等下师傅。"席贯说。

"良心发现要送我？"许诺瞪着眼，歪着头，诧异地问。

"美得你，你没有给我留电话。"

"哦，然后呢？"

"然后你别想就这样逃了第二顿。"

"我就知道是因为这个，唉，我说你记一下吧，然后给我发个信息。"

席贯今天的表现并没有给许诺留下好印象，她只觉得他是一个不懂事的小弟弟，即便曾经搭救过自己也不过是为人比较勇敢，这不能证明他的处事也很周到。所以在收到他的信息后，许诺没有立即存上，她觉得这一顿饭算作答谢也可以了，如果他今后主动来电要求第二顿，许诺会选择被动地履行承诺。

而席贯，他似乎也没有那么大的勇气真的打电话要这顿饭吃，他总要重新找到个合适的借口才会拨通许诺的电话。

第八章

扬　镳

　　启开一直没有回应许诺那条"我想你了"的信息，他周日的时候只回了许诺一个很普通的疑问句：你在干吗？他简单地回：和朋友吃饭。许诺已经不敢再拨通他的电话了，她的行为很像把头埋在沙子里的鸵鸟，她的行为实际上就是一种不作为的逃避，她逃避面对与启开已经名存实亡的恋人关系。

　　她把同启开发的短信拿给老妈看，即便周日的时候老妈做了她最爱吃的锅包肉，她还是愁眉苦脸地怪皮太硬，硌坏了她的牙膛，惹老妈不高兴了，说了一句很臭的话：

　　"硌坏就硌坏，你牙膛也没镶金子。"

　　"你们都欺负我！"许诺就眼泪汪汪了，她以为老妈会像往常一样安慰她，可惜更年期的老妈也不是时时都可以忍受退让的，别忘了老妈可是水瓶座。

　　"谁欺负你了？给你做锅包肉还欺负你了。牙膛硌坏了就不会说话了啊？"老妈突然发起了连珠炮。

　　"本来就硬。"许诺倔强地用筷子插锅包肉，证明它的确很硬。

"都多长时间没做了，那你自己来啊，让你看看多麻烦，又煮又炸的，我费力还不讨好啦？"

"哼。"

"哼什么，别把对那小子的气撒在我身上啊告诉你，你就别再给他发信息打电话了，是你的人就会回来找你的。"原来老妈是气许诺在处理跟启开的关系上不太争气。

"这离这么远，找什么啊！"许诺气急败坏地说。

"不找拉倒，我可不怎么喜欢他。"

"为什么？"许诺很惊讶，她一直不知道老妈居然不喜欢启开。

"要么就不说话，要么就跟话痨一样，长得也很一般啊，而且眼神凶狠。"

"你怎么知道他跟话痨一样，你跟他聊天了？"

"没有啊，看过你们以前假期的聊天记录。"

"妈！！！你这侵犯隐私权了！！！"

"什么隐私权，你是我女儿，我身上掉下来的肉，我关心你才看，别人的我还不看呢。"老妈振振有词。

虽然许诺很气愤老妈先斩后奏的行为，但是老妈变相地表达出的不支持态度让许诺突然像有了战友的感觉，在面对启开的问题时，她终于不再觉得是孤军奋战，终于像有了一枚钢炮一样踏实了。只是，她目前还是不敢贸然点燃这个钢炮，轰飞启开。

第一个周末就这样安然地度过后，许诺按上周一样在早会之前赶到了办公室。这批新记者经过一周的磨砺，终于适应了室内混浊的空气以及摆脱了认为自己是烂土豆的想法。许诺进门时，余小游和梁晓晓已经坐在一起，她们挨得很近，许诺似乎不能再像以前一样坐在两人之间，她识相地坐在了余小游身边。

　　虽然余小游说她们不会抛下她，可三人耳语组织显然已经自动解体。她俩是一个组的，她俩都是坐地户，她俩都是水象星座，她俩现在就像 twins 一样亲密又默契，看来许诺只好单飞了。好在她们俩依然对她热情有加，搞得许诺有时也不确定到底是自己过于敏感，抑或是人家只是客套。

　　许诺坐好，她拿出笔和本，准备记录早会的内容。牛丽杰不知什么时候无声无息又风驰电掣地已经坐在她的专属椅子上。办公室的安静被她一嗓子给划了个大口子：

　　"这周谁值日？这桌子上这么多灰不知道擦？"

　　大家纷纷面面相觑手足无措，特别是新来的这几位。张扬赶紧几步小跑到放脸盆的地方拿出抹布为大家擦桌子。

　　这位张扬是都市之窗栏目两位主播中的其中一位，按牛丽杰的话说：那是新起之秀，是都市之窗的形象代言人。张扬到都市之窗也不过一年之久，留着一头利落的短发，弯弯的眉毛，笑眯眯的眼睛，整齐洁白的牙齿，尖尖的下巴，活脱脱一只萨摩耶犬的形象，萨摩耶的笑脸一向被誉为"天使的微笑"，跟张扬恬美可人的笑脸如出一辙。她对付牛主任的方法，经过许诺多日后的观察，总结出来就是撒娇，她娇滴滴地说：

　　"哎呀，牛姐——，我给忘了呢，您可千万别生我的气，气坏了就不美了呢！"

　　"呵呵——"撒娇果然管用，牛丽杰没有给她甩脸色，而是立马为她抱不平，"还有谁值日？张扬自己在这忙乎你们就看着？"

　　大家依然沉默，新来的几位依然面面相觑手足无措。因为牛丽杰从来没有分配过或者交代过值日的情况，但是她自己并不这样认为，她认为她想到的，即使没说，别人也得做到，她又吼：

"干啥呢都？谁跟张扬一组自己不知道？装什么傻？"

许诺这才反应过来，她立马回头望向邹倩的座位，空空如也。她又望着葛歌，用唇语说："是咱们吗？"

"是吧！她好像是跟咱们一组的。"

"哎妈呀，也没人通知咱们这周值日啊！赶紧！"

许诺和葛歌迅速一人拿起扫把，一人拿起拖布，一人冲进办公室深处扫地，一人冲到水房洗拖布。牛丽杰皱着眉头怨恨地摔打自己桌上的各种文件稿件。

拿拖布的人是许诺，她跑到不远的超级灰暗脏乱的水房，拧开水龙头，"哗哗"地洗着拖布。水房再里面的房间是厕所，虽然门紧紧地关着，还是不能抵挡厕所里弥漫出的浓烈的尿臊味儿，这让许诺产生冲洗拖布的不是自来水而是尿的错觉，她就没办法用手去拧干那个拖布了。她把反复冲洗好的拖布在盆里挤了挤、压了压，又在地上淋了淋，就跑回办公室了。

首先要拖的就是牛主任的脚下。牛主任无视正在值日的许诺已经开始了早会，这会儿葛歌已经扫好地跟大家一起安静地坐着、听着，只有许诺一个人哈着腰、拖着地。许诺不用看牛丽杰也知道她在瞪着自己，因为她停止了本来在进行的早会内容，然后酸了吧唧地说：

"哎呀，看来咱们办公室的拖布该换了，这都拧不干了，你看看，这一会儿怎么走人，一走踩一脚水，越踩越脏。"

许诺低着头，连手都不敢停，只能咬咬牙齿以泄心头之憋屈，继续拖着。牛丽杰又酸了吧唧地说：

"以后值日的早点来，要是你们自己家，你们能这样？有点公德意识行不？"

许诺使劲攥着拖布把儿拖得更快了，狠狠咬着牙齿，心里骂道：

"你这个老妖婆母夜叉男人婆要是再敢嘚嘚一个字儿我特么骂死你！你以为我们都是仙人啊我们都是寺院的还得意会你的话你的话要是有禅机我们也愿意意会一下都特么废话连该谁值日都不提前通知还特么埋怨我们？"

这一大堆话许诺也只能让它们以梁晓晓的专有语速在脑海中走一遭而已，如若让许诺动动嘴皮子说一说，估计一句话还没说完就被牛丽杰一个嘴巴子打出去了。

许诺拖完地，走到门口将拖布使劲甩在了门后，狠狠对着空气翻了一个白眼，假想这个白眼能起到拐弯的效果在牛丽杰不知情的情况下攻击到她的要害。她的眼球还没归位，邹倩"訇"的一声把门推开，晃晃悠悠地进来了。

之所以门会发出"訇"的一声，是因为都市之窗全员办公室的门已经跟地上的瓷砖相亲相爱不离不弃了，"訇訇"地来回开门，瓷砖上已经磨出了一个弧形的黑色印记，就像那扇门对瓷砖爱的承诺。不过此时愤懑的许诺更愿意将它理解成为一种恶毒的体罚。

许诺看着邹倩扬个大脸、玩世不恭的模样，心里便迁怒于他，她回到座位上，尽量压低声音，也是压低自己的不满，跟葛歌说："这什么狗屁组长啊？"

葛歌急促地拉了拉她的衣袖，说："嘘……"

开完早会，许诺和葛歌干坐了一个多小时后，她们的"狗屁组长"终于要带她们出去见习采访了。许诺早就把一早的憋屈愤懑抛到九霄云外，内心激动不已，这可是她的"处女采"，尽管只是见习也好，她终于能伸手揭开"采访"这个妞的神秘面纱了。

　　许诺站在办公大楼的门口，第一次看见他们电视台的采访车，跟电影里演的大相径庭，她以前在电影里看到的采访车都是那种大箱车，一开门就有别有洞天的感觉，搞不好里面还会有先进的设备。可他们的采访车就是一个小型的国产商务车，如果不是邹倩开门就坐在了副驾驶的位置上，许诺绝不会认为这是一辆电视台的采访车，她会把"采访"两字去掉，直接喊它"车"。

　　这个小型国产商务车的确非常小，每次（排除司机）最多只能运七个人，足以显示 T 市的电视台是多么廉洁。冬天每个人都穿得像粽子一样，除了副驾驶的位置，上下车的时候都是一件非常耗时又让人动作无法优雅的事，特别是许诺这种个头比较大又穿着厚厚长长羽绒服的人，只能撅着她的大屁股慢吞吞地往车里钻，使她的屁股长久地被下一个等候钻车的人注视。

　　在采访车里，邹倩坐在副驾驶的位置上抱着摄像机和司机老王有说有笑，讲着许诺她们都理解不了的黄色笑话，狂放地笑。许诺问葛歌：

　　"一会儿咱们怎么采访啊？"

　　"我也不知道啊。"

　　"他怎么不教教咱们呢？"

　　"我也不知道啊。"

　　"那咱们这是去采访谁？"

　　"我也不知道啊。"

　　这可当真是"一问三不知"。

　　当采访车一离开，邹倩面对二位美女立马收起了淫笑又恢复了扬个大脸玩世不恭的模样。三人一起，哦不，应该说是许诺和葛歌不明真相地跟着拎个摄像机的邹倩走进了一栋大楼的电梯。

"倩哥，一会儿采访我们说什么呀？"许诺不想当不明真相的群众。

"不用。"

"呃……那我帮你拎机器……"许诺觉得自己应该有点用处。

"不用。"

"那我们干吗？"

"不用你们，我就跟那领导沟通一下就行，提前都打过电话了。"

"…………"许诺不可思议地看了看葛歌，葛歌也无奈地笑了。

走进"领导"偌大的办公室，许诺和葛歌就像两个没用的跟屁虫，坐在了沙发上，邹倩跟"领导"沟通了少顷，许诺一句也没听进去。不过当邹倩扛起摄像机，许诺就真的变成唯一的旁观者了——

偌大的办公室只有五个人——领导、领导秘书、邹倩、葛歌、许诺。邹倩扛着摄像机，而后让葛歌帮忙举话筒，领导秘书则高高举着事先写好的话稿以便让领导接受采访时有章可循。领导瞅着镜头、眼睛瞟着话稿、嘴对着话筒准备接受采访，只有许诺一人在旁边傻站着。

他们四人只占领了办公室很小一隅。采访前，领导还特意换了上衣，本来他打算把裤子也换了，邹倩说，不用那么麻烦，只需要拍上半身。

领导的秘书挤在葛歌身后，殷勤地将那张话稿纸举得高高的，纸上的字大大的，许诺这个没戴眼镜的轻度近视眼从远处也能看个大概。秘书的眼镜在开拍十几秒之后顽皮地从他的塌鼻梁上滑了下来，他立马紧住鼻子以防眼镜掉落，高举的双手丝毫没敢挪动一下。

领导念完第一页还有第二页，苦于第二页的字体较第一页小了两号，秘书举得再高，就算眼镜掉在地上，领导也实在无法看清，领导的秘书便完成了任务成为第二个旁观者。他立马先将眼镜推了上去，才将话稿交给离"领导"距离更近的葛歌。

葛歌只好一手举着话筒，一手将话稿贴在脸上，成了领导的活体书架。这样的效果比刚刚领导秘书站在葛歌身后高举话稿更好。在这里，许诺发现了一个新的专业知识，那就是采访时被采访者通常看着采访记者脸部的方向，而不是直视镜头，尽管此时葛歌并没有采访他，葛歌的脸也不会在镜头里出现，但观众将看到"领导"对着一个黑色的话筒有模有样地说着话，眼睛盯着镜头外的不知名记者。得知了这个知识让许诺在此刻高兴地认为自己的大胖脸不上镜也没有关系，至少以后还可以举话筒。

领导边照本宣科，许诺边恍然大悟：原来电视新闻是这样拍的，难道这就叫幕后？这个时候领导不识相地结巴了几句，许诺想，这可怎么办呢？邹倩立马替她回答了这个问题：

"没事，刚才那句重新说，没说好的那些我们可以剪掉。"

许诺又悟了：哇，原来这么神奇，那岂不是要风得风要雨得雨？

领导终于把两页话稿念完了，好在这位领导双眼呈弧线状，即使眼睛瞟来瞟去，前半段看着高举的话稿，后半段却看着葛歌脸上的话稿，可由于双眼面积实在有限，观众没机会发现。邹倩又说：

"现在我们要点办公的镜头，你就坐座位上随便干点啥，秘书也送下文件啥的，自然点。"

许诺想，敢情我们组长还当回小导演呢！第一次见习采访，许诺可真就是"见习"了，而后又撅着大屁股钻进采访车带着几个恍然大悟返回。

组长邹倩给了许诺一整周的时间来消化这几个恍然大悟，让她把滋生于"处女采"的好心情又由于坐冷板凳慢慢消磨光了。还有她原本打算只举话筒的"雄心壮志"也由于家里余小游赠予的那本练习册而被打翻，它静静地躺在木质沙发的扶手上，跟窄窄扁扁的扶手一样宽，侧面写着"鱼小游"三个字，许诺想：

"凭什么凭什么凭什么？凭什么我只举话筒不能出镜？"

许诺再看着余小游的书，她心里的感激依然在，可同时她也很较劲，因为自从分了组余小游和梁晓晓就真的与她渐行渐远，可以说已经自立门户，连每天坐冷板凳的时候都不如以前那么紧密了，即便是三张椅子之间没有空隙，可是她们仨也像在一个蒸屉里的两种豆包——余小游和梁晓晓像一对黏豆包黏在一起，而许诺只是一个白面豆包。

许诺有时候会向身边的葛歌使使劲，否则她一腔的热情要让她这个白面豆包烟了。葛歌是一个非常漂亮也非常优秀的女孩，可她跟许诺不同的是，她是一个肉包子，既不会跟许诺黏在一起，也不会跟她交心。

组长邹情经常神龙见首不见尾，而张扬虽称不上是条"神龙"，也经常像条小蛇一样穿梭在草丛里，不能得见全身，所以后四天的值日只能由许诺和葛歌两人承包。张扬虽说是主播之一，她也非常努力地担任着文字记者的兼职，因为除了这几个新来的尚处在试用期的记者每月八百元固定工资之外，其他老记者都是有效益工资的，即播出一条新闻奖励三十元，所以原本就是黄金搭档的张扬和邹情也不甚需要新成员。

周末，余小游不再热情洋溢地邀请许诺了，她在周五晚上穿上大衣之后，对着许诺微笑说"拜拜"就跟梁晓晓一路离开了。有些失落的许诺问葛歌：

"明天你有事吗？咱俩出去玩呀？"

"我明天约了我男朋友，不好意思啊，改天吧。"

她先是被这委婉的拒绝小伤了一下自尊："这真心是拒绝呀，如果把改天说成周日才是真因为有事。"继而她又被"男朋友"这三个字的回音震到内伤，扪心自问道："我现在也算是有男朋友的人么？"

她又在漆黑的夜幕里步行回家，她早已习惯一到夜里就神出鬼没的 1 路公交车，也早就不怕有变态青年突发地随机跟踪自己，她网购了一瓶辣椒喷雾，不过自从她开始将辣椒喷雾时时揣在兜里，也没再出现过诈骗和尾随之类的事件了，她有时握着大衣兜里的辣椒水，觉得它在蠢蠢欲动呢！

许诺毫无顾忌地、大步流星地、姿势帅气地向家的方向前进着。

回家之后她掏出手机，她已经不再期待手机上会有启开发来的未读短信了，虽然她在出办公室之前又给他发了一条。她发的是：最近好吗？她自己都惊讶居然可以用这么客气冷冰的语气给启开发信息。其实她也不是不想再说，我想你了；她也不是不想再说，我们像以前一样好不好。只是她说不出口。

她把手机丢在沙发上，它在沙发的棉垫子上顽皮地弹跳了两下，而后振动了，亮了。署名是启开，许诺淡定地点开收件箱，居然是一条非常长的短信，她猜启开又开始长篇大论了：

"我知道你现在后悔了。"

这是第一句，许诺心想，笑话，后悔也轮不到你来说。

"可既然你当初选择了离开，为什么现在还总是发信息呢？"

这是第二句，许诺开始觉得莫名其妙，当初的确离开了，可也没说分手啊，为什么不能发信息？是你冷淡得不正常。

"你不觉得你现在这样做很不道德吗？"

这是第三句，许诺的心"硌"地响了一下，她加速浏览后面的字句。

"我知道你放不下启开，或者说是因为你现在的工作环境不理想，你又想回到他身边，可是已经晚了，他已经跟我在一起了，你还总是发信息会影响别人感情的你不知道吗？请你不要那么自私好吗？他跟我说过，虽然他曾经很喜欢你，可你们俩并不现实，他每次面对你的信息也很不知所措，希望你以后不要再打扰我们好吗？"

许诺把手机放在了身旁，她的身体在抽搐，可是她一点都不想哭，她觉得自己是气愤，她绷着面子自言自语道："喜欢上别人而已，跟我说就好了，说清楚就好了，玩什么神秘，玩什么消失，你喜欢上别人，以为我还稀罕你吗？老娘只想大笑三声！真是不可理喻，劈腿而已，你早说我也不用天天纠结了对不对？其实早就想分手了不是吗？早就想分手了不是吗！"

她又拿起手机，她特想问问清楚，亲口问问启开，脑子里却突然回旋起了一首歌，孙燕姿的《我怀念的》，里面有一段歌词：

> 想问为什么，
>
> 我不再是你的快乐，
>
> 可是为什么，
>
> 却苦笑说我都懂了，
>
> 自尊常常将人拖着，
>
> 把爱都走曲折，
>
> 假装了解是怕真相太赤裸裸，

　　狼狈比失去难受。

　　她的眼泪就从眼眶里暴了出来。

　　老妈还在开放式的厨房里忙活着，蒸腾的烟雾弥漫在冬季密封的房间里。老妈不爱开抽油烟机，因为自打刚有抽油烟机就老是错觉那很费电，后来就成了一种习惯。好在东北的菜多数是炖菜，老妈的手艺又比较清淡，母女俩也没尝受过被大量油烟袭击的痛楚。

　　许诺不能自持地哭着，尽管屋内有雾，她还是知道自己很容易在开放式的客厅厨房里暴露在老妈面前，所以她赶紧跑到卧室里去，歪躺在床上哽咽着。这种哽咽很容易鼻塞，如果是仰脸躺着，就两个鼻子都塞，但程度稍轻，稍稍用力就可以重新恢复通畅；如果右侧躺，那么靠下面的右侧鼻孔就会堵塞，但就好像两个鼻孔堵塞的程度都加在了一个鼻孔上，所以必须堵住靠上面的左鼻孔奋力一吸，才有可能使右鼻孔重新通气。许诺现在左侧躺，同理得出，她左侧鼻孔不一会儿就会塞得严严实实。

　　其实她捂着嘴巴小跑到卧室时，老妈就发现了她的异常，但是当时手头忙不开，待到她把菜都弄好拧到文火炖后，她来到了卧室，她正想说，儿子，你累啦？可是被许诺的奋力一吸给顶了回去。

　　许诺侧躺着，右手中指按着右鼻孔，她已经奋力了很长时间，刚好是在她老妈进来准备说话的时候，那一吸突然奏效，声音不小。

　　"你感冒了？"老妈坐下摸她的头。

　　"没有。"许诺的声音已经被鼻音篡改。

　　"那你是在哭啊？"

"是的。"狮子座的姑娘坦率地承认了，这一般不是她的作风。

"儿子，发生什么事了，告诉妈妈。"许诺的老妈有时心血来潮会叫她"儿子"，也许因为多年艰难的生活，让她也曾觉得许诺如果是个男子汉也挺好，也许自己就不会总是担忧她受欺负了。

刚刚疏通的鼻孔没多久又堵塞了，许诺气急败坏地坐起身，花着脸，看着老妈有些嗔怪地说：

"还'儿子'呢，再'儿子'就更没人要了。"

"谁不要你了？启开啊？"

"是的，他跟别的小妞好上了。"

"你怎么知道的？"

"小妞给我发信息了。"

"这样啊，那就没什么意思了。"

"我知道没什么意思了。"

"那你还哭什么啊？"

"要是你你也会哭的好吧。"

"嗯，会的。那你先哭一会儿，一会儿来吃饭吧，好吧？"老妈虽然也很心疼，但常以这样平静的方式面对，她希望平静能传染给女儿。

"不行。"许诺又开始任性了。

"那你想干什么？"

"你说他怎么那么不要脸啊！@＃￥＃￥……"巴拉巴拉，许诺骂骂咧咧地开始嘟囔了。

"是是是，就是。"在听完许诺一大堆泄愤的话后，老妈连连点头。

"我要打电话骂他！"许诺越说越激愤，又跑到客厅寻电话。

"咳，有什么用啊，人家还会说，跟她分手真对，原来就是个泼妇。"老妈跟在后面劝阻着。

"我管他想什么呢？我是泼妇怎么了？他还是负心汉呢！面对负心汉的时候，再善良的女人也变成泼妇。"

"你打吧你打吧你打吧，看你惹一鼻子灰。"老妈又去了厨房，脚上还是那双许诺爸爸生前的拖鞋，老妈将它们一起带到了新家。

许诺觉得自己已经几个世纪没有给启开打过电话了，她好像都忘了他的声音，她此时也想到也许会是那个小妞接电话，可是她不想管三七是十还是二十一，电话等候接听的时间不短，许诺把电话摆在腿上，没有贴在耳朵上，等计时开始，手机屏幕一亮，她才把电话举到耳边。

"喂！"许诺声音强硬。

"喂。"那边是启开。

"你知道我为什么给你打电话吧？"许诺说。

"我知道。"

"你还是跟她说清楚吧。"启开电话那头隐约传出小妞的声音，许诺的心一紧。

"哟，你倒挺磊落的，之前怎么那么阴险呢？偷偷摸摸地劈腿。别人是时隔三日当刮目相看，你是一到律所当刮目相看了对吧？"许诺当仁不让地说着酸话。

"你到现在说这些还有什么意思？"启开继续说着让两边听着都不会出差错的话。

"你别在那儿装出一副无辜的样子，是你背叛我了，你背叛我，你还理直气壮，你要不要脸啊你？"

"嗯，你继续说吧。"

"继续说什么？你跟她说那么多干什么啊？"小妞在一边急了。

"我真佩服你，你居然脸不红不白，毫无内疚，你的廉耻哪去了？"

"你就当我没有吧。你还有什么事吗？"摩羯男的决绝在此刻已经成长为一棵大树。

"我真想爆粗口。启开，你大爷你大爷，你无耻无良无德，当初我真是瞎了眼，我居然选了你这么一个没有金玉其表却一样败絮其身的垃圾！"

"都是你选的。我早就说过了。"

许诺想继续大骂，她再骂下去就要说更过分的脏话了，可是女孩将启开的电话抢了去，她的声音温柔，她很客气，她说：

"喂，许诺，我是启开现在的女朋友，你好。"

"你好。"许诺这个炮筒突然被堵住了。

"我想知道你是很想回到启开身边吗？"女孩口吻真诚。

"我才没有！"许诺大喊。

"那你能告诉我你一直以来总是找他是为什么吗？"

许诺很想说，是因为他特么还是我男朋友，是因为他特么骗了你让你莫名其妙地当了小三儿，是因为他特么直到今天还在脚踏两只船。她很想这样说，她也很想让女孩看清他的面目，她也很想看到启开遭报应，她也很想在这个最好的机会破坏他们的感情。

启开在一边忐忑极了，他已经笃定只要许诺吐了真相，他就必须要撒谎，他只能真的跟女友说许诺的很多坏话，编造的坏话，而不能再说模棱两可的话让善良的她自己误会了。

许诺的心还是软了，她总是无法做挥刀的那个人，尽管她嫉恶如仇。就像看到《异形4》里面那个终极异形残忍地死去时，她还是觉得它很可怜，即便再丑恶再凶狠的坏蛋，只要看到有天他落魄得很惨，许诺都会从内心原谅他曾经做过的恶行。

她现在觉得，纵然启开是一个浑蛋，可小妞是无辜的，也许她还抱着美好的憧憬想跟启开白头偕老，许诺，她不能去捏碎她的梦。许诺说：

"没什么，我其实只当他是个朋友，我自己有男朋友的，你放心好了。如果给你造成了困扰，so sorry，以后不会再打扰，祝你幸福。"

她说的是"祝你幸福"，而不是"你们"，现在，她还没办法能宽容到祝福启开这个负心汉。她挂了电话，翻到通讯录删掉了启开的电话，打开QQ删掉了启开的号码，打开微博删掉了启开的关注等等，删掉了任何留有他痕迹的一切。

然后她就没有再流一滴眼泪。

第九章

小　鞋

周六下起了鹅毛大雪，许诺站在窗口凝神望着窗外，她想象着撇下她的余小游和梁晓晓此刻沐浴在雪里亲密无间，又想象着拒绝她的葛歌跟他的男朋友迎着雪花恩爱有加，心里有点难受，但是她对着开始结霜的窗子小声说：幸好我没出去，下雪什么的最讨厌了。

她所在的小区里没有什么风景可看，她只是痴痴地看着毛茸茸雪白白的雪花从天上落至她的眼前，再继续向下，离开她的视线——它们总归是要在地上集合而后愈积愈厚的。

许诺把老妈从老家快递过来的瑜伽垫子甩在客厅的地面铺好，然后站在上面扭转了起来，而老妈正在沙发上剥着一个橘子，看着电视，不时用没有被橘子皮溅出来的汁液污染的无名指小心翼翼地按一下遥控器。突然，许诺听到了一个熟悉的声音。

"……您在煮皮蛋瘦肉粥的时候啊，放皮蛋的时间一定要适宜：放得晚了，味道不容易融进粥里，放得早了，皮蛋化了，既不美观也对健康不利。还要提醒市民朋友不要忘了放些姜在粥里，这样会更加美味醇香。"电视里播放着"都市之窗"栏目最后一个版块，天气主持人这个那个地说着，这是昨天晚上那期节目的重播。

　　天气主持人还是原来那个戴着眼镜的老记者，留着一个妹妹头，她在上镜的时候眼镜时常反光。自上次试镜之后，牛丽杰并没有从新记者中挑出表现稍好的来培养，也丝毫没有这样的迹象，上次的试镜变得像一个消遣，可这个消遣却是许诺心里的结，是一个伤心的往事。

　　其实许诺在内心深处是非常渴望出镜的，她不时端详镜子里的自己，无论如何也无法将自己跟上次摄像机里的那个人联系到一起。她悄悄地每晚做瘦脸动作，每晚朗诵余小游借给她的练习册，模仿着新闻联播主播的播音方式及频率，连饭量都减少一半，还练起了荒废一年的瑜伽。

　　尽管许诺因为听见"都市之窗"的天气栏目内心翻涌，但她的瑜伽动作没有停，反而加深内力地坚持着。老妈说："看，你们的节目。"许诺没有吭声，她艰难地维持着一个平衡的动作。老妈又说："明天我也给你做皮蛋瘦肉粥哇？"

　　许诺不敢言语，本来就有些晃的身体只怕加上声带振动就倒了，只好从嗓子里憋出一句："嗯。"

　　收下腿立稳之后才加一句："我可不爱吃姜啊妈，别在里面放姜。"

　　"那怎么能行呢？如果没有姜调味，那就不是正宗的皮蛋瘦肉粥啦。有些东西看似不重要，但是缺了还真不行。就像一个团队，每个人都或多或少地发挥着自己的作用。"老妈边嚼着橘子边又换了台。

　　许诺想，那我在"都市之窗"里发挥什么作用呢？如果我们办公室是一锅皮蛋瘦肉粥，我到底是大米还是皮蛋还是瘦肉还是姜还是盐还是水呢？她左思右想，觉得哪个都不是，她觉得自己并非粥里的必需品。

"也许时机未到吧。皮蛋还得后放呢！这锅粥肯定还没沸腾起来呢！"她鼓励着自己，笃定自己是枚皮蛋，这锅粥没了她，最后就只能成一锅肉粥而已！

可是后来事实证明，她想错了。

周一上班，她很安心，因为她已经值日完毕，不需要忐忑不安地等牛丽杰发飙到自己头上了。她同葛歌并排而坐，梁晓晓和余小游在擦桌子抹地。她对葛歌说："她们组长看来事先通知了，这样才是负责的组长嘛！你看咱们的那个！"

许诺敢这样说，因为邹倩几乎每日迟到，当然，也每日早退，她敢这样说，因为她浓眉大眼长相彪悍的组长还没来。但是葛歌又拽了拽她的衣服，说：

"小声点，小心隔墙有耳。"

许诺努了努嘴表示同意的一刻，牛丽杰依然不愿意放过他们，她进门后边走向办公桌边扯着嗓子喊：

"这个办公室不是你们家是吧？光值日的打扫啊？你们动弹动弹能咋的？都在那儿坐着瞅啥啊？"

她就着自己的高音调坐了下来，又说：

"怎么这么没有公德心呢？不是我说你们！就那么没眼力见儿！"

牛丽杰高音喇叭发射的炮弹一下一下砸在许诺头上，她越寻思越不对，越寻思越觉得她每天这些话都是说给这几个新来的听的，难道这就是传说中的"穿小鞋"？牛主任可真不简单，能同时给这么多人穿小鞋，她可以开鞋店了。

牛主任又拿起了选题本紧皱着眉头看。按照她之前的解释，选题本就是记录文字记者打算拍摄的节目名称——打算拍什么，写上去，她认可之后，就可以和摄像记者一起付诸实践。她看了看，然后不满地说：

"就这几个人报选题？你们几个新来的，没有选题？这都两周了，该自己找找选题、拍拍新闻了吧？"

许诺倒是早想到几个她认为可以做新闻的事件。选题本从牛主任手里传经每位文字记者，有的写了写，有的没写。传到许诺手里的时候，她就随便写了一个题目，如果牛主任认可，她会很有成就感，她会觉得她这枚皮蛋已经开始剥皮了。

开过早会，有采访任务的记者们都在做准备工作，比如给被访者打电话进行沟通、写一写此次采访的策划、摄像记者到库房取自己的摄像机等等。

张扬拿着一张纸，走过来对许诺和葛歌笑眯眯地说：

"一会儿出个现场，就这几句话，你俩都试试，谁说得好就用谁的。"

出现场就是出镜，许诺在上一周已经勤加练习，跃跃欲试。葛歌说：

"我感冒了，嗓子不好，你好好看稿，一会儿你说就行，我就不说了。"

许诺开始认认真真地背稿，正背得聚精会神，牛丽杰突然把选题本"啪"的一声甩在许诺面前的桌子上，抱着膀子，瞪着眼睛，说：

"你这个写的是啥？我同意你拍这个了吗？你就往上写？"

许诺听得蒙住了，脸却一涨一涨地红了起来，因为周围的人都纳闷儿看着她们。她不解地看着牛主任，牛主任继续说：

"选题本上写的是今天要拍明天要上的节目！你这个是啥玩意

儿你就往上写啊？你跟我商量了吗？"

许诺赶紧拉过选题本，咬着嘴唇，用手里的笔把自己写的字一个一个狠狠地涂黑。她觉得受到了莫大的委屈，因为牛丽杰此时此刻对选题本的解释跟之前告诉过她们的完全不一样！她觉得牛丽杰站在她的面前，用朝三暮四的领导手法把自己脚上小鞋的鞋带使劲地勒紧勒紧，自己就像《葫芦娃》里那个三娃，金刚不坏之身却被蛇精穿了小鞋，只不过三娃疼得满脸汗水，许诺气得满脸通红。

许诺涂黑了自己的字迹，将选题本递给牛丽杰，她们没再说一句话。牛丽杰拿着选题本就回到自己的专属座位上，继续做她主任的工作，她脸上的表情是很得意的表情，因为毕竟在这个房间里，她是一手遮天的。

葛歌捏了捏许诺的手，以示安慰和理解。邹倩这时又"訇"地推门而进，手里拎着摄像机，扬个大脸，对许诺和葛歌说："走。"

在车里，许诺虽然手里拿着稿眼睛看着稿，但是心里的憋屈却像一个金钟罩罩住了她，而罩里的她全是内伤。她觉得自从她到了电视台，从电视台的大楼到都市之窗的办公室到牛丽杰再到组长，都让她失望至极，而之前摧毁了她美梦城堡的几个美女们，如今却像一个堡垒的战士，因为大家似乎都对牛丽杰暗暗地同仇敌忾着。

就在今天早晨，又一位美女离开了。牛丽杰给她打电话质问她为什么迟到时才得知她已经决定不来上班了，所以她在早会上愤愤不平地说：

"你们看这个人！太没有礼貌没教养了！不来了也不知道告诉我一声，就直接不来？什么素质！"

这个叫林默的女孩就这样默默地离开了，许诺还没来得及跟她熟识一些。她还记得第一个星期的时候这个女孩积极的样子，她主动跟每一个新来的记者索要电话号码，很是友好。许诺猜，她最初也是非常想在电视台大展宏图的吧？

采访车一个猛然的刹车打断了许诺越走越远的思绪。不一会儿，许诺手里拿着话筒，无比自豪地站在大街上，因为这个时候有很多行人都向他们投来一种眼光。许诺说不清这是一种什么眼光，因为从没有人以这样的眼光看过自己，反正这种眼光绝对区别于以前路人把她当做美女的那种眼光。正是这种眼光鼓励了她在这次出镜失败后还坚持在这个电视台做记者的信心……

邹倩煞费力气地支起了三脚架，他没有像以前一样用肩膀扛着摄像机，因为早会的时候，他由于之前拍摄新闻的镜头晃动过大而被予以警告和训斥，所以这次出来采访他乖乖地携带了三脚架，许诺把它拎下车的时候，发现那个东西还真是沉甸甸的。

许诺端着话筒站在镜头的正前方，很显然，那个熟悉的"突突突"也在镜头对准许诺的那一刻，开始了准确无误的节拍。好在它的程度有大幅降低，这对许诺来说是一个喜讯。

"随着人们生活水平的提高，出行选择乘坐出租车的人越来越多了，随之而来的一个大难题就是打车难的现象……"

许诺十分流利地把稿子里大段内容毫无错漏地背了下来，她还特意加快了语速，就在她说完最后一个字的时候，邹倩抬起了头，说：

"不行！"

难道是我太丑了？脸太胖？说话慢？太紧张？到底是哪里不行？不行的话，难道不可以再来一次吗？许诺被邹倩的一句"不行"闷头揍了一棒子，她认为"不行"之后应该是"再来一次"，上次那个领导说错了都可以再来一次的啊！可是邹倩并没有说"再来一次"，而是转向葛歌，说：

"你试试！"

由于葛歌对稿子的内容并不熟悉，所以说得磕磕巴巴，但是邹倩却一次又一次地对葛歌说"再来一次"，他每一句"再来一次"都像一个纸扇子"啪啪"地扇着许诺的脸，她又一次感到自己是旁观者，是多余的。许诺委屈极了，站在寒冷的冬天里，站在街边，鼻子一阵一阵的酸，但是她不断告诉自己：一会儿拍摄完了，邹倩组长会告诉我我到底哪里不行，会给我机会改进的，他这样做一定是出于对大局的考虑！

出完镜，邹倩又带着葛歌准备去远处采访路人。许诺抿着嘴握着拳，屁颠儿屁颠儿地跟在他们身后，准备继续做她的见习工作。邹倩回头对许诺一乐，让许诺内心一暖，邹倩却说：

"你回去看着咱们的东西吧！"

当头一盆冷水让许诺怔在原地，眼泪似乎没有经过鼻子酸的过程就流了出来，但是邹倩没有看到，因为他与葛歌正火热地对路人进行着采访。许诺孤独地继续站在寒冷的冬天里，和三脚架一起立正在人来人往却再普通不过的街边，她想起四姨的一位同事。

这位同事家里花了大钱将她安排进电视台工作，但是她没有一项工作能独当一面，不论是写稿、出镜、播音、后期制作，可是电视台也就这么几样工作，总不能让她去扫厕所吧！所以节目组因为她的存在多了一个职位——那就是看包。当然，后来由于该女不堪忍受"看包"的耻辱，愤然离开电视台。她的家里又一次花了大钱将她安排进现在的单位，成了四姨的同事……

许诺心中倍感凄凉，却也燃烧着不可遏制的怒火，将她仅流的两滴眼泪烤干。她掏出电话，不待电话那头的妈妈说出"喂"字，她就吼开了：

"这活没法干了！知道我现在在干吗吗？我现在在看包呢！让我看包！这个电视台挺牛的嘛！"

她将那个"我"字说得尤其重，是为了突出"我"的分量是很重的，即便自己现在并不擅长出镜，即便她现在的自信正遭受着严重的打击，可瘦死的骆驼比马大，怎么说她也是当初笔试的第2名（这是后来姨父从友人处获知的小道消息），怎么说她曾经在学校也是叱咤风云的人物，她自强自尊的内心是无法由于逆境而泯灭的。

"让我给他们看包！谱还真摆得够大的！"

她的意思是，她曾经是做过兼职模特走过秀的人，让一名业余模特看包，这个电视台是很会"摆谱"，许诺可是在大学的时候差点签了公司成为专业模特的上等美女，高挑的身材，白皙的皮肤，如今被凛冽的风刮着脸，看着包，她觉得实在难受此辱。

许诺的老妈问："那你想怎么办啊？想辞职吗？"

老妈充满理解的话语像给许诺这灶火安了一个烟囱，将她的火气缓缓疏导出体外，她的理智见缝插针地立即在她脑中列举已经签了一年合同的房子、已经由四个编织袋子托运而来的大批行李衣服，以及一个阿姨跟老妈说的酸溜溜的那句"恭喜你的孩子'就业'了"。

她的理智又告诉她，现在不是她任性的时候，坚持是一种美德，而这种美德在过去的日子里，正是她所缺乏的，正是她过去频频失败的原因，而想要坚持下去，先要学会隐忍，这样的话，她就会在瞬间增添两样优秀的品质，十分划算。

许诺铿锵地对老妈说："不！我不会被打败的！"

而后事实证明，邹倩从头到脚也没有打算为许诺指点迷津的意思，在他们结束了本次出镜采访之后，他一言不发地带着两位组员坐上采访车回去了。

许诺先是直觉邹倩在故意针对自己，可思来想去也想不到邹倩故意针对她的理由，所以她只好像是安慰又像是宣誓地对自己说：也许我真的没有当出镜记者的潜质吧！那么我就将我的笔试第一名的文字功底发扬光大，成为"都市之窗"第一撰稿人！

第十章

挪　窝

　　许诺凭着打算要成为"第一撰稿人"的雄心壮志很快完成了自己的第一条新闻，她是新人中第一位完全独立找到选题写出策划并完成新闻稿件的人。

　　虽然梁晓晓早她几步已经上了好几条新闻，那也是因为牛丽杰的"圣旨"中指定梁晓晓担任文字记者，她现在是牛丽杰的新宠，尽管她每次出镜都还是要在每句话前面莫名其妙地加上"那"字。

　　梁晓晓的组长对她也非常好，时常带着她出去，一有机会就让她出镜，尽管有时候并不是她的新闻。可余小游似乎一点也不在乎，她的乐趣就是每天换不同的好看衣服，或者留在办公室里跟有时候也空闲的她的老同学赵誉恒聊聊天。

　　她们俩跟许诺的关系依然很融洽，尽管不如最初亲密，许诺如今也十分享受这种融洽，而且她心中断然将这种变化归咎于分组。无论如何，余小游和梁晓晓还是许诺在这个办公室里觉得最亲切的人。

　　许诺这条关于银行外币汇兑的处女新闻不论是从趣味性、知识性，还是深刻性都在整个栏目里较为突出，尽管最后剪辑出来的效果与她之前的策划出入很大，不够详尽，但是她作为一名记者的能力是体现得淋漓尽致的。

当然，不管上一道什么"菜"，作为"厨房"主管的牛丽杰都要用自己的筷子捅一捅，再尝一尝。哪怕是删掉一个白勺"的"，稿件上也必须有她的笔迹。由于许诺这条新闻的内容涉及她所不了解的领域，所以她的笔墨较其他稿件少了很多。

牛丽杰在一堆稿件中看到许诺的名字时，她笑了笑，先抽出她的稿子审阅。她很好奇，仅仅接触电视台工作两个星期的门外汉许诺会做出一条什么样的新闻，她准备好好批注好好教育一下这个看上去少心没肺的傻大姐，希望她孺子可教。

牛丽杰拿着笔沿着稿件的每一个字细读了一番，却发现自己不知在哪下笔，通篇有许多关于银行汇兑的专业术语，让她头脑发蒙。她先是惊喜极了，万万没有想到她一直认为只顾臭美的许诺学习能力和工作能力都这么突出，她刚准备把尚未改动几字的稿子搁置一旁，心里的惊喜迅即被一种阴霾的情绪所覆盖——她不知道照这样发展下去，许诺会成为一个成绩多么突出的记者乃至策划人。

牛丽杰创办都市之窗至今已经十年之久，她犹记自己曾凭借这个栏目的超高收视率及好评率在电视台何等荣耀何等风光，而她恰恰也是为了都市之窗的繁荣发展忽略了家庭，以至破裂。为了都市之窗，她觉得自己牺牲了太多。她也深知不论多么优秀的栏目都会有因为资源穷尽或者观众审美疲劳而做不下去的那一天——都市之窗现在的处境就在每况愈下，她也正在考虑改版事宜，她经常感到焦头烂额。

许诺在房间的另一头又在埋头写着什么，看着她的背影，牛丽杰的内心突然害怕起来——她生怕不出半年，许诺会僭越她、取代她、甚至消灭都市之窗，已经四十岁出头的她，如果失去了都市之窗，她不知自己应该怎样继续工作甚至生活下去，还有家里那不争气的女儿……她用朱色的圆珠笔在稿件上大大地划了几条长长的弧线——既然不能对正文下笔，她故意调整了无关重要的前后顺序，她总要先给许诺一个下马威……

在许诺拍摄这条新闻的过程中，组长邹倩还曾关切地对许诺说：

"第一次拍新闻不该找这么大的选题，应该从简单的入手。"

许诺听得心里暖烘烘的，连连点头，她觉得之前邹倩果然不是针对她的，这不就在指点自己了么？虽说是在指点，但是自己第一次就能拍这么大的选题，愈加能证明自己的能力。

许诺心中不免有些得意，更让她得意的是，尽管没有出镜，但是新闻中有很多自己的镜头，与她第一次试镜不同的是，她在电视里依然是个美人。这就消除了她觉得自己"脸太肥不宜上镜"的顾虑，不用邹倩指点她也能猜到依然是播音方式的问题，她只要再接再厉就可以尽善尽美了。

当许诺真的在电视里看到自己的节目播出的那一刻，她抿着嘴想笑又不好意思笑，只是她很傻很天真地认为，她这枚皮蛋终于开始剥皮了。她搂着跟她坐在一起的老妈的肩膀，老妈说：

"我看你这条新闻倒挺有价值的，比他们做的什么下水道堵了有意思。"

"那可不，也不看看是谁的女儿，哈哈。"

四姨也即刻打来了电话，非常大声且自我地说：

"以前从来不看这个栏目，自从许诺进了栏目组，我们天天都锁定呀，天天找许诺的名字，今天终于看到啦，真是太好啦，做得不错，也很上镜嘛，哪有之前她说的那样难看了，我看非常好，一定要再接再厉，肯定会越来越好的！"

这一条新闻终于让许诺在办公室有了一个漂亮的亮相，大家都不再当许诺只是一个花瓶。这条被二套总监都夸赞了的新闻让许诺在整个都市之窗被打上了"实力派"的标签，奠定了厚实的基石，也让她错觉自己终于站稳了脚跟。

如果说之前邹倩对许诺所做的行为是因为欠考虑或者不会办事，但是在这条他觉得自己驾驭不了的新闻拍摄并播出后，他非常心怀芥蒂地认为许诺在"装蛋"，在自己面前显摆能力，他后来的行为就可以称之为"针对"，或者说"给你点颜色看看"……

许诺的第二个选题很快又通过了牛丽杰的法眼，虽然牛丽杰有些抵触，但许诺的选题质量依然不错，找不到否定的理由。而邹倩扬个大脸玩世不恭的模样丝毫没有改变，所以傻了吧唧的许诺并不知道由于自己的冒失和强出头，已经得罪了这位有女人名字和女人心眼儿的纯爷们，还为充当一枚好皮蛋而兴致勃勃、热火朝天。

在第二条新闻出去拍摄之前，许诺在余小游和梁晓晓以及葛歌的鼓励之下临时把写好的一段"旁白"改成了"出镜"，她小声地念给三人听，科班出身的余小游连连点头说：

"挺好的挺好的。"

信心倍增的许诺再面对独眼怪物的时候，内心中"突突突"的声音已远到天边去了，她和颜悦色地要求组长给她出镜的机会，邹倩却表现得很消极，他冷冷地说：

"不用出镜。"

许诺继续争取，她想证明自己。她又说：

"我都在家练了好多天了，您看看有没有改进啊！"

邹倩面露难色地答应了，许诺发觉邹倩的表现和表情很奇怪，他是摄像也是组长，他会"难"在哪里呢？许诺隐隐感到，是邹倩的心里"难"了，不过具体是什么"难"，她还是没有想到。许诺不想费心去揣测邹倩偶尔闪过的一个表情，她看着邹倩支起了三脚架，吩咐许诺站到远处，她知道自己达到目的就可以了。

邹倩把右眼对准聚焦口，左眼一闭，说：

"开始！"

许诺还没张嘴就开始惧怕邹倩的那句"不行"，心里之前的"突突突"被"咚咚咚"代替。她不自在地扭了扭上身，戴着手套的手不知道摆在什么地方，只好紧捏在一起，攒出了汗。她再也不敢一溜烟儿把话说完，其实心里早已倒背如流，她故意把最后一句说错，然后对邹倩说：

"哥，我再来一次吧！"

就这样假错一次假错两次……终于当她觉得满意的时候，她弱弱地问：

"哥，这次行吗？"

"我觉得很别扭！"邹倩皱着眉头，没有看许诺一眼。

许诺迷惑不已，她觉得余小游是不会欺骗自己的，她希望邹倩说出个一二三，便直接问道："为什么？哪里别扭？"

邹倩答："我也说不上来。"然后直接收起了三脚架。

"那我再来一次行吗？"许诺可怜巴巴地乞求。

"不用了，别出镜了。"邹倩就扬长而去。

许诺豁然明白，原来都市之窗办公室的某些元老都喜欢给别人穿小鞋。看来一旦拥有能给别人穿小鞋的权力时，大家都喜欢当蛇精，连在一旁拍手称快的蝎子精都不稀罕，更没人愿意当葫芦三娃，纵使葫芦兄弟是最后的胜利者。人们不会考虑最后，只要现在能占上风，男人也可以当蛇精。

许诺觉得邹倩的理由太牵强了，可以说，根本没有理由。她坐在采访车里不时对着副驾驶上邹倩的后脑勺翻着白眼，邹倩跟她说话时，她因无法掩饰的低落以及厌恶情绪，回答时几乎只说"嗯""哦"，而且语气生硬，她根本没发现司机老王已经在后视镜里看到许诺频频发射给邹倩的恶毒眼神。

许诺心里极不服气，当邹倩把录影带交在她手里之后，她以迅雷不及掩耳之势径直冲向机房采带。她把带子入进机器，坐在凳子上焦急地等待着，不管身上的大衣导致她在闷热的机房里徐徐冒出的汗珠。她并不是着急出这条新闻，她尚没有想好怎么写稿，她只是想亲眼看看自己出镜的效果。

许诺回放已经采好的录像片段，音响也同步响了起来，不一会儿她就亭亭玉立地出现在镜头里。这一次因为她与镜头的距离够远，邹倩又架上了高大的三脚架，许诺觉得自己直面镜头的时候也美极了，毫无试镜时的丑态。她隐约猜想到试镜那天的大脸盘子效果是因为邹倩海拔太低导致的，就像她每次自拍时如果把镜头置于下巴的角度仰拍也一样显得非常脸大。

音响里流出了她勤加训练后的声音，当她看完故意说错的第一遍时，她就火冒三丈地认为邹倩不应该叫邹倩，他应该把两个字颠倒一下——他欠揍。

此时梁晓晓正在另一台机器上忙活，听见许诺大为进步的语速也赶过来看，她说："哎呀真不错你还是挺有潜力的已经比上次好很多了你们组长也终于可以让你出镜了。"

"他不让我出镜！"许诺低嚎。

"怎么会呢这不就是吗这不说得挺好的吗？"

"我特么也不知道他什么意思，死矮子。"

"要不你问问牛主任是怎么回事我觉得肯定有什么原因吧不可能无缘无故就这样压制你啊。"

"对，你这个词用得好，压制，我就是一直有这种感觉，可我实在不知道什么原因，要说能想到什么原因，那就只有我比他个浓眉大眼的男人高喽，只有我能让他时时感觉自己是三等残疾喽！"

"三等残疾"的话音刚落，邹倩就进入了机房，梁晓晓赶紧使了一个眼色，可是具有亮剑精神的狮子女许诺已经炸了毛，她才不在乎这个欠揍的死矮子有没有听见呢，她回头跟邹倩只说一句"采完了"然后站起身，还不忘恩赐他一个正儿八经的白眼就快步出门了。实际上，即便她没敢恩赐这个白眼给邹倩，司机老王在此之前就已经把她出卖了，因此她的白眼毫不吃亏。

许诺决定听从梁晓晓的建议找牛丽杰谈一谈，因为牛丽杰的确每天都在埋怨哪条新闻记者没有出镜。尽管出不出镜并不改善任何问题，但是不能出镜在这个办公室就像一个三条腿的板凳，是残疾人，许诺不能让自己因为欠揍的邹倩而让大家错觉自己还是当初那个试镜的残疾人。

许诺不想当面看牛丽杰男人婆的嘴脸，光是她的声音就已经够受了，如果再加上犀利的眼神，许诺怕自己无法招架，所以她准备下班回家吃完饭打个电话谈一谈。

许诺吃完饭的时候，牛丽杰还在自家充满油烟的厨房里炒着菜。她跟许诺不同，她没有提前为她煮好饭的妈妈等着她，她所拥有的只有一个青春期成绩垫底的女儿。她是一个离婚的女人，不知道是因为她强势的性格和过大的嗓门导致男人离开了她，还是男人离开之后她变成了这样。总之，她现在在厨房皱着眉头炒着菜，她的女儿在客厅的台式电脑上玩声名狼藉的游戏——劲舞团。

这是一个老旧的两室一厅的房子，厨房与客厅没有墙，而是隔着大块大块的玻璃，玻璃框是铁质的。牛丽杰边炒菜边看向女儿，心情更加郁闷，她恨死这个游戏了，看着只有十四五岁的女儿在网上口口声声地喊人"老公"，她真想给她几个耳光，可她还是只能继续炒着菜。

牛丽杰还记得自己第一次因为这个游戏打女儿的时候，女儿没有流泪，只是捂着脸大吼："我要去找我爸！"她的心骤然缩成了一个空心的核桃，随便一敲就碎，她便再也没敢动手打过孩子。当初离婚时她执意留下女儿，除了一个母亲对女儿的爱，她也非常期望有朝一日，丈夫能够看在孩子的面上回心转意。

客厅的一个角落还放着牛丽杰和前夫的婚纱照，那还是她刚刚创办都市之窗时，浪漫的丈夫为了帮她庆祝而补拍的。房子里的一切跟当初没有区别，这个医院的家属楼大院时时让牛丽杰心酸心痛，是丈夫把自己单位的房子留给了她，这个举动总让她错觉丈夫还爱着自己。而大院里丈夫的同事们，也时时提醒她曾经的回忆。

"妈，你电话响。"她女儿喊道，遗传下来的嗓门也不小。

"我这不炒菜呢么？我怎么接啊？响就响，帮我看看是谁。"她边喊，边把一勺盐倒进锅里，继续翻炒。

"许诺！"她的女儿说完又立即跑回电脑前。

"这个丫头打电话，破天荒，不用管了，我一会儿打过去。"

其实自牛丽杰看到许诺的第一眼，就一直不甚喜欢许诺，一开始觉得她是花瓶，现在又发现她兴许是一枚定时炸弹，她一直觉得，尽管许诺不说话，身上却老是带有一种压迫人的气场。牛丽杰还曾以为只是因为她个子比较高，两周相处下来以后，发现她坐着的时候也如此，干脆就少看她两眼少跟她说话。她记得她拿着被她的朱笔画了又画的许诺的第一篇稿子故意用略带讽刺的口吻对这个丫头说"我原来以为你就是一个花瓶"时，许诺那稍有不屑的一笑。

牛丽杰把炒好的青椒土豆片盛在盘子里以后，给许诺回了电话过去。从来不擅长寒暄套近乎拍马屁的狮子座女生直奔主题说了这样一句话：

"牛姐，我今天试着出镜了。"

"是吗？"牛丽杰用了有些不可置信的口吻。她不大明白许诺猛然打电话来这么一句是什么意思，她觉得许诺在向自己示威。她脑子里浮现出许诺第一次试镜的效果，继而武断地说：

"不过你不大适合出镜，你说话太慢！"

牛丽杰尝试着打击许诺。她认为，许诺与梁晓晓不同，虽然梁晓晓的工作能力也不弱，但绝对是一个能为自己马首是瞻的手下，她更善于贯彻；而许诺，她的创造力太强，牛丽杰看得出她桀骜的性情，总是对她有一丝厌恶。

"呵呵……"许诺的脸在电话那头抽搐了一下，她不悦地想，都老黄历了还拿出来说呢，您都多久没见我出镜了，但她平静地解释道："我都在家练了很久了，今天大家也都觉得挺好。"

"是吗？"牛丽杰一个看不见的冷笑，然后提高音量难听地说，"你看你现在跟我说话！就跟耍贱一样！"

许诺听了"耍贱"这两个字，心里极其不舒服，这怎么能是一个上司评价下属的话呢？她无奈地咬了咬牙，尽量平静自己，说：

"……出镜的时候没这么慢，但是邹倩哥说别扭，到底哪里别扭他也支支吾吾地说不出来，要不明天您看一下，给我指点指点好吗?"

"哦!"牛丽杰再次感到许诺的盛气凌人，尽管她似乎在用着商量的口气，她听着还是觉得像命令，她想继续挑她的刺，她问:"你今天出镜是不是戴你那个贝雷帽了?"

"嗯! 是室外。"许诺答。

"出镜不能戴贝雷帽!"她其实内心里不想去看许诺的出镜，她终于找到了一个优良的借口。

"还有这种规定? 邹倩也没告诉我啊!"许诺更加生气，她连"哥"字都不加了。

牛丽杰听出了许诺对邹倩的愤懑，考虑到日后节目的质量和办公室的和睦气氛——当然，是她认为她一直在掌控和维持的和睦气氛，她做了一个决定:

"要不这样吧! 明天给你换一组!"牛丽杰以皇后下懿旨一样的口气说。

"好，谢谢牛姐!"许诺求之不得。

在这通电话的交涉中，牛丽杰感到自己领导人地位的优势，她想，即便你许诺是一匹千里马，赶马的鞭子依然攥在我手里。这让她的心宽慰了不少。

牛丽杰的生日是 7 月 22 日，她本来应是一个温柔贤淑的巨蟹座女人，可是她的似水温柔似乎都被东北的寒流冻成坚冰了，她作为女人的内在优秀品质全都被她丢兵卸甲一样弃之不顾。可女人的多疑敏感、小心眼爱嫉妒她却做了一些保留。她又一次成功地摆布了许诺，尽管她似乎是被迫给许诺换了组，但是她知道，即便换了组，爱出头的许诺的日子也不会好过。

牛丽杰心情豁朗了一些，她把炒好的菜端上餐桌唤女儿吃饭，一边嘟囔："我接个电话你就不能端一下饭？"

女儿小跑到厨房拿了碗筷，脸上的表情稍有不悦，也嘟囔：

"你就不能好好说话吗？"

"我咋就没好好说话了？"

"你那叫好好说话？好像谁都欠你似的！怪不得我爸走了。"

牛丽杰狠狠地将菜盘放在桌上，她很想大骂几句，但是骂人的话到了嘴边却成了：

"我跟你爸离婚跟这个有什么关系？"

女儿已经端起碗筷开始吃饭，跷着二郎腿，不屑地说：

"反正如果我是男人，我是不会跟你过的。"

"你今天吃错什么药了？成心气我？你爸离开我，是他自己没福气！"她的大嗓门又将屋顶几近掀开。

"是是是，赶紧吃饭吧！"女儿对她毫无耐心。

牛丽杰的鼻子一酸一酸的，她强迫自己忍住。当初她根本没有想过丈夫会弃自己而去。在多年的生活中，她的丈夫一直对她呵护有加。她还记得城市户口的她当初多么风光地嫁给了这个从农村来的医生，要不是牛丽杰家里帮忙，前夫是断无可能调到现在的医院的。她甚至觉得他有些忘恩负义，并不知道当自己少女的羞涩褪去之后，完全没有女人味的性格让丈夫倍感压迫。她还固执地认为，是因为忘我工作影响到了夫妻感情。她还想象有天丈夫回来了，要多些时间给他。

"怎么又炒这个菜，难吃死了。"女儿的抱怨把牛丽杰从憧憬中拉了回来。

"这不是熟得快吗？要不吃完都几点了？晚上少吃点好！"

"你能不能别老强迫别人，我就不喜欢吃这个。"

“我一天到晚那么忙，哪有时间给你做大鱼大肉。”牛丽杰说着又夹起几片土豆塞进嘴里。

“得得得，我快过生日了，又是年底，我爸给我买了 iPad，你给我买啥啊？”女儿像个小债主一样说。

“你爸也太惯孩子了！我给你买个新羽绒服吧！”

“我不要，我同学好多都用 iPhone 了，现在也不是那么贵了，给我换一个呗。”一向蛮横的女儿用了少有的乞求语气。

“你咋就那么不省心呢？你给我好好学习行不？我想好了，我给你的礼物就是补习班，你好好补课，少玩那个破游戏。”

女儿噘起嘴巴，翻着白眼，丢下筷子，转身又跑到电脑面前大力地按起键盘。牛丽杰的内心有些抓狂，可她眯着眼睛继续大量吃着土豆片，她觉得土豆片是世界上最好吃的菜。她拿定了主意，要把补习班作为生日礼物送给女儿……

在牛丽杰跟许诺的这通电话里，牛丽杰说了很多让许诺添堵的话，诸如“耍贱”“贝雷帽”等等。许诺并不知道这是牛丽杰故意找的托词，她单纯地认为如果是正常人的话应该是这样说的：你今天出镜是不是戴帽子了？出镜不能戴帽子的。可是牛丽杰却特指了贝雷帽，而全办公室只有许诺一人戴贝雷帽，并且牛丽杰非常用心地留意到了这一点，这实在难逃针对性的嫌疑。

但是这通电话的结尾很美满，至少让许诺重新充满希望和干劲，虽然她还不知道自己会被分到哪一组，至少邹倩给她穿的小鞋可以暂时脱掉了。尽管牛丽杰给她穿的那只小鞋依然在脚上，但一只总好过两只，况且牛丽杰的小鞋是批量生产的，痛苦一经分担就会变轻，就好比群发的祝福短信，内容再怎么煽情真挚，收件人的感激之心还是会打个折扣。

第十一章

义 工

第二天在开早会之前，许诺就已经开始忐忑不安，她曾炸了的毛已经重新帖服在身上，她想不到牛丽杰虎龀龀的性格会以一个什么样原因给许诺换组，她最怕牛丽杰把昨晚电话里的信息透露出来，那绝不同于一个正式的白眼，到时候就不是她臆想邹倩欠揍了，而是她许诺要被人修理的事实将被付诸实践。

牛丽杰如往常一样噼里啪啦地总结评价昨天的节目、安排今天的工作任务后，大声宣布："许诺长得太高，到王向阳那组去吧！"

尽管牛丽杰没有走漏许诺打了邹倩小报告的事实，但这句话无疑在安静的早会上给了邹倩一记响亮的耳光——哪个男人高兴有人说一个女人比自己高呢？况且这个女人的身高也不能列入找不到对象的巨人行列，这只能在众人面前彰显邹倩他自己是个三等残废，这更加剧了邹倩对许诺的反感和针对，只是他已没有机会再"给你点颜色看看"了，至多能摆点臭脸，也不比他平日扬个大脸难看到哪儿去，可二人的恶劣关系却血淋淋地被摆在桌面上公之于众了。

天真的许诺不再在乎与"死矮子"的关系，她心里高兴得紧了，因为王向阳就是余小游和梁晓晓的组长。她觉得自己又能重归组织，她们三人又能从融洽变回亲密，搞不好还可以像最初一样重新成为这个三人组织的掌门人。她突然对牛丽杰欢喜有加，她太喜欢牛丽杰给自己的这份"厚礼"了。许诺对余小游扬了扬眉毛，余小游乐呵呵地说：

"太好了，这下咱们仨又能在一起了。"

梁晓晓这个一向心机较重的天蝎座却没能掩饰住自己受到压迫的情绪，低着头继续按她的手机，没有对今早的巨变发表任何言论，没有欢迎也没有祝福，倒让人觉得是故意为之。许诺看着她阴霾的脸，虽然不明原因，可梁晓晓的阴霾全都变成黑云飘进了许诺心里。

牛丽杰这时说："周六去交警支队拍节目，去几个美女，谁有空？"

没人回答。

牛丽杰发现没有志愿者，顿时提高音量，还是打算以野蛮的方式解决这个问题，她先冲向她的新宠："梁晓晓！你有事？"

"没有。"梁晓晓还是低着头。

"一个！余小游！你也去！"

"哦。"余小游一向乖巧。

"许诺！你干啥？正好你们仨！一起去！"

"啊，我……"

"别我了！就你们仨去！"

在许诺终于觉得跳出火坑的时候，梁晓晓阴云密布的脸却当即给她下了一场倾盆大雨，本来烧得灰头土脸的，被雨一淋，更加狼狈。此时的许诺不想理睬梁晓晓，也不想利用周末休息时间为电视台做义工，但是牛丽杰的高嗓门就是圣旨，至今还无人敢违，所以后果不堪设想，未知的一向都是令人恐惧的。这时余小游拉着许诺的手说：

"亲爱的，到时候咱们仨玩，幸好有你俩，要不我才不去呢！"

许诺想，至少我还有一个真挚的余小游呢！

综合各方面因素考虑之后，许诺在周六一大早就来到办公室，她并不知道自己要去干吗，总之她们三个既不是记者、也不是策划、更不是摄像，据说是去"玩"。反正总是要上镜头的吧，所以作为报复，叛逆的许诺身着她所有衣服里最难看的一身，头发乱七八糟地系在一起，心想，你不是要美女么？没有美女！只有大妈！她要让牛丽杰以后有这种事再也不会安排到自己头上。

车子颠颠簸簸地到了地方，许诺余小游梁晓晓干巴巴地坐在一起，连口水都没有。其他人走来走去不知道在忙什么，至于她们的牛主任，跟交警支队的领导们坐在办公室呷着茶水，打着扑克牌，她是真来"玩"了。

她们三人无奈地聊着天讲笑话，既来之则安之，否则她们能怎么办呢？许诺也做了一个她前所未有的举动——对梁晓晓装傻装什么都不知道，这于她来说是一大进步。聊得疲惫，直到肚子"咕咕叫"的声响取代了所有谈话的声音，本次节目的策划兼主持人张扬告诉她们该去包饺子了。

许诺边走边说："怎么不是'吃'饺子呢？"另外两人表示悲哀地摇了摇头。

人最痛苦的是什么？饿得前腔贴后背，还要去慢吞吞地包饺子。

人最最痛苦的是什么？饿得前腔贴后背，包完饺子下锅了，却不是自己吃。

许诺三人和几个交警在一起包饺子，两台大摄像机对着他们左右开弓。摄像记者说："你们互相说说话，要有说有笑的那种效果。"

许诺余小游梁晓晓开始互相傻笑。许诺说：

"敢情咱们是来当群众演员了。"

"一会儿能给咱们吃饺子吗？"余小游问。

"应该能吧都要饿抽了这都几点了。"梁晓晓答。

张扬和赵誉恒突然拿着话筒冲了进来，二人都是兴高采烈的模样，他们二人是本次节目的主持人。赵誉恒假装发现了一个惊喜，说：

"张扬！你看！他们在包饺子！"

许诺觉得他就像在说"张扬！你看！许诺是女的"一样让人觉得可笑。张扬也故作惊讶说："真的！这个饺子好大啊！一定很好吃！"

他们二人互相说了好一会儿之前的那种傻话，就到别的地方去说傻话了。

摄像记者并没有跟着离开，他说："现在开始把包好的饺子往屉子上摆！"

许诺余小游梁晓晓和几个年轻交警又开始按照他的话进行表演。许诺刚拿起一个饺子，摄像记者立即说："等会儿！"然后他将摄像机从肩膀上取下来，用两只手拖住，给屉子进行着特写，然后他又喊："开始！"

许诺几人开始将饺子挪来挪去，她心想，你怎么不再专业点，来句"action"！

谁想他又凶巴巴地说："快点摆！"

　　许诺剜了他一眼，心里悲哀地觉得自己很像一头戴了嚼子的驴，制造着食品却不是给自己吃的，还要在摄像师一嗓子一嗓子的抽打下干活。

　　摄像师觉得镜头采集够了，就说："可以了。"

　　许诺立马弱弱地问："什么时候吃饭啊？"

　　"这不拍节目呢么？"不知什么时候进来"监工"的牛丽杰帮忙回答了这个问题，并且赏赐许诺好几秒钟的凝视，不对，应该称为瞪眼。许诺没敢吱声，但是一个词窜进了她的大脑，她对自己说：卸磨杀驴啊！

　　除了她们三人之外的所有人都前脚跟后脚出去了。一位大婶从里屋的厨房出来拿走了装屉的饺子，许诺立即对余小游和梁晓晓使了一个眼色。余小游说：

　　"嗯？"

　　"你想赖这儿等熟了吃几个？"梁晓晓的洞察力明显要高些。

　　三人立即达成共识。她们靠在窗台边站着苦等，闻着厨房飘出来的香味，觉得现在能吃到一口饺子，当一把驴也值了。值得一提的是，现在时刻，北京时间中午十二点四十五分。

　　在北京时间一点零一分的时候，大婶端出了一盘饺子，许诺没有镜子没法看到自己当时的样儿，也没去看余小游和梁晓晓的样儿，三人那真是眼冒绿光，眼睛直盯那盘饺子，眼神充满了欣喜和渴望，咧着大嘴，好在口水没有来得及流下来，因为饺子在十秒钟的时间就被早已候在门口的电视台工作人员拿走了——那也是拍节目的道具。

　　许诺说："我们不但是群众演员，我们还是剧务，可是我们连个盒饭都没有。"

说完，她们就被驱逐出了这个房间，因为电视台要占用这个房间开始拍其他内容的节目，而这阶段的节目不需要多余的人做什么群众演员。

众所周知，当一个人饿得肚子"咕咕"叫，那只是饿的开始。饿到一定境界的时候，肚子再也没有力气"咕咕"叫了，因为首先饿晕倒的肯定是肚子，这个时候人就会产生一种错觉，通常人称之为"饿过了"，人这样一说，说明肚子的部位已经失去知觉，但是这个人却有如释重负的感觉，毕竟谁都不喜欢肚子里空荡荡的"咕咕"的回音。然后这个人就会不明原因的浑身乏力。

许诺就是在这样的情况下，继续做着她的群众演员，不过比之前好一点——她是电视台的参赛选手"记者乙"。至于"记者甲"由梁晓晓出演，"记者丙"责无旁贷的就是余小游。

三个人分别参加三项游戏比赛，不过就是"你来比画我来猜"这种游戏名字可以直接当游戏规则的、还有对吹乒乓球之类老掉牙的游戏。

许诺的任务是和一位交警同志对吹乒乓球，结局可想而知，已经饿过了的、不明原因浑身乏力的许诺，被对面的纯爷们儿以一秒钟的时间秒杀。许诺认为，这场比赛根本就是"bull shit"，听说过不是一个量级的拳手比赛拳击的么？

要说甲乙丙三位最惨的那位还属余小游，因为也已经饿过的她又跟饺子打上了交道，不过比包饺子更残忍的是，她要亲手拿着筷子端着盘子喂别人吃。此盘饺子已不是她们三人望得眼冒绿光的彼盘，这是一盘全新的热腾腾的饺子，香气更加逼人。最后这个游戏的规则是由电视台和交警队各出一名选手，比一比在由别人喂的情况下谁先将一盘饺子吃完。"记者丙"余小游就是那个站在别人身后，一个饺子一个饺子喂给别人的角色。她上场前，哀怨地跟许诺说：

"现在让我演吃饺子那个，我也能赢。"

最后她们终于吃上饭的时候，已是北京时间下午三点二十五分。她们狼吞虎咽地吃着不知算是午饭还是晚饭的饭，当然还有她们在几个小时前包的饺子。

在这个时刻，今天发生的一切都不能再让许诺感到愤怒，除了每隔几分钟的提酒。因为有人提酒，特别是长辈或者领导提的时候就必须停筷。许诺只好大口大口喝着啤酒，酒是粮食的精华啊！

然后第一次，她看到了牛丽杰对她笑了一笑，她却有了不祥的预感……

许诺蓬头垢面邋里邋遢的形象并没有产生她预期的效果。这个形象没有打消牛丽杰希望她为电视台继续做义工的积极性，却着实把许诺自己恶心了一把。当她看到自己在片子里的形象时，俨然就是一位大妈，说大妈可能有点夸张，因为大妈一定是年龄在四十以上的，所以许诺俨然是一位土掉渣的老娘们儿。

在东北话里，"老娘们儿"是没有年龄范畴的，只要是那种不太美观的女人形象加上不太好的女人性格以及女人气质，都可以用这个贬义词来形容，不过这个贬义词通常泛指已婚女人，所以如果有谁把这个贬义词用在一个黄花闺女身上，那么说话的这个人一定非常恶毒并对这个黄花闺女厌恶到了极点（这是许诺的理论，反正当她讨厌一个女人时，就会称之为"老娘们儿"）。

许诺并不是厌恶她本身到了极点，而是厌恶片子里的那个"许诺"到极点了。片子里那个人的出现仿佛只为了丑化许诺，别无他用，所以她恶毒地说：

"你看啊！跟老娘们儿似的。"

所以她在第二天特意穿了一身特别时髦青春靓丽的服装，却又惹来牛丽杰几秒钟的瞪眼。许诺被她瞪得浑身发毛，豁然明白，原来牛丽杰就喜欢老娘们儿形象的女人，或许这让她有亲切感，简直不分你我了。

不过，许诺是个美女的事实是无论如何不会因为她的穿着而受到本质影响的，所以牛丽杰又安排了任务：

"周二晚上有个晚会！台长要求咱们办公室去几个美女！"

许诺低头以示低调，仿佛她低了头牛丽杰就看不到她了。这次仍然没有志愿者，也许是因为牛丽杰本身的说法就有问题——谁敢厚着脸皮自告奋勇地承认自己是美女啊！于是她又叹了口气，大声喊道：

"梁晓晓！余小游！许诺！还有葛歌！你们四个去！"

"怎么又是我们啊？"余小游小声嘟囔着，她原本温水一样的性格也开始冒蒸气了。

"自从我换到这组一条新闻还没拍呢！天天做 8 小时外的义工，回回当'美女'，真郁闷！"许诺抱怨道。

"我也好几天没拍了，我连选题都没有。"余小游也附和。

梁晓晓在一旁微笑着，手里握着手机，看不出什么情绪。也许她心里想的嘴上不说的，都在手机中传输到了她最信任的人那里，只是许诺等人不会知道那个人是谁，总之，这个人不会是许诺或者余小游。

余小游并不特别具备当记者的天分，她缺乏记者那双敏感的眼睛和记者勇往直前积极奋进的劲头，她只是懒懒地，牛丽杰或者她的组长王向阳抽她一鞭子，她就往前走一步，因此她并不会像许诺一样因为没有拍到新闻而沮丧。

梁晓晓依然享受着牛丽杰的恩宠还有她们的组长王向阳的眷顾，大家都看得出来，王向阳对梁晓晓尤其好，那不能称为领导，那是一种照顾。不知是不是故意的，她时常在许诺的耳畔嗲声嗲气地说：

"组长——"

许诺从没有听她将两个字那么慢那么清晰地说出口，那个"长"字还带着拐弯儿的韵味，让许诺想起电视剧《铁梨花》里唱戏的四奶奶婉转动听的那句"旅长——"，只可惜梁晓晓敦实的体态实在缺乏一丝妩媚气息。

组长王向阳从最初到现在也没有对新加入的组员表现出任何热情，也许他觉得许诺是个刺儿头，也许是怕破坏他与梁晓晓刚刚建立起的暧昧关系，总之，他不理睬许诺。受到排斥的许诺觉得自己真是"屎窝挪尿窝"，尽管欠揍的邹倩经常给许诺穿小鞋，可是王向阳连鞋都不给许诺穿了。

牛丽杰嘱咐道："周二晚上要穿高跟鞋！化点妆！"

"我没有高跟鞋。"许诺说。

"那就穿单鞋！反正不能穿你这个雪地靴！"

"哦，我们是去干吗呢？"

"当司仪！"

许诺吓了一跳：'司仪'不是主持红白喜事的人吗？肯定不会有人选择晚上结婚的，莫非是有人去世？可是有人去世跟美女有什么关系？她觉得阴风阵阵，像是要去做祭品。

牛丽杰又嘱咐道：

"就是给来晚会看节目的领导领到他的座位上！很简单！到时候你们都像点儿样！可别给咱们电视台丢脸！"

许诺转向葛歌，惊愕地说："我们是去做司仪？"

"我估计是'礼仪'吧！"葛歌淡定地说。

实在不是许诺缺乏发散性的想象力，只是在她内心中，牛丽杰是什么离谱的事儿都有可能干得出来的，她也万万想不到，她们的牛丽杰主任作为一名资深记者兼多年的电视栏目制作人，竟然连'司仪'和'礼仪'都分不清楚。虽然已经没有去做祭品的危险了，许诺却十分不满：

"做礼仪？我们可都是记者啊！"

"我也觉得有点过分。"葛歌的愤怒也显得很淡定。

"许诺你还要穿高跟鞋吗你穿高跟鞋我们都没法跟你站在一起了。"

"我不穿高跟鞋，我穿单鞋，牛主任指示的。"

到了周二的晚上，许诺才明白牛主任的这个指示没有一丝一毫的根据，只是一句信口开河。因为整个演播厅的大楼甚至连女厕所都寒冷彻骨，压根儿找不到一处可以取暖的地盘儿。许诺穿着单鞋，夹着小碎步走着，一旦停在某处，她还是要在原地踩着小碎步，希望能使用动能发热，尽管这点动能产生的小热量面对庞大的冷空气如同螳臂当车。

许诺一行四人这次虽然不是跑龙套而是做礼仪，但是她们却在晚餐的时候及时有了盒饭吃，只不过这个盒饭在偌大的"冷藏室"不知放了多久，已经冰凉凉硬邦邦的了。梁晓晓还穿上了她从未穿过的裙子，不过穿了也是白穿，因为在这个"冷藏室"只能先顾着怎么取暖，而不是怎么美，所以她们臃肿的羽绒服一直作为保暖卫士不能离身。

许诺兜里还有一张出租车发票。由于举办晚会的地点过于偏远，连电视台的国产小商务车都不稀罕来，当然还有一个重要原因就是那辆国产小商务车还肩负接送牛丽杰上下班的任务，如前面所言，这次的礼仪依然是8小时外的义工，所以国产小商务车在下班时间分车乏术。

四人无奈只能打车。许诺付了钱拿了发票准备日后报销——总不能出力还出钱吧？况且这是牛丽杰的承诺（有盒饭吃也是她的承诺，她倒是没有食言）。

许诺穿着单鞋的脚已经逐渐僵硬，吃了冷冰冰硬邦邦的盒饭之后，她们依然无事可做，便和几名工作人员你一句我一句地攀谈起来。

"这个晚会是咱们电视台办的啊？"许诺说了一句废话。

"是啊！电视台和宣传部联合举办的。"这个工作人员经过初步鉴定，应该是个摄像，他现在闲着，也很乐意聊天的样子。

"真不错，咱台就是有钱。"余小游似乎很自豪地说。

"啥啊！这不是让各个单位出钱么？出钱的就挂名给上个节目。"那个摄像撇着嘴，似乎也不是很赞誉这等行为。

"咱们单位没什么钱吧，你看咱们办公室二十多个人，可是才配两台电脑。"葛歌表情依然淡定，提出了一个较为严肃且敏感的问题。

"就是！上次邢台来咱们办公室视察，牛丽杰说，你看我们这两台电脑都用七年了，该换新的了，你猜邢台咋说的？"许诺八卦的表情立马上了脸。

"邢台就是大BOSS吧？啥时候来的，我肯定没在。他咋说的？"余小游一向也很八卦，错过了现场，绝不能错过说书，脸立刻凑近了不少。

"他说，能用十年不是更好嘛！"许诺边模仿邢台仰着下巴目空一切的表情。

"…………"梁晓晓摇了摇头。

"呵呵，真小气。"葛歌淡定地笑着，好像是冷笑又好像是嘲笑。

"哈哈哈，他也太恶心了。"余小游觉得新鲜，笑声特别大。

"那电脑还能用吗镜头跳得根本看不清字儿时间长了咱们眼睛完蛋了。"梁晓晓睁着三角眼，撇着眉毛，不高兴地说。她拍摄的新闻多，看来深受其害。

"嗯，上次平平姐用的时候还问我：'是屏幕在跳吗？'我说是的，她说：'吓我一跳，我还以为我眼睛出问题了'。"许诺又八卦地举个实例进行说明。

"许诺你老蹦来蹦去的干什么啊？"余小游貌似觉得她莫名其妙。

"大姐！我穿的是单鞋。我脚都没什么知觉了。"

"就是啊太冷了到底让我们干什么啊怎么没人管我们啊？"梁晓晓十分快速地表达着她的困惑。

"对啊，你们四个来干什么的？"一不留神成为旁听者许久的工作人员好不容易插上了一句话。

"我们来做'司仪'，哦不，'礼仪'的，对了，以前我们没来的时候，有人来做'礼仪'吗？"许诺好奇。

"有是有，都雇的礼仪公司什么的！"

"你看吧！咱们电视台穷疯了吧！"许诺立即换上了生气的表情。

"这次办晚会肯定能捞一些钱的。"葛歌又一次说了一个敏感问题。

"能省就省呗咱们都是新来的肯定避免不了多干活到哪儿都这样。"

"那也不能这样吧？多干活也应该是工作领域内的吧？这算什么啊？穷不起了咋的？"许诺话里的火药味渐浓。

"好了，许诺，别啥都说。"葛歌隐隐发现了有人站在不同立场。

"我偏不，以前我做兼职做礼仪的时候，站一会儿怎么也得给个百八十的啊，那还是少的呢！"许诺歪着脖子，很不高兴。

那位工作人员再次成了旁听者，他决定以后不参与超过两个以上女生的谈话，特别当这些女生都是记者的时候，然后他默默地走开了。

"我们还是先弄清楚具体的工作内容吧。"葛歌适当地转移话题，及时扑灭了许诺差点燃烧起来的火星子，她是怕给有心人留下口舌之据。

"亲爱的，要不你去找找告诉咱们去吃饭的那个，是田台吧，问问他我们到底干什么。"余小游建议道。

"对，你去问问他吧。"

许诺迈着冻僵的脚踩着小碎步到处找这个神龙见首不见尾的"田台"。好在田台人高马大，许诺也长得高望得远，也许这就是大伙让她当使者的缘故，她加紧了碎步的频率，冲到田台面前，说：

"田台！一会儿我们做什么工作？"

"啊！就是把前来看节目的领导引到他自己的座位上，那排座位，你看，就是有桌子的那排，上面都粘好了名字的。"

"……可是我们不认识领导。"

"啊！到时候新闻部的会帮助你们。"

"……可是我们不认识新闻部的。"

"啊！等一会儿吧！还没到时间。"

人高马大的田台走掉了，剩下凌乱的许诺踩着凌乱的小碎步回到了"组织"。

"我觉得他像在敷衍我们！而且我觉得他并不需要我们！既然新闻部的认识领导，为什么不干脆让新闻部的做'礼仪'呢？"许诺又愤慨起来。

"因为新闻部的大部分都是男的这不是要求是美女吗？"梁晓晓似乎从不说单位的坏话，也许是从不在她们几个的面前说。

"没关系，一会儿我们就站在大门口，反正领导都会从那儿进来的。"葛歌理智得像个大姐，尽管她的年龄并没有许诺大。

"嗯，好主意！那我们差不多过去吧！"

许诺四人一站在门口，她们才发现这个门口就是这个"冷藏室"的"制冷机"，一张嘴白白的哈气就冒出来示威，羽绒服也无法长时间进行抵挡；四人一站在门口，才发现即使她们认识领导，也不是她们之前想象的那样可以很礼貌很专业地给领导引路，因为大批的人——演员、工作人员、各个媒体、人民群众还有领导都从同一个门涌入，所以少数的领导就夹杂在多数的人民群众中。

身为礼仪，只能挺拔地站在原地，唯一可以动能生热的小碎步也不能踩了。况且在"制冷机"面前，不止是穿单鞋的许诺，另外三个也都成了"团长"，紧握的拳头藏在袖子里，咬紧牙关，因为一旦放松，上下牙就"咔咔"打架，四人都成了缩脖子"瘟鸡"的模样。另外还有四名长相各式各样的男记者陪同她们站在门口，想必就是新闻部的了。一位戴着黑框眼镜的男记者突然对许诺耳语：

"就是这个！就是这个！崔书记！给他引路。"

许诺瞪大眼睛也没看出哪个是崔书记，她边在人群中扫描，边问：

"哪个哪个？"

"这个这个！"

戴着黑框眼镜的男记者不敢做出太大动作，手在兜里朝着一个方向使劲，但是那个方向有很多人。许诺不敢轻举妄动，黑框眼镜着急了：

"都快过去了！"

许诺只好一个箭步——蒙一个吧！蒙错了也不能怪我！她对着一个似乎隐藏在人群中行走的身材又矮又瘦的背着公文包的男士说：

"崔书记！"

男人一抬头，眼神里充满警觉、惊讶、防御等各种情绪，许诺知道自己蒙对了，可是男人的眼神让她很不自在，没听说过大庭广众一个美女绑架或者抢劫一个男人的，有身份的人跟只有身份证的人心态就是不一样。

男人说："哦？"

"我是电视台的'礼仪'，我给您带路。"

许诺觉得，她不能说"我是电视台的'记者'，我给您带路"，那恐怕更要使这个谨慎多疑身材矮小的崔书记恐慌了。但是当她说出自己是"礼仪"的那一刻，心里很不服气，因为"记者"跟"礼仪"是有天壤之别的，一个只看能力，一个只看外表，尽管"记者"的工资可能没有"礼仪"高（过去许诺做五天礼仪的酬劳就堪比现在做记者一个月的工资），但是一个人一旦被人作为有能力的人看待之后，就不愿意再去单纯地做花瓶了，而是更愿意做一个有实质内容的花瓶，并且花瓶里的实质内容绝对要超越花瓶本身。

崔书记仿佛并不需要礼仪引路，他甯着步伐走得极快，由于大厅里闲杂人等过多，许诺和崔书记都躲闪着人群，根本不像平日礼仪引路那样规范。直走到女厕所的时候，许诺方才显示出了她的用处——崔书记几步就窜到了女厕所的门口，试图进去，还问：

"是这里吧！"

许诺赶紧说："不是不是！在这边！"

许诺几乎破口而出"那是女厕所"，还好及时刹住了车，否则那将是一个多么尴尬的场面。经过观察发现，演播厅的大门与女厕所的大门除了前者隐藏得比较深不易被发现并且由于几级台阶高出地面几公分以外，两者外观没有太大区别，而女厕所的标志太隐晦，只是一张画着高跟鞋的极不醒目的图片。

这张图片许诺以前也在其他地方的女厕所见过，但她是在有对比的情况下分析得出这是女厕所的标志的。对比当然就是对面的男厕所的标志，上面的图片画的是一个烟斗，许诺分析，虽然不是只有男人才抽烟斗，但是一定只有女人才穿高跟鞋，所以她得出了正确的结论，做出了正确的选择。

可是这个"冷藏室"女厕所的标志像是藏在墙里的，因为它跟它下面这扇华丽的大门相比实在是太渺小了，所以它自惭形秽，不想让人发现；还有这个"冷藏室"的男厕所也并不在女厕所的对面，也不在旁边，可能是在楼上甚至是旁边的楼里。总之，许诺觉得，这并不是崔书记的错。

她引领崔书记走到了与女厕所大门如同孪生的演播厅大门，发现她的礼仪工作又无法顺利进行了——大批淳朴可爱的人民群众将通往前排有桌子的坐席之路堵得水泄不通。

她只好为崔书记"开路"，而绝非前面所说的"引路"。她挤到人群中，和颜悦色并没完没了地说：

"对不起，麻烦您让一让。对不起，麻烦您让一让。对不起，麻烦您让一让。对不起，麻烦您让一让。对不起，麻烦您让一让……"

淳朴可爱的人民群众回答她："我也是来看节目的，我还想找地方坐呢！"

还有人说："又不是我想在这儿站着的。"

还有人气愤地说："前面不让我怎么让？"

许诺艰难地受人唾弃地给崔书记开了路，终于到了有桌子的这排坐席的时候，她才意识到她根本不知道这位崔书记的大名，当然更不知道他的大名粘在哪个凳子上，所以她说："祝您愉快！"就立马挤回人民群众中，继续说："对不起，麻烦您让一让。对不起，麻烦您让一让……"

崔书记是许诺这晚唯一引领过的一位领导。后来许诺认为，虽然他夹在大批人民群众中混了进来，没有给她好脸色，又试图闯进女厕所，使她的工作进展困难，但总好过那些因为迟到而延长许诺她们工作时间的领导们。

许诺四人就在"制冷机"的面前站了两个小时之久，在这两个小时之中，做"引路礼仪"的时间仅占百分之五，其余时间她们都是"立正礼仪"，苦苦等候陆陆续续稀稀拉拉不迟到不能显示尊贵性的领导们莅临。

余小游还引领了一位喝得不能自己的领导，她一路走得胆战心惊。喝得不能自己的领导在另一位不明身份的人的搀扶下，余小游强调，不是搀扶那么轻松，是"拎"，那么就是，喝得不能自己的领导被一位不明身份的人"拎"进了演播厅。余小游回程的路选择了跑步的方式，一来可以动能生热，二来她迅速跑回来对许诺梁晓晓葛歌说：

"那人喝得路都走不了了，吓死我了，我一直害怕他摔倒，怕他砸我身上。"

在她们的礼仪工作完成的时候，节目才演到一半，电视台依然没有打算提供车辆送她们回家，田台说：

"等节目演完一起坐大巴车吧！车到电视台。"说完又不顾自己人高马大的身材，隐进了黑压压的人群里。

四人聚到一角开会。

"那就是说，到了电视台，我们还是得自己打车回家咯？"许诺皱着眉头，又冷又气，又因为吃了冷冰冰硬邦邦的盒饭，胃在隐隐作痛。

"那不如我们现在就打车回家。"余小游说。

"嗯，节目演完就太晚了，明天还上班，我还有稿子没完成。"葛歌说。

"可是这里根本没有车这里太偏僻了别说现在了白天都没有出租车。"梁晓晓又跟大家的意见背道而驰。

"对呀，而且牛主任说的好像是报来时的车钱，回去没说。"余小游马上改变了立场，说话的时候，她一直和梁晓晓拉着手。

"那不行！我不能待到十点多，我的脚已经麻木了，我穿得可是单鞋，再待下去我就死翘翘了。"许诺已经觉得不可忍受，分贝高了许多。

"可是这里没有车反正我要坐大巴车回去我还有东西在电视台正好去拿。"梁晓晓不顾许诺的感受，宣布了她的决定。

"呀，亲爱的，我也想起来了，我也有东西在电视台，那我也坐大巴。"余小游附和道。

　　许诺感到自己受到了背叛，在今天的义工活动中，她隐隐发现余小游已经偏离了自己，特别是在吃饭的时候，她与梁晓晓两人眼神怪异，耳语之后不是好动静"嘻嘻"笑着，许诺明白，那一般是说人坏话的表现，反正至少不是好话，因为许诺也很有这方面的经验。她沉着脸跟葛歌说："你呢？"

　　"我也想回去，不想等到那么晚，我也很冷。"

　　"那好吧！我让我妈妈来接我，把你捎上。"

　　许诺接通了电话，早已心急的妈妈立刻赶来，这一来一回三十多块就进去了。许诺不知道别人怎么样，反正她第一次体会到了什么叫做"透心凉"，这凉一直持续到第二天早上都没有完全消退。她蜷缩着躺在床上想，这事儿够离谱，就算报了来回的单程车费，我还是损失了十五块，这叫一什么事儿啊！

　　妈妈说："女儿，你们单位真的太过分啦！让你们做礼仪就算了，哪有这么晚不送小姑娘回家的，多危险！"

　　"哼！你才知道我们电视台没人性的？一向'卸磨杀驴'，我有史以来第一次见到穿着臃肿羽绒服的'礼仪'，还有服装不统一的'礼仪'，哎呀！我好冷。"

第十二章

小　羔

　　许诺病了，第二天一早她就病了，不过心病占有百分之八十。

　　早上她赖在床上，裹着被子，眯着眼睛，说："妈，我今天不想去。"

　　"为什么呀？"老妈正准备去做早饭，听见她的话，停下了动作。

　　"我觉得我可能要感冒啊。"许诺一动不动。

　　"真的吗？"老妈用半威胁半开玩笑的口气逼问，她太了解女儿了。

　　"去了也拍不上节目，新组长排斥我，梁晓晓和余小游都变了。"她还是忍不住跟老妈吐了槽，她不想在家里也戴上面具。

　　"傻孩子，我早就告诉你不能轻信别人，跟人相处要留有余地。"

　　"嗯嗯嗯，反正我不想去了，讨厌我们单位。"

　　"那你是准备休息儿天呐？"老妈拍了拍许诺藏在被子里也隆起很高的屁股。

　　"不知道啊，先请一天的假，妈帮我给牛丽杰打电话好不好？"

　　"让我撒谎啊？"

"撒一个嘛就一个嘛。"

"那好吧，休息休息吧。"一向开明的老妈又开启了许诺"帮凶"的角色，拿着许诺的手机到客厅去"撒谎"了。

许诺躺在床上回想这许久以来发生的一切，她觉得好像老天在故意捉弄她一样。当初在那么契合的时机有考试的机会，又那么适宜地考上了，不能不让人觉得这是老天的眷顾。可是自从她找房子开始，一幕一幕上演的都是让人哭笑不得的剧情，好像被人用诱饵引进了一个圈套——考的时候它是诱饵，考上之后转脸就变成了魔窟。许诺觉得自己像一个小丑，被莫名的观众不停地砸鸡蛋砸番茄。

虽然应该是放松的一天，但是因为跟牛丽杰撒了谎，说是得了重感冒，一向行事磊落、心里藏不住事的狮子女心中还是惴惴不安。她打开手机 QQ，想"谍战"一下办公室的诸位，刚上线，梁晓晓的消息就来了。

她先给许诺发了一个亲吻的表情，虽然她对许诺的态度已产生了微妙的变化，但是二人都在试图掩盖这样的变化，她以前每次都给许诺发这个表情打招呼，许诺想，也许现在就只有这个还没变吧！许诺回：

"我病了。"

"嗯，听牛主任说了，怎么样？严重吗？"梁晓晓按手机的时候加上标点符号就不觉得麻烦了。

"还可以吧！今天没出去采访？"

"一会儿就跟组长出去。"

"哦，那小游明天去吗？"

"嗯，她都跟组长约好了。"

一口一个组长，许诺看着心烦，她想，以后骂你的时候不用带你大爷了，反正你也没有大爷，直接带上你组长，不说"去你大爷的"，就说"去你组长的"。然后她试探性地问了一句话，其实她只是想看梁晓晓如何作答，她说：

"哦，那看来这周没我什么事儿了，那我不用来了吧？"

许诺这个好像内脏都袒露在外的直率的狮子女在心里还给了梁晓晓几个选项，她认为梁晓晓最坏的回答也只能是同意她这么做，又或者说一些比如"早日康复""小感冒不碍事"之类的祝福话语。可内脏在外的狮子女是永远想不到心机贼深的天蝎女会做什么惊人的答复的，梁晓晓说：

"病去如抽丝，你慢慢抽丝吧！"

梁晓晓这句话的效果在许诺心里简直堪比"病去如抽丝，你不如去死"。许诺被 shock 的同时并没有引发丝毫火气，她的心脏僵持了几秒，被震惊得哑口无言，胸腔阵痛。许诺对梁晓晓存留的为数不多的好感被这一句话一挑子全部撂倒，许诺有那么一刻也有一种被击败的感觉。她想了想，然后回复：

"好的，谢谢。"

而后梁晓晓的头像瞬间就黑了，仿佛她就是专门上线来对许诺说这样一句好似诅咒一样的话语的。许诺伤心，她理解不了，从一开始就无法理解梁晓晓对她突然萌生出的一种形容不出来的、阴森森的一种抵触情绪。对梁晓晓的伤心到了极致时，便立即转化成一种能量，许诺暗暗地说：

"小鼹鼠，我还能输给你？"

本不打算立马上班的许诺在第二天就重整旗鼓，穿上艳丽青春的漂亮衣裳，在办公室闪亮登场——不管牛丽杰瞪眼不瞪眼，不管王向阳理睬不理睬，不管梁晓晓诅咒不诅咒。她心想，我又不是活给你们看的！

如她所料，这天她是清闲的一天。在牛丽杰的眼皮底下，清闲就是一种罪。由于摄像记者和文字记者的不匹配，这种罪人却每天都有。单单王向阳一个摄像记者就带了梁晓晓余小游许诺三个文字记者。可是，这种不匹配牛丽杰看不到，只要她看到有清闲的人，就不堪入她的眼，然后她就会大声吼叫："许诺！你干啥呢？"

她每天都要喊这句话，只不过前面的称谓每天换一换而已。今天许诺告诉她，我有选题可是没有摄像，她会表示理解，可是明天她又以同样的态度同样的话语对付另外一个人，搞得所有人都胆战心惊。

许诺觉得这个办公室每天像一锅沸腾的粥，没有沸腾的水那么清澈，也不像沸腾的菜表明已经熟了，粥的沸腾，总要持续很久。而这个办公室里弥漫的黏稠的不爽朗的气氛，仿佛总也熟不了，更吃不得。

今天跟许诺一起清闲的人是杨平平。她也是这批新来成员中的一位，只不过从前由于工作等原因，许诺与她不甚熟稔，后来冷板凳坐得久了，聊得多了，也很有盟友的意味了。

杨平平是一个天秤座的女性，性格温和。她已经是一位母亲，在留下的七位新人中是唯一一个已婚人士，通常聊天的时候，她话语里的主人公基本上就是"我老公"、"我儿子"，除此之外，也总是担任知心大姐的身份，尤其是对许诺这种苦水较多的人来说，更觉贴心。

杨平平问油光满面的许诺："你真病了？"

"没有，不想来。"许诺不会撒谎。

"我都猜到了，你有情绪，我们都看得出来。"杨平平语重心长地说。

"不会吧！"得知这个消息，许诺有些紧张，主要是因为那个"都"字。

"真的，你什么都挂在脸上，你太傻了。邹倩都知道你对他有意见。"杨平平贴在许诺的耳朵上说。

"啊？不会吧！"许诺更加紧张了，双手不觉捏紧了。

"我能理解你，我工作也不顺心，唉。"杨平平说着，歪了歪头。

"我对邹倩没意见啊，是他先讨厌我的。"许诺赶忙辩解道。

"傻孩子，你第一条新闻整得那么复杂，他能不讨厌你？"

"啊？为什么啊？"许诺觉得简直不可理喻。

"因为他觉得他指导不了你，也觉得你在装能耐！"杨平平一语道破。

"天哪！你怎么知道的？他告诉你了？"许诺瞪大双眼。

"傻呀你，这是人之常情！做人必须得低调，低位进入，知道吗？"

"呃……那怎么办？"许诺觉得有些不知所措，突然也觉得自己笨极了，似乎她并不懂人人都应该懂的，枪打出头鸟。

"只能继续装什么都没发生啊，没事儿也跟他打打招呼什么的。"

"嗯，知道了。谢谢你，平平姐。"

虽说许诺非常感激杨平平的好意提醒，可这种不能为所欲为、表所想表的感觉就像被戴了镣铐。许诺觉得有些厌烦。

梁晓晓这时从机房（"机房"就是进行采带、剪辑片子等工作的办公室，因为后期制作都用电脑，所以称为"机房"）回来，她坐到许诺跟前，许诺没办法掩饰自己对她的厌恶之情，正不知如何是好，牛丽杰却解围似的突然喊：

"许诺！你干啥呢？"

"我没事，王向阳跟余小游出去了，我没法拍。"许诺不耐烦地解释道，基本上隔两天就得解释一遍，尤其是最近几乎天天说。

"这有个新闻！你去不去？"

"去呀去呀，可是没摄像怎么办呀？"许诺受宠若惊地立马跳了起来，开心地冲到了牛丽杰的面前。

牛丽杰非常享受这种感觉，她觉得此刻的一个恩赐让许诺身上桀骜不驯的气息都消失了。就像在驯兽，饿她几天，再给食物，她便会感激不已。她心里很欣慰，她想，也许许诺是可以驯服为自己所用的。

边这样高兴，边环顾办公室，她看到办公室仅有一位摄像记者，只顾高兴的她没有经过大脑就直接回答许诺的问题说：

"啊！我给你安排一个！邹倩！你俩去！"

许诺一听，立马皱眉，但她已经不能回头、骑虎难下，她心想，牛丽杰我就知道你没这么好心！你也太缺德了！这不是让我往枪口上使劲吗？她根本不知道在面对她时，牛丽杰非常辛苦地经常有着非常多的各种心理活动。许诺的情绪一落千丈，咬牙说："哦！"

然而，比许诺更生气的是邹倩，他也不好发作，不明白牛丽杰的行为代表什么意思，他的脸憋得通红，转而又想：这不是正给了他一次"给你点颜色看看"的机会？

牛丽杰还是没有反应过来这样的组合非常有问题，她说："一会儿来车接！电话来了你们就下去！"

邹倩准备好好把握这个机会给许诺看看脸色，等不及开始拍摄新闻的时候他就开始搬动椅子，发出巨大声响；又打开抽屉，再使劲关上；又把杯子用力蹾在桌子上，用勺子拼命地搅动。总之他用尽浑身解数制造巨大噪音以示他的不满，每一次声响，许诺都好像听见他说：

"气死我了！气死我了！气死我了！"

许诺虽然心烦，但更多是觉得可笑，想自己是真没估计错，你邹倩取了个女人名字就注定有女人的心眼，小气样吧！你取了这个名字，就注定你要做个讨人厌"欠揍"的人了？

坐在一旁的梁晓晓问许诺："你要去拍新闻吗？"

"嗯。"许诺无奈地对着她挤了一个笑脸，梁晓晓再也没过问许诺的病情。

"拍什么？"她的声音冷冷的，似乎关心的是新闻本身，而不是许诺这个人。也许她想的是，如果她早点回来，去的就不是许诺而是她自己了，毕竟她才是牛丽杰的新宠。

"我忘问了，我问问主任。牛主任，我一会儿去拍什么新闻啊？"许诺看到梁晓晓阴森的脸，想故意气气她，便和牛丽杰和颜悦色地询问。

"私屠滥宰的！跟检查的一起去！"牛丽杰说话的时候也没有抬眼帘，不知在忙活什么，其实她还是不大愿意看着许诺的。

"那你能行吗？那场面挺血腥，挺恶心的。"杨平平关切地问许诺，似乎早已了解许诺性格里难以避免的娇气。

"要不你跟我一起去吧，平平姐。"许诺果然心里没底儿了。

"嗯！那也行！"谁也不愿意在牛丽杰眼皮底下当"罪人"。

"小心被人'揍'了！"梁晓晓在一旁恶狠狠地对许诺说，脸上挂着似笑非笑的表情，让人可以误以为她是在表示关心，也可以误以为她在开玩笑，可是那个'揍'字说得那么浓厚，还是像一句诅咒。

许诺眯着眼睛对她笑了笑，然后说："谢谢你的提醒。"

邹倩依然兴致勃勃地在许诺身后时不时地弄出点噪音，仿佛已经等不及要给许诺点颜色看看，不过他的愿望在漫长等待的拉抻下，越来越疲乏和没有力量。从上午九点一直等到十二点，一直没有人打来电话派车接他们去采访。

正处更年期的牛丽杰又将此事忘在脑后，许诺饿得肚子咕咕直叫，大家都差不多下班走了，牛丽杰也穿上大衣往门口走去，许诺赶紧问：

"牛主任，我是不是一直要等电话啊？"

"等啥电话？"牛丽杰神情诧异地说。

"……私屠滥宰的采访……"许诺非常无语。

"哦！不等了！啥玩意儿！没诚信！来电话也不去！"

"……那我回家了。"

牛丽杰根本没有听见许诺的这句话，她说完就自顾自地走开了，她还要回家给女儿做饭。许诺真想对着牛丽杰扭着而去的大屁股踹两脚。

正准备回家的许诺刚走到门口，看到王向阳拎着摄像机正回来，她踌躇要不要和他打个招呼。如果自己不向前迈一步，岂不是一直没鞋穿？可是许诺实在放不下面子，她不想讨好任何人。正纠结，王向阳已走到她的面前，她憋足一口气，正要说话，王向阳却说：

"你那儿有选题吗？"

"啊？有啊！"许诺有点蒙。

"那下午早点来，然后去拍，你中午联系好。"

许诺想，这也太突然了，再说中午让我怎么联系？人家都吃饭睡觉的，你叫王向阳，就是专门让别人出洋相的？

　　这是一个小城市，小到上班的人每天都早退一点再迟到一点，就可以回家吃中午饭再睡个午觉。以前在大城市朝九晚五上班的许诺还无法适应，慢慢地，才发现其中的惬意。不过一天来回四趟公交，多少还是有些劳民伤财，可也只能入乡随俗，况且每个人迟到一点再早退一点，午休时间已拉长到两个半小时以上。

　　"余小游的拍完了？"许诺问。

　　"嗯。"王向阳依然冷漠，尽管梁晓晓并不在旁边，尽管他跟梁晓晓依然最多只能算是暧昧关系，而且暧昧得好像偷偷摸摸的。

　　"哦，真快，那梁晓晓的呢？"

　　"她那个只能明天去。"

　　许诺更不高兴了，她知道王向阳拿她当备胎。今天能轮到自己，是因为余小游的新闻比计划中进行得快，而梁晓晓的新闻则有日期的限制，所以他闲着了，他就启用了许诺这枚备胎，根本不管这枚备胎是不是准备好要上路了。

　　许诺没有办法，候补队员也是队员，备胎也是轮胎，必须抓住这个机会顺杆上，能爬多高是多高，总比坐冷板凳好，总比在仓库里落灰好。她说：

　　"嗯，好的，我中午联系好。"

　　就这样，许诺第一次跟着试图让她出洋相的王向阳组长出去采访了。在她站在王向阳的身旁，看着他把摄像机放在桌子上低头进行检查的时候，她意外地发现王向阳的短发由于过于油腻已经黏成一绺一绺的了，本来应该数也数不清的碎发变成了屈指可数的几根。

　　在现在这个年代，不少爱美的年轻男士喜欢用发蜡发泥之类的把头发弄成屈指可数的几根，并且硬硬地挺立在半空中，不断地把自己头部上空的空气流划个粉碎，不过平心而论，这样的确显得意气风发且时尚潮流。

但是王向阳的头发并没有呈现这样的效果，通过经验之谈可以得出，他的头发之所以是这种形态，断然是因为长时间没有清洗了，并且在他寥寥且粗粗的几根"发丝"上，掺杂着不少灰白的大块头皮屑。

许诺想，王向阳啊王向阳，亏得你长了一米八五的大高个，平时没人能看到你的头顶，不然就凭你这脑袋，每天在不同的人面前，你不得出尽洋相，那名是真给你取得妙了。

许诺还想，这就是梁晓晓上嘴唇一碰下嘴唇就脱口而出的"组长"？梁晓晓成天屁颠儿屁颠儿跟着他身后的"组长"？这灰白的大块头皮屑可不知道落了多少在她身上啊！也许是因为梁晓晓太矮了，即使她的组长在她面前低头检查机器，她也无法看到他的头顶吧！

许诺坐在车里，也与王向阳隔有一段距离。不知者无畏，可是看过他脑袋上的大块头皮屑后，许诺总是忧心忡忡的，就算自己再高，也还是比他矮了十公分，也还是处于低处，头皮屑也是完全有可能飘落到自己身上的。

采访车从梁晓晓身边飞驰而过。

王向阳立即用眼神将她追随，并对许诺说：

"我手机没电了，把你的借我一下，你有梁晓晓的号吧？"

许诺拨通后，将手机给了他，但听他说：

"我出去采访了，一会儿就回来，告诉你一声……许诺要拍个出租车拒载……你看，这都几点了，一会儿主任不得骂你……你别编（新闻）了，我回来给你编（新闻）……没事儿争取早点回来，不行就加个班……"

许诺在一旁听得直恶心，心里骂得难听：我特么又不是狐狸精，你在那儿表什么忠心！就算我是狐狸精也不勾引你这样的啊！我还怕你满脑袋灰白色的大块头皮屑呢！拿我电话煲上电话粥了，不仅脑袋上有问题，脸也这么大，你媳妇可倒霉了，得给你买多大的脸盆！

但是他还在说：

"……明天肯定的啊！都说好了，我能忽悠你吗？……嗯，到地儿了啊？快进去吧……嗯呢，一会儿就回来……那好了，先不说了啊，拜拜。"

许诺望向窗外，王向阳将手机还给她的时候，她就用余光瞄了一下大概位置，迅速伸手拿回。王向阳也连一句起码的"谢谢"都没有。许诺鼻子里轻轻的一声充满鄙夷的"哼"，被轰鸣的发动机声掩得严严实实。

当王向阳的摄像机一出现在人群里，停车场的出租车司机都探出头来警觉地张望。许诺走在前头，试图以一个好态度赢得这些违规营运的司机信任，况且她这次打算以"出租车拒载"做新闻，目的只是想为司机和市民搭一道桥梁——曝光始终是缺乏力量的一种容易激化矛盾的报道方式，许诺认为，作为媒体，更应该做的是为出现的问题寻求一个解决之道。

许诺笑呵呵地步入停车场的地界，出租车司机立马气势汹汹地全部下了车，十几个人形成了一个活人堡垒，一个男人瞪着眼睛，以威胁的口吻说：

"干啥？"

许诺内心发憷，她一眼就明了，这些司机会做出这样的表现，绝对是出于理亏，知道自己做了违规的事，知道电视台喜欢曝光，怕自己的小辫子被人踩在脚底，才会这样充满敌意。

许诺想说，我知道你们有时候"偶尔"拒载是有原因的，也许这个原因并不是出在你们身上，我就是想站在你们的立场了解一下你们拒载的真正原因，好帮你们在市民的面前说说话，帮你们赢得体谅，为大家都方便找一个解决的办法。

可是她还没张嘴，扛着摄像机的王向阳像是以为自己肩膀上架了个火箭炮，很牛气地说："市民向我们反映你们经常拒载，给我们说说怎么回事，行吧？"

"谁说的？""胡说啥？谁说的？""你们有什么证据啊？有人证吗？""对啊！让他来对质，看我们谁拒载他了？""就是！要脸不啊？""凭什么冤枉人啊？""电视台了不起啊？就可以冤枉人啊？""你们这样说很严重！拒载我们是要受到处罚的！说话负点责任好不好？"

这些司机说话时情绪激动，声音粗暴，越说离许诺和王向阳越近。许诺心里害怕极了，记者被揍的事儿也不是没发生过，身上的鸡皮疙瘩一阵紧似一阵。她赶紧大声喊：

"你们冷静点！我们不是这个意思！我们只是来核实一下，你们不要激动，有话好好说。"

"核实什么核实！没有这回事！""别拿你那镜头对着我们！""拍什么拍？走走走！"

许诺知道再不走估计要挨揍了，她叹了口气，无奈地转身离开，王向阳也几乎在同时转身离开。许诺说：

"这可怎么办啊？"

"我把他们说的话都拍了。"

"可是这就跟我策划的完全不一样了，就成了曝光新闻了。有个司机师傅曾经告诉过我他们拒载的原因，其实他们也挺不容易的。"许诺很沮丧。

"你管他们呢！就给曝光！谁让他们态度那么不好！"

"…………"惹谁也别惹媒体。

"一会儿去采访几个市民，他们不是要证据么？"王向阳似乎很生气。

"然后呢？就完事了？"

"你策划上不是写了要去运管所咨询么？再去运管所就完了呗！"

最后许诺这条本来打算帮助出租车司机和广大市民进行调解的新闻就变成了为运管所洗脱"啥也不管"罪名的歌功颂德的新闻了。她还记得她在运管所所长的办公室里，所长说：

"你们可得帮我们说说好话！"

可是许诺想，如果你那些投诉机制真的管用的话，何以这个城市出租车拒载已经达到了猖狂的地步？你那些先进的投诉机制真的能从根本上从制度上解决问题吗？许诺觉得媒体，至少她身在的这个电视台作为媒体的力量，是那么薄弱。

Ps：过了好多天，牛丽杰提都没提要报销上次去做礼仪的车费，许诺怵她，不敢过问，硬是从损失十五块变成损失了四十多块。许诺想，真是出钱又出力！作为牛丽杰您的老牛，吃的是枯草，您不但喝我的奶，还喝我的血啊！

第十三章

救　星

王向阳用完了许诺这枚备胎，她就又被搁置在办公室里落灰了，连后备箱都进不去。后来许诺知道王向阳也是狮子座，她先是表示理解，因为狮子座就是一个对感情极其忠诚专一的星座，就像一只狗，在被抛弃之前都不会动一个想另投他处的心思，他／她总是很自觉地摒弃与其他异性亲密接触的机会。

许诺不自觉地想到了启开，人都说，猫咪的记忆只有 21 天，狮子也许要长一些吧，因为除了沉浸在工作里之外，许诺还是时常想起启开。她终于体会到摩羯男的决绝，因为启开就如同一个患了失忆症的人，又好像从未出现过。

她也不再絮絮叨叨地跟余小游梁晓晓说自己的心事了，梁晓晓已经是"敌对分子"，余小游虽不是敌人，却也不再是朋友，许诺把她以前赠予的小练习册还给她，她们也客气地说"谢谢"和"不客气"。现在只有时常跟她一起坐冷板凳的杨平平偶尔还愿意聆听，可许诺越发觉得自己像祥林嫂，有时话到嘴边就咽回去。

想起也只是想起，绝不是怀念。狮子座是一个很难单恋的星座，当许诺知道启开已经不再喜欢自己并且已经背叛了自己的时候，她就不再对他有情了，她想起的是不公与委屈，仅此而已。其实只是环境不允，否则狮子女许诺早就向别处撒网了，目前，实在是没有上等的鲜鱼啊！这个大猫只能饿着。

"可是我才不会公私不分好吧？"她在理解过王向阳以后，瞬即又觉得他非同类，同时也觉得这是一头瞎狮子，居然会对一个恶毒的天蝎女忠心不已。想到此，许诺撇了撇嘴，认为他不是一个合格的狮子座。

坐了若干天冷板凳后，办公室新来了一位摄像记者，确切地说，是"回来"了一位摄像记者。之前他被调往其他栏目组，现在由于牛丽杰终于意识到办公室经常有清闲的"罪人"是因为摄像记者的紧缺，所以将他调了回来。

许诺看着他，寒冷的冬天剃着光头，大白色的雪地里穿着大白色耀眼的羽绒服，时而上半身就跟天地融成一体，从远处看去，只能看到黑色的摄像机和黑色的裤子，诡异却奇特。

许诺知道，他一定是特立独行的，一定也像他身上的衣服，只有黑白，没有之间；许诺也知道，他也一定不是一枚皮蛋，也不是瘦肉姜片大米水或者盐，反正他和自己一样，也不属于这锅粥。他来得十分及时，许诺迅速摒弃了总也不洗头的狮子座的败类王向阳，转而与他打成一片，这时候的主动说话，就丝毫没有讨好的意味了。

他的出现让许诺又一次对这个办公室重新充满希望，她想，也许她可以像他一样，尽管不是粥里的什么，但是起码可以当咸菜。

经常清闲的罪人都喜欢跟他打成一片，他不仅对于许诺，对杨平平葛歌这些经常被组长抛弃，又充满工作热情的闲人，都是黑暗中突然点亮的一团火焰。葛歌之所以也成了闲人，是因为邹倩过于懒惰，偶尔有采访都是和组里另外一位，也是他的老搭档——张扬一起去的。

她们三人友好地将蒋俊然瓜分着。

自从蒋俊然加入这个皮蛋瘦肉粥阵营，梁晓晓张嘴闭嘴哆声哆气的"组长"二字就很难出现在许诺耳畔了，不知她是不再说了还是与她形影不离的余小游的耳朵在遭受着折磨。许诺觉得梁晓晓以前的那句"组长"对自己来说就像嘴里咬着一块没肉骨头的狗，对着只吃老鼠的猫发出它护食时那种具有威胁恐吓意味的"呜……"声，让人觉得既可气又可笑。

余小游顺利地当上了天气主持人，不枉费她四年来学习的播音主持专业，也正好弥补她无法好好做一名记者的缺憾，作为记者，不可否认，她是无能的。余小游一当上天气主持人，就更加有恃无恐地不找选题不采访了，牛丽杰偶尔给她安排采访任务，于是，王向阳在瞬间就成为了梁晓晓的独家摄像，也真是天遂人愿。

许诺跟蒋俊然的第一次合作，真可谓披星戴月，又让人瞠目结舌。

他们的第一次合作是牛丽杰安排的。许诺觉得牛丽杰安排到自己头上的新闻不是去不了的假消息，就是私屠滥宰容易挨揍的，再不就是这次这样披星戴月的——反正都是没人愿意去的。

许诺和蒋俊然顶着星星起了床，却被爆料者弄得一路无语加黑线。这位爆料者是一位年迈的却精神焕发的老头，他拿了厚厚一打表格给许诺，他说：

"你也加入我们协会吧！你说服你的朋友都加入我们协会！我

们是传统文化协会！告诉你老好了！看了我们的碟想自杀的不自杀了，不开心的都开心了，男人不三心二意，女人连门都不出了！你一定要看我们的碟！现在你就填表，然后把这些表格分发给你的朋友同事，让他们都加入我们协会，真的，老神奇了……"

他在车里坐在许诺旁边，车轱辘话没完没了地说，连润润嘴唇的时间都舍不得用，所以他的唾液都聚集在他的两个嘴角成为白色的固体状，喷出的唾液不时崩在许诺脸上，许诺一阵恶心，宁可打开车窗吹着冬天的寒风，说："我晕车。"

老头马上转向坐在副驾驶位置的蒋俊然，又拿了厚厚一打表格，继续说那些话。许诺心里瘆瘆地冒出两个字："邪教！"

老头宣传笼络之后，又开始说：

"你们这个今天拍了啥时候给播？今天这个慰问老年人的活动我让报社电台的所有媒体都来！上次我找那个报社的，他们就给我登在一个小角落，我们不应该上头条吗？我气得不行，我就给那个记者打电话把他骂了！你们这个今天拍了啥时候给播？今儿晚上播吗？"敢情传统文化教给他的是名气露脸最重要了？

采访过程中，蒋俊然的镜头对向哪里，这个老头就出现在哪里；许诺举着话筒采访别人的时候，他也要在旁边呜呜喳喳没完没了地抢话说。蒋俊然和许诺忍无可忍，只要这个老头出现，他们就收起摄像机和话筒，直到他识相地走开才勉强完成采访。

许诺将情况如实汇报给牛丽杰，经过深思熟虑后提了一个建议：

"我觉得这个协会不太正规，所以我想用它做个引子，然后把落脚点放在真正的传统文化上，做个链接。"

谁想牛丽杰又挥刀一砍："行了！我知道你能耐！啥你都能整

出花来！用不着那么麻烦！写个简讯！"

　　许诺想，我披星戴月地出去拍了个简讯！我真敬业！可狮子座一向被称为工作狂，真的很敬业的许诺还是迅速将一百多字的简讯稿写好交给牛丽杰，牛丽杰检查之后厉声问：

　　"今天几号了？"声音进攻性极强。

　　"（12 月）24 号啊！"许诺迷惑。

　　"24 号！你也知道是 24 号！17 号的新闻你还好意思给我？你脑子烧坏了是咋的？"

　　"哪儿写 17 号了？这是今天早上的新闻！是你让我去的！"

　　许诺拿起牛丽杰摔在桌上的稿子进行浏览，想看看是不是自己哪里出了纰漏，而后她看到赫然几个大字——"该协会成立于 2010 年 11 月 17 日……"，一股怒火"腾"地就上了脸，她没好气儿地说：

　　"这 17 号是协会成立日期！那不写得很清楚么？"

　　牛丽杰又拉过稿子看了一眼，然后不屑地说了句"哦"就顺手扔在桌子上了。许诺穿惯她的小鞋，气一会儿也就忘了，继续兢兢业业地进行自己的工作。

　　蒋俊然的到来对于都市之窗几个经常闲散的、不受组长待见的文字记者就像"久旱逢甘露"，他虽然不是狮子座一样的工作狂，却是一个充满热情的白羊座。他长得不好看，一把年纪脸上还总是冒着大颗大颗的青春痘，嘴巴很厚很大，就是传说中的香肠嘴，牙齿由于抽烟过量泛出黑黄黑黄的丑色，而且他是龅牙。本来许诺是一个外貌协会的家伙，可与她同是火象星座的蒋俊然与她太合拍了，她经常往他的办公室跑，逃开牛丽杰，逃开梁晓晓和余小游，逃开王向阳和欠揍的邹倩。

　　"你回咱们栏目了，怎么不回咱们办公室呀？"许诺问他。

"就跟你老往我这儿跑一个原因啊。"蒋俊然戴着个鸭舌帽，似乎从室外进来就忘了摘。

"哦！我明白！"许诺意味深长地说。

"而且那小办公室也没地儿了啊！"

"就是。以前你没回来的时候，我和葛歌还有平平姐为了躲牛丽杰，只好天天去机房待着呢。"

"对了，她俩呢？"

"平平姐在机房剪片子，邹倩今天不知道发什么慈悲带葛歌走了。"许诺随手拿起桌上的一支笔，在手上把玩起来。

"其实你组长挺不错的，工作很认真，效率也高。"

"王向阳啊，他不是狮子座嘛，狮子都是工作狂。"

"那你也是工作狂喽？"

"以后你就知道了啊，哈哈。你当初为什么离开都市之窗？"

"你猜。"蒋俊然故作神秘地说。

"因为牛丽杰吧，是吗？"

"其实原来这个栏目挺好的，真是为百姓做了不少好事，后来就变了。"蒋俊然没有回答许诺这个敏感的问题。

"为什么变？"

"来自各方面的压力呗。"蒋俊然含混地说着，呷了一口茶水。

"各方面是哪方面？"许诺咄咄地问道。

"很多啊，我还被扯过带子呢！"

"被谁扯了？"许诺的好奇心热烈地燃烧了起来。

"黑社会。"蒋俊然阴森地说了这三个字，又压低了鸭舌帽，眼睛直勾勾地盯着许诺。

"你唬谁啊？哈哈哈，装得挺像。"继续把笔在手上转来转去。

"真的，就当着光头的面儿。"他继续用脑门看着许诺，眼睛瞪得圆圆的。

"你是说咱们那个光头大叔总监？"许诺的笔掉在了桌上。

"是的。"

"哎呀，你就一口气儿说完吧。"

"你别问了，反正就是一个曝光新闻，然后他们来人到办公室让我当着面把带子拿出来扯了。"蒋俊然说完，就靠在了椅背上，一副受伤的神情。

许诺睁大了眼睛，张大了嘴和鼻孔，大喊一声："天哪！"

蒋俊然立马喝止道："你小点声！"

"那，光头什么也没说？"许诺降低了好几个分贝，但惊讶之情丝毫未减。

"没有。"

"栏目组不可能就因为这一个事一落千丈吧？"

"反正后来敏感的话题就不怎么涉及了吧！"

"这么说，牛丽杰以前还是很有胆识的啦？"许诺对牛丽杰油然而生出一种佩服之情。

"唉，她也不容易，我没怪过她，但是让我喜欢她，我还真做不到。"白羊座的蒋俊然，也一向直来直去。

"那以后我们两个能继续为百姓做好事吗？"

"我们尽力呗！"

蒋俊然说，以前他有很多想法，可惜没有好的文字记者配合，他遇见许诺，也有一种伯牙遇子期的感觉。许诺则觉得自己是一枚子弹，必须要有一杆枪才能发射能量，而蒋俊然似乎正是这把枪。许诺跟他讲邹倩、讲王向阳，蒋俊然心有灵犀地说：

"摄像本来就是文字记者的一杆枪，就应该做到指哪打哪。"

蒋俊然和许诺都觉得终于凑齐装备可以做两个行侠仗义的大侠了，一杆枪一枚子弹，可惜他们都忘了，牛丽杰才是那个上保险勾扳机的人。

第十四章

热　线

在蒋俊然的协助下，许诺又拍摄了两条有关农村"科学种田获奖"的新闻。在许诺的心目中，这样的新闻才是真正的新闻——它是新鲜的、是闻所未闻的、是喜讯、是有价值的信息。

在拍摄的过程中，许诺试探着问蒋俊然：

"你觉得需要出镜吗？"

"可以啊！出镜就更好了！"蒋俊然从摄像机后探出了他的头。

"我都不敢了。"许诺非常底气不足地说。

"那有什么！你想想要说什么，练几次咱们就录，多录几次，不行就不用呗！就当玩了。"

许诺站在拍摄现场默默背着想好的说辞，蒋俊然拎着摄像机取景，不时地用眼神问许诺是否准备好了。许诺脱下了帽子，给蒋俊然一个示意就到室外去了。

"你摘帽子干吗？不冷啊？"跟出来的蒋俊然说。

"牛丽杰说出镜不能戴贝雷帽。"

"冬天室外可以戴帽子手套，还什么贝雷帽毛线帽的，不都是帽子吗？"蒋俊然不屑地说。

"我上次戴了她就说不行，算了，我们快点录。"

"这老娘们儿！行吧。"

许诺刚刚还温热的脸迅疾被凛冽的寒风吹僵了，嘴唇开始不大灵光，她的语速是加快了，可惜舌头打卷得厉害，逗得扛着摄像机的蒋俊然直乐。他说：

"说得挺好，哈哈哈，但是再来一遍吧。"

许诺越着急舌头和嘴唇越生硬，她老想着蒋俊然肩膀上的机器可有十几斤重，可他就是嘻嘻哈哈地不嫌许诺浪费着他的体力，即便说成功了一次，他为求保险，还会要求许诺再说一次。他说：

"你出镜一点问题没有！我们取最好的那次！"

托蒋俊然的福，许诺完成了她来到都市之窗后最开心最完整的一次采访。采带的时候她问蒋俊然：

"要不要让牛丽杰来看看我出镜啊？"

"为啥？"蒋俊然撇着嘴。

"我怕她说我出镜不好什么的。"许诺有些忐忑。

"我说没问题就没问题，我到时剪辑的时候直接剪好就是，我就不信她会让删了。"蒋俊然豪气极了。

许诺的积极性史无前例地高涨，她连夜赶出两篇稿子，因为第二天第三天蒋俊然还在等着她做新的新闻。尽管许诺再高产也不会像正式记者一样上一条新闻还有奖金，她还是非常期待时时在电视里看到自己的名字、自己的样子，甚至是声图并茂出镜的样子，这样的荣誉对于狮子女来说是要超越小小奖金的。

许诺为农户用了科学种田的方法使产量远远超过历史最高纪录而高兴，为他获奖一台万元多的拖拉机时将影响调动更多农户踊跃参与科学种田而欣慰，所以她为这条新闻取标题为"农户创新高，一炮双响"，她从没有如此用心地去想一个题目，她终于开始觉得这样写出来的新闻，应该像对待自己的孩子一样去爱惜。

可第二天牛丽杰这个霸主将许诺冥思苦想才觉得恰如其分的题目改为极其露骨、极其直白、极其没有回味感的"种地种得一拖拉机"……

许诺的老妈说："这用的是什么种子能种出拖拉机呀？"

许诺虽然被牛丽杰改的题目震惊了一番，但是她认为新闻的内容更为重要，只要有更多的人受到积极影响就是她拍摄这条新闻的意义所在。

她破天荒地十分关心第二天的节目预播表。

以往她从不看节目预播表，第一是因为自己的新闻比较少，摄像记者会告诉她，她的新闻今天要播，赶快去机房编出来，也就是剪辑出来；第二，她也对"都市之窗"每天循环上演的、不痛不痒的、看不看没什么区别的、关注流感关注花卉市场关注腊八节等把基本常识当做新闻毫无兴趣，更不愿意看那位长相莫名其妙的记者操着一口东北口音频繁出镜，还用东北话说"LED"大屏幕，效果堪比黄晓明把"Not at all"说成"闹太套"。

她在预播表上看到了自己的"种地种得一拖拉机"。不过她又受到了震惊，因为她的新闻排在第六条。可是，在只有短短十五分钟的民生新闻"都市之窗"有史以来的节目预播表上从没出现过第六条新闻，现实中也没有播放过第六条新闻。许诺感到震惊，她不知道牛丽杰在打什么算盘。

结果当然是由于时间不够，第六条被无情地砍掉了。这是牛丽杰第一次没有动用高分贝的嗓子就达到了让许诺反胃的效果。许诺不知道牛丽杰是脑袋又短路了还是故意在专门为自己做小鞋，她不甚明白牛丽杰原本是开皮鞋厂批量生产的厂长，如今怎么变成高级的成衣成鞋制作了，许诺还真是没想到自己的待遇变得更加"特别"了。

其实牛丽杰只不过是在继续运用她"饿猛兽"的伎俩。

许诺怒气冲冲地冲到蒋俊然的办公室，他的办公室老是只有他一个人，他原来所在的栏目由于没有收视率而被取缔了。

许诺一屁股坐在蒋俊然的对面，说："她有病吧！她给咱们排到第六条，什么时候上过第六条？"

蒋俊然显然知道许诺口中的"她"是谁，他似乎已经对牛丽杰时常的"神举"习以为常，他淡定地说："没事儿的，可能是有更重要的呗！明天肯定能上。"

"狗屁更重要的，我看了，又是关注流感，还整了三条，老婆娘的裹脚布——又臭又长！为什么只要是那个女人的新闻她就连删都不删，全给上。"许诺眉头十分用力地拧在一起。

这也是许诺这段时间以来发现的一个现象——只要是都市之窗记者高一兰的新闻，牛丽杰从不动一个字儿，而且不管她的新闻多烂多臭多长，牛丽杰宁可把别人的全压后，也要把她的先用。

"她是谁不重要，她的爸爸是谁才重要，懂么？"蒋俊然意味深长地说。

"连节目质量都可以不考虑？"

"好了，你别那么在意，做好你分内的工作，其他的别去管，明天肯定上。"蒋俊然试图压住她的火气。

"好，那我听你的。"

"唉，你啊你，我以前跟你一样，知道我怎么从都市之窗出来的吗？"

"我上哪知道去？"许诺还是没好气儿。

"我是被牛丽杰踢出来的。"

"啥？靠！我就觉得她妒贤嫉能。"许诺有些愤愤不平。

"嗯，有点吧。以前我也不听她的，老是拍自己想拍的。"

"然后呢？能给上吗？"

"你觉得呢？"蒋俊然反问道。

"唉，怎么这样。"

"所以说，现在也明白很多，不要太强硬了，没有用。"

"你不是还说我们以后多为百姓做事吗？"

"对啊，就像这个科学种田的新闻，这样的也挺好，不用老去找那些敏感的话题吧？"

"是吗？"

许诺一下泄了气，她突然觉得蒋俊然的光头、白衣都发着白灿灿的光只是一个虚弱的假象，他已经被磨光了棱角，他只是在表象上试图跟以前一样，可是他的心，早已经软了，他已经妥协了。

"羊就是羊，号称最冲动最热血的白羊座又如何，还不是在食物链的底端！"许诺气呼呼地回到办公室，她又有一种被老天爷涮了的感觉，蒋俊然光芒四射地涌现出来，内心却是一个瘪茄子。

许诺刚刚坐定，王向阳就走到许诺面前，许诺发现他难得洗了头发，他说：

"这周咱们组拿热线，我和梁晓晓余小游都拿了，明天周四，现在先给你吧！"

许诺虽然可以摒弃王向阳当摄像，但是她摒弃不了王向阳依然是他的组长，不过王向阳要是不矗立在她面前，她都快忘了他是自己组长了。王向阳把电话放在了桌子上，他连亲手递给许诺都不敢，许诺一边觉得可笑一边拿起热线电话，这个电话很寒碜，就是最原始的那个诺基亚绿屏手机。

许诺很想问问转身就走的王向阳，你们三个一人拿了一天，那周五给谁呢？

王向阳忽地又转过身说："接电话以后把对方姓名、电话号码、还有事情的梗概记下来。"王向阳的牙缝很宽，说话的时候好像总是在漏风，许诺要很用力才能听清他的话。

"我知道，我又不是没接过热线，不是跟办公室的座机一样么？"

"对，一样。"

然后他又说："如果有紧急情况，比如火灾、车祸什么的，你给我打电话。"

然后又补充一句瘆人的话："一般的车祸不用，除非有人死了。"

许诺觉得这个情况绝不可能发生。不是不会有车祸不会有人死，而是她来都市之窗这么久以来，这个节目就从没有播过爆炸性新闻，而且它作为民生新闻还经常和第一频道的时政新闻争抢播放重复内容，显得十分不靠谱。所以王向阳所说的这个情况绝不可能发生，言外之意就是，就算不幸地，有车祸还更不幸地有人死了，也不会有人拨打她手中这个小破手机求助的。

以前许诺在办公室里也接过几次座机热线，她接的几个电话都是市民反映供暖不热的问题，她每次在通话即将结束的时候都喜欢跟人家说：

"好的，我再跟您联系。"

牛丽杰听罢立即就会瞪着眼睛吼起来：

"你怎么能说再跟他联系呢？你就说：好的！我记下了！"

许诺迫于"淫威"照做了，可是她发现在说完"好的，我记下了"之后，对方从不会有打算挂机的意思，而是在电话那头无声地传递过来一种深深的期盼，而且这句"好的，我记下了"根本不像是一句结束语。面对听筒那头的期盼，心软的她只好又说："我再跟您联系好吗？"

可是她一次又一次地食言，牛丽杰说，供暖不热的问题我们管不了。所以许诺再也不想接热线了，办公室的电话一响，如果爱接热线的记者大姐们都不在，她不是给别人使眼色，就是装作有事赶紧走出办公室，否则就要迎接牛丽杰可以杀人的眼神了。

现在许诺手里这个小小的 24 小时热线电话在她的衣兜里就像一个定时炸弹，许诺即便在公交车里也随时捏着纸笔，生怕来不及记录苦主们的诉求。小手机不停地响着曾经很霸气现在很过时的诺基亚的经典铃音，仅仅周三一个晚上，许诺接电话就接得口干舌燥。

许诺很明白，他们都是投诉无门的人，所以许诺的态度非常温和。

多数的来电都是社会底层人受到欺凌，又没钱没力可以通过法律的武器保护自己，走投无路的情况下对电视台给予最后的希望。不是拿不回自己的劳务，就是拿不回自己的赔偿，还有掉进没有井盖的脏水井里摔坏骨头却没人管的，还有门口的脏水冒出地面冻成冰河却没人过问的。

许诺这个正义感极强的狮子女听着这些人的诉说，心里很不是滋味，一会儿义愤填膺一会儿悲天悯人，她细细地记下每一笔，她这个一向爱倾诉的家伙突然在这一刻成为了一个倾听者一个安慰者，并且也许可以成为一个勇者，去帮助他们。只要电话一响，哪怕已经脱光衣服上床的她还会立即跳下床，光着身子拿上笔，跪在茶几旁记录着，惹得老妈大喊：

"你是不是要感冒！"

周四一早开完早会，许诺立即拿着她记录的满满一页纸，找到歪在椅子上的王向阳，高兴地说：

"你看！我接了这么多热线，这下不愁没选题了。他们都好可怜啊！"

王向阳接过纸，皱着眉头浏览了一下，然后说：

"就这个脏水冻冰的可以拍。"

"什么？"许诺不可置信。

"其他的拍不了，反正你都抄办公室那个热线本上吧。"他不咸不淡地说。

"为什么拍不了？这个大妈被餐馆欺负得拿不回工钱的为什么不能拍？这个阿姨她丈夫被撞死拿不到赔偿为什么不能拍？"许诺连续质问王向阳，她现在一点也不惧他。

"哎呀！就不能！那个要跟很长时间，麻烦！又不是没有别的新闻。"说完王向阳就像逃跑似的站起身就走开了。

"又不拍，又不帮人家，抄热线本上干吗？我特么写字就不要钱呗？"许诺边抄边嘟囔，她原来一直认为民生新闻就是帮老百姓说话、帮老百姓办事的，今天的状况让她十分诧异，十分失望。

她不死心，抄完之后，她将又厚又大的选题本摆在牛丽杰的办公桌上，她说：

"主任，我昨天接了好多热线，你看，这个大妈没拿到劳务的，还有这个她丈夫被撞死都已经一年了，还没拿到赔偿呢！"

"这样的管不了！拿走！"牛丽杰冷酷无情地说。

许诺不小心在牛丽杰的办公桌上又瞟到了今天的节目预播表，

她看到她的"种地种得一拖拉机"依然排在第六条，另一条也关于"科学种田"的竟然排在第七条。还有其他三条她跟蒋俊然早已拍好的新闻可悲地孤独地躺在桌子上，无人问津。

第七条？哈！这老娘们儿真是脑袋进水了吧！

许诺不想问她什么了，举起热线本一把摞了在另一张桌子上。牛丽杰瞪眼：

"轻点儿行不行？这不是你家！"

许诺没理她，径直走到自己的凳子上，一屁股死死地坐了下去。

"为什么那么可怜的人，我们不能帮帮他们呢？民生新闻，难道不是帮老百姓说话的吗？"许诺哀伤地问身旁的杨平平。

"我也不知道，主任说什么就是什么吧！"她也只是一个老面兜。

"嗨！刚开始都这样！时间长了你也麻木了，这种事儿太多了，我们哪儿管得过来啊？"高一兰过来倒开水，听见许诺的话，阴阳怪气地说道。

许诺不愿意看她的八字眉、金鱼眼以及永远向下撇的嘴巴子，没抬眼没搭理她。然后自言自语道："我是不会麻木的，没有心的人才会。"

许诺屁颠屁颠地跑到蒋俊然的办公室，他跟葛歌在里面聊天，许诺不管不顾地把昨天写满的纸摞在了蒋俊然的面前，说：

"你看！"

"你接的热线啊？"蒋俊然"呵呵"笑道。

"对啊，你看这个，咱们俩去呀。"她指着一个大妈在餐馆打工一年没拿到劳务的信息充满干劲地对蒋俊然说。

"你问牛丽杰了吗？"蒋俊然问。

"问了，她说不拍。"许诺噘着嘴说。

"那咱们去干什么啊？"

"那你倒是说说谁还能帮她？"

"咳，她可天真了。"蒋俊然对着葛歌说。

"嗯呢，是的，呵呵。"葛歌也一副老成的嘴脸，好像许诺是个小娃娃。

"你去不去？"许诺有些急了。

"这个真去不了啊，拍回来也没有用，也上不了。"

"那也许咱们去了那个老板就会给钱了呢？"许诺充满期盼地猜测。

"事情哪有你想得那么简单。"

"你不试试你怎么知道？"许诺激动得有些发抖。

"哎呀，你别傻了，你快回去吧。"蒋俊然摆了摆手，似是不愿意继续这个话题了。

许诺边走边把手里的纸撕个稀巴烂，边撕边丢，丢满了两个办公室之间狭长的走廊，像一个个无法融化的雪片。她才不管有没有领导会训斥惩罚她，地上的碎片对许诺来说并不是白纸，而是她一笔一笔记下的正义，它们在这个楼里，已经破碎了。她兜里还揣着那个诺基亚绿屏手机，它还在疯狂地振动，许诺全然不管，她知道接起来也是白费唇舌也是徒劳无功也是浪费时间。

"许诺。"她身后响起了一个标准的字正腔圆的男声普通话。

许诺皱着眉头转过头，赵誉恒出现在她身后，他戴着一副金属黑框的眼镜，穿着一件藏蓝色的棉服，他边向许诺靠近边看着他们身后散落一地的纸片。赵誉恒的出现似乎是一个意外，因为在许诺的程序里，这个人好像已经不存在很久了，他一经出现，许诺才意识到关于他的那些东西不是被拉进了回收站，而是进入了休眠状态，他的这一句"许诺"又将数据重新激活。

"你在干吗呢？"赵誉恒问她，他是指她扔了一地的纸。

"我不高兴！"许诺懒得跟他废话。

"谁惹你了啊？"赵誉恒走到她的面前，温和地询问。

"多了！"许诺气哼哼地答道。

"那你把纸都撕在地上被发现了多不好。"他的语气很有《大话西游》里唐僧的架势。

"是啊，被你发现了。"许诺想到他是台长的儿子，多少有些迁怒的意味。

"还好是被我发现了。"

"还好？"许诺抱着膀子，斜眼看着赵誉恒。

"因为我是不会告诉别人的。"他善意地笑着。

"呃，谢谢你了。"许诺刚刚要萌生的敌意又被赵誉恒的温和善意压下去了。

他们两人一起走到办公室的门口，赵誉恒用力推开办公室这个回回跟地面亲密接触的门，他的脸上立即洋溢出奇怪的兴奋表情。牛丽杰抬眼一看，除了也突然洋溢了兴奋表情外，又扯着嗓门吼开了：

"天哪！恒恒！你回来了！"

许诺先是被牛丽杰抽风似的火山爆发一样的热情吓了一跳，而后她才想起来赵誉恒已经很久没有出现在办公室了，原本就与他交集甚少的许诺硬是等到办公室里少的这个人回来了才意识到办公室里少过这个人。她看着站在他身旁的赵誉恒，内心产生了少许内疚的情愫，同时她又想，如果赵誉恒这一去没复返，许诺是不是会忘了世界上曾经有过这样一个人呢？

　　赵誉恒也看着她，许诺看不清他藏在镜片后的眼睛，便觉得赵誉恒已经洞察到自己的心思，她如同做了亏心事般挤了个笑脸然后在众目睽睽之下鬼鬼祟祟地回到了自己的座位上。

　　许诺正纳闷赵誉恒这一段时间的去向，牛丽杰就一五一十地全说了："恒恒老厉害了！去南方参加主持人大赛！听说拿了第四名！是不？"她的语气既谄媚又自豪。

　　赵誉恒依然站在门口，这会儿办公室里的人难得的多，所有知情与不知情的记者们都对赵誉恒投以微笑，可是居然没有一个人发现他还没有凳子，他似乎有些累了，将重心移到一个腿上后，靠在了墙上，他乐呵呵地回答牛丽杰：

　　"嗯！是的！呵呵，还得努力。"

　　"哎呀！恭喜啊！"

　　"真厉害！"

　　"真给咱们台争光！"大伙七嘴八舌纷纷贺喜。

　　"你坐这儿吧！"只有余小游说话的内容跟大家不一样，她搬了一个凳子放在离自己不远的地方，温柔地说。

　　"我们大帅小伙子这下可回来了！"牛丽杰又喊道。

　　许诺想，牛丽杰这话说得就好像没有赵誉恒的都市之窗变得多么不堪了似的，就好像我们现在这批人都是废物，都不顶一个赵誉恒似的。可是他不在的时候，也没见您时时挂在嘴边、甚是想念的样子啊。她觉得她发现了牛丽杰除了没水平、不讲理、男人婆、妒贤嫉能之外的又一个特质——那就是虚伪，她偷偷地吐了吐舌头。

　　"许诺！你咋了？"牛丽杰发现了她不雅的动作。

　　"我恶心。"许诺干脆直说了。

　　"咋了？"她用她极少的词汇量继续询问着，其中缺乏一种领导的关怀，更是一种质问的感觉。

"我不知道。"虽然许诺不会直接说"我看到你的嘴脸就恶心"，但她的语气也并不怎么温和。

"你有采访吗？"牛丽杰嗷嗷地喊。

"没有。"

"又没有？"又是不满的口气。

"我周二周三一共给了您五个稿子，但一直都没有上。"

"这是你不去采访的理由？"牛丽杰是又找到理由压制许诺了。

办公室的气氛有些紧张了。

许诺有些想要发作，她特想说，我去采访又如何，稿子写完片子编完还不是排到第六条，我是担心您一口吃那么多消化不了，您便秘了不干我的事，别糟蹋我的粮食，等您把我这五个新闻消化了再跟我要成么？

她嘴巴刚刚张开，办公室的门又兴师动众地被"訇"地推开，王向阳跟梁晓晓一起走进来，王向阳手里拎着摄像机，对现在弥漫的紧张气氛毫无感觉的他对着许诺说：

"去拍那个脏水的啊，联系了吗？"

"没有。"许诺冷冷地说。

"那打电话啊。"

牛丽杰此时瞪着许诺，许诺看了看她，又看了看梁晓晓，再看了看王向阳，她很明白此时办公室已经是一个快要胀破的气球，就看她要不要刺那一针了。她顿了半晌，思索了一下，说："好，这就打。"

听了这话，牛丽杰收回了内力深厚的眼神，不知情的王向阳倒没有什么表情，他兴奋地像发现新大陆一样冲到赵誉恒面前跟他寒暄。梁晓晓坐回了余小游旁边，她没有看许诺，但她不悦的情绪像有色毒气一样在她头上蒸腾着，让许诺无法不把她的头臆想成一坨在网上很流行的画出来的那种大便。

许诺撕了一片纸，粗粗拉拉地随便一撕，纸的边缘就像被狗咬过一样参差，那是她压抑着的情绪的具象表现。她从热线本上抄下了脏水冻冰爆料者的地址电话，而后踌躇着要交到谁的手里。

她先想着杨平平，可是摄像记者是自己的组长王向阳。首先，王向阳不会接受这样的组合；其次，这过于暴露自己的敌对情绪。她又瞧了瞧梁晓晓，她低着头摁着手机，眼睛被齐刘海遮着，可是一想到她曾经频频的"诅咒"，再看着她现在"大便"一样的脑袋，许诺的胸口就像堵了一个小石头。所以她只好把纸递给余小游。

"你去吧。"许诺说。

"什么呀？"余小游早就不再称呼她为"亲爱的"。

"刚才组长说的那个脏水的。"

"你怎么不去呢？"余小游纳闷地问。

"我恶心，可能着凉了。"许诺胡乱诌一个理由。

"咋整的啊？"余小游还是很会关心人的。

"穿少了吧，你去吧。"

"哎呀，我正愁没选题呢，主任天天说我。"余小游这个无能的记者也十分不易。

"天气主持人还不够？"许诺反问。

"哎呀，你还不知道主任么，就看不了有闲人。"

"那正好。"

"那她不说你啊？"

"她哪知道，她一天稀里糊涂的。"

"也是，嘿嘿，谢谢你亲爱的。"

因为一条新闻，余小游又喊了许诺一声"亲爱的"，许诺想，原来这么简单，早知道就多帮你找点选题了。不过即便余小游像许诺一样高产，她大概也会受到跟许诺一样的待遇，搞不好那时又出现了八条九条。

余小游拿着纸条屁颠儿屁颠儿地跑过去打电话，她的高跟鞋踩得釉面砖"吭吭"响，牛丽杰又一瞪眼："轻点！以后别穿高跟鞋行不？也不嫌累？"

"哦哦！"余小游不敢搭腔。

许诺冒了一头冷汗，她生怕牛丽杰发现去打电话的人是余小游而不是许诺，进而使刚刚尘埃落定的矛盾重新激化。狮子座撒不了谎，撒了谎也很容易露馅，当不了间谍，肚子里揣不得一点秘密，做不了亏心事，即便做了也都写在脸上。她警惕地盯着牛丽杰，全身绷紧，直到牛丽杰的目光落回她手上的稿件时，她才轻松下来。

许诺的担心是多余的，颐指气使的牛丽杰早就把自己的脑细胞都用在"妒贤嫉能"上了；早就把自己的能量都用在扯嗓子喊上了，所以她根本没有多余的脑子去时时留心是不是有人在阳奉阴违。她在这个问题上是一个神经大条的人，她只在乎"阳奉"，只要每天有稿子上节目，她不会被上司骂就万事大吉。不过一经发现有"阴违"的情况，就是阴违得过于张扬或者牛丽杰偶尔灵光一下时，那就又会是不堪设想后果的可怕后果。

"喂喂！"许诺轻声喊余小游。

"嗯？"余小游刚刚拿起电话的听筒，那个座机就离牛丽杰不远。

"过来。"许诺招了招手。

余小游踮着脚尖小跑回来，她再不敢将鞋跟死死地踩在地板砖上了。她将耳朵贴近许诺，许诺说：

"这不是还有个小手机热线吗？你拿着到外面去打，免得被牛丽杰发现。"她觉得还是小心为妙。

"对对对！"许诺把热线手机递给余小游，她就鸟悄地去走廊了。

"你怎么不舒服了？"赵誉恒问许诺。

余小游走了，赵誉恒和许诺之间就只隔着一个空凳子了。赵誉恒说完这句话，就将屁股挪到了离许诺更近的那个凳子上。梁晓晓在齐刘海的掩盖下，抬起了她的鼹鼠眼睛，偷偷看着赵誉恒和许诺的一举一动。

"就是不大舒服。"许诺答。

"是不高兴吧！"

"嘘！"许诺将食指对在自己的双唇间，瞪着大眼睛看着赵誉恒。她做这个动作的瞬间被梁晓晓死死地抓住了，她铁定认为许诺和赵誉恒有着什么秘密。

"呵呵呵，好好，我不说。"

"我要回家去了。"许诺说。

"啊？这还两个多小时才下班呢。"赵誉恒说。

"我不走的话，牛丽杰不是会发现我没去采访吗？"

"哦，是的。"

"我下午再来。"

"那下午见吧！"

他俩说着耳语，所以梁晓晓并没有听见他们说话的内容，可是许诺的动作让梁晓晓觉得他俩暧昧极了，所以她不停地翻着白眼。许诺站在放大衣的那个桌子前，神不知鬼不觉地把大衣夹在腋窝下，而后用眼睛卯住牛丽杰，蹑手蹑脚地退出了办公室。

　　许诺和余小游的移花接木很成功，整个办公室一下午都相安无事。

　　"我跟组长说你胃疼啦。"余小游难得拍到新闻，兴奋不已，紧握着许诺的手，又说，"我也没有出镜，我怕被主任发现，嘿嘿。"

　　"嘿嘿，真聪明。"许诺捏了捏余小游的手以示鼓励。

　　"要不还是你写稿吧，然后写上咱仁的名字。"

　　"为啥啊？"

　　"我不会写稿，我每次写稿都被主任骂，然后改来改去的。"

　　"写咱仁的名字也会被骂的。"

　　"那咋整啊？"

　　"你写，你写完给我看看，我帮你改。"许诺想，送佛送到西吧。

　　"那你看，我这么写！@#￥%……"她说起自己的策划。

　　"行行行！"

　　余小游又屁颠儿屁颠儿地伏案写字了，尽管她在坐着，许诺还是能感觉到她的心情是屁颠儿屁颠儿的。

　　傍晚"审片"的时候，许诺也去了机房。

　　"审片"就是牛主任和她以上级别的领导对当晚要播的节目进行审查。一般当晚有节目的记者们也要旁听等候发落，因为主任和她以上级别的领导随时准备当场训斥或者夸奖。

　　由于许诺的"科学种田"新闻依然在当天的节目预播表上，虽然排在第六和第七条，按照程序，许诺还是得去旁听，万一出现之前五条新闻都短得离谱的情况时，她的新闻也是有上电视的可能的。

　　不过，之前五条新闻都短得离谱这种情况是绝不可能发生的，除非五条都是简讯，而一天上五条简讯这种情况也是绝不可能发生的，所以许诺心目中那么好的新闻又理所当然地被无情地砍掉了，它们已经有了要成为旧闻的危险。

许诺不再认为牛丽杰是脑子进水了，她认定牛丽杰是故意这样做的。许诺背靠在墙上，双眼情绪复杂地看着牛丽杰的后脑勺——她很上火，也很气愤，更加失落，也不乏绝望，正在考虑今后该如何对策，牛丽杰突然说：

"余小游脸上有啥？怎么黑了一道？"已经到了播放天气的版块。

"酒窝。"余小游在一旁弱弱地说。

"那是酒窝吗？那是酒条！太难看了！摄像以后注意光线！怎么拍的？"牛丽杰严厉地训斥。

以前的天气主持人掩嘴偷乐，尽管她算不上一个美女，但总也没有因为长相的问题而被训斥过。她现在跟余小游一人一天进行着录播。自从余小游也成了天气主持人，这个老主持拿掉了框架镜改戴隐形，不过她没有直接换成美瞳，只是普通的无色镜片，头发也开始经常做造型。

许诺还是站在余小游的旁边，余小游的旁边还是站着梁晓晓，不过余小游跟梁晓晓挽在一起。许诺看了一眼余小游，只见她眼神黯淡，但也白了牛丽杰的后脑勺一眼。许诺想说，别理这龟毛的老太婆。可正巧梁晓晓伏在她耳边不知说什么，二人又相视而笑。

许诺明白，即便是自己分了一杯羹给余小游，这杯羹也分得晚了，她已经无法扭转余小游跟梁晓晓好似连体婴儿的局势。

牛丽杰跷着二郎腿继续看着后面的版块，只有她和她的上司在审片的时候是坐着的，其他记者都是站立听候发落。牛丽杰不时趴在她上司的耳边说着什么，许诺看到她的侧脸，看到她时而撇撇的嘴，不知又在说什么坏话。她想，你个不顾节目质量的老妖婆真是吹毛求疵。

　　许诺不堪忍受，没等审片结束转身就向门口走，以往大家都要等牛丽杰以及上司离开之后才能跟在后面纷纷离开。

　　她刚出了门，赵誉恒也跟着出来了，他流露出关切的神色，说：

　　"你怎么了？又不舒服吗？"

　　"呵呵，没。"许诺连吐槽的心情都没有了，即便是怒火烧得过久也会燃尽。

　　"你要回家了啊？"赵誉恒跟在许诺身边问。

　　"是啊！呵呵。"许诺的步子还是很快。

　　"我今天正好也往你家那边走，送你一程吧！"

　　许诺没有拒绝。

　　当他们二人回到办公室，穿上大衣再并肩走到楼梯口的时候，他们并不知道余小游和梁晓晓正好从机房出来，正好看见。余小游睁着大眼睛，无限惊讶地说：

　　"他们俩？！"

　　"是啊他俩今天在办公室还卿卿我我的。"梁晓晓继续挑唆道。

　　"什么时候的事？"余小游惊讶万分。

　　"就是你去打电话的时候我估计许诺故意把你支走的。"

　　"可是赵誉恒才刚刚回来啊。"

　　"谁知道他们私下有没有联系呢你说呢？"

　　"你确定他们俩？"

　　"没有没有我乱猜的估计是许诺主动的你还能抢不过她么？"

　　"我也不知道。"

　　"怎么说你也是老相识而且你家在这许诺一个外地人你不要怕她。"梁晓晓不停地为余小游打气加油摇旗呐喊。

"她怎么那样呢？"天真的余小游被煽起风点起火了。

许诺坐在赵誉恒的车里，那是一辆东风标致307，赵誉恒眼睛注视前方认真地开着车。许诺略带讽刺地说：

"你真是年轻有为，刚毕业就买车了。"

"这是我舅舅的车，给我开的，呵呵。"

许诺沉默了，她想，是啊，你个官二代总不能说是我爹从电视台的经费里省出来的吧。二人又沉默了少顷，许诺觉得应该问问赵誉恒去南方参加主持人大赛的情况，以示关心，不然还能说什么呢？但还没等她张嘴，赵誉恒就说：

"我走了也没多久，怎么就感觉你变得特消极呢。"

"呵呵，是吗？"

"你看，你现在话太少，虽然以前我们说的话不太多，但是我知道你是一个很爱说话很开朗的人。"他的声音很温柔。

"没什么，就是好多事理解不了，我觉得我不适合这个单位。"

"不喜欢新闻的工作吗？"

"不是啊，新闻很好，就是只是这个——单位。"许诺不想跟副台长的儿子说太多电视台的坏话。

"我请你吃晚饭吧！我们好好谈谈。"赵誉恒猛然发出这个邀请。

"你不是有事吗？不是顺路送我的么？"

"呵呵，也就那么一说。"

许诺突然觉得心里的温度有些上升了，然后她第一次发自内心地对着赵誉恒笑了。她这个狮子女虽然有点二有点愣，但她并不傻，她很明白赵誉恒在表达什么。也许这仅仅是一种表达，而不是一种"求"，许诺还是为这样的青睐心存感激。而事情也果真像那句预言一般实现——百分之九十的双鱼男都会喜欢上狮子女。

可是许诺不知道的是，双鱼座也经常被冠以"滥情"的威名。其实这种"滥情"并不完全意味着贬义，只是这在水里游的鱼很容易动情罢了，于他自己，这是很纯真的一种情感，于别人，就要被说作花心败坏，特别是对于许诺这种正义感极强的狮子座而言，那简直是不可饶恕的罪过。

第十五章

发　飙

　　许诺把"科学种田"的两条新闻合并改为一篇报纸稿，偷偷地投到了省报的电子邮箱里，她仍然决定以背地里积极的态度与牛丽杰做斗争，还是打算继续"阴违"她，如果这个报纸稿发表了，那将是给牛丽杰扇得多狠的一个嘴巴子。

　　牛丽杰在开早会的时候大骂：

　　"看看这周上的新闻！全是高一兰的！你们一个个干啥吃的？高一兰再能干有啥用？有几个高一兰？"

　　"那节目不都是她自己排的么？"葛歌皱着眉头小声说。

　　"谁啊！嘟囔啥？有什么意见来找我！少在那儿小声嘟囔！"牛丽杰"啪啪"地摔着手里的稿子，把她的淫威以声音的形式爆破出来，果然换来能令人窒息的安静。

　　散会后，许诺和葛歌杨平平坐在一起，一向以成熟稳重话少自诩的处女座葛歌也难免发起了牢骚："我昨天早上给她的稿，她晚上也没给用啊！还说第一天拍第二天就上呢！"

　　"第二天？我周二给的稿，今天都周五了还没上呢！以后啊，请你们叫我六条姐姐。"许诺又无奈又讽刺又打趣地说，她已经懒得去看节目预播表了，她已经给自己打上了"六条"这个标签烙印。

"什么啊？麻将？"杨平平好奇地问。

"不是不是！连续两天，我的新闻都排在'第六条'。"

"这可从来没有上过第六条新闻吧？"葛歌惊讶地反问。

"哦，就是啊！我前两天看节目预播表的时候看见第六条我还奇怪呢！我再去看看今天的。"杨平平起身去找今天的节目预播表，看毕之后憋着笑走了回来，迎着葛歌和许诺满脸期待的表情。杨平平说：

"今天是第五、六条，哈哈哈。"

"又是'六'啊，'六'好啊！说明我要顺！哈哈。"许诺在昨夜，心里豁然就放下了，不知是不是那位专门扯了个谎请她吃饭的男士的功劳。

"就是！以后打麻将你就只和'六条'。"杨平平开起了玩笑。

"你就知道麻将，怪不得是小媳妇，跟我们不一样，呵呵。"葛歌也摒弃严肃开起了玩笑，其实跟处女座的人混熟之后，都会发现他们其实非常善于幽默。在牛丽杰一手遮天的这个办公室里，倘若不自己找找乐子，那是要憋死的。

赵誉恒走到这堆女孩子跟前，余小游立马回头用目光拦住他说：

"你还没把照片给我呢！"

"哦，我给忘了。"赵誉恒说着就坐在余小游的身旁了。

"然后你就走了，真是的，下午给我带来啊！"余小游有撒娇的嫌疑。

许诺回头望着他，他立马对许诺深深地笑着，许诺也笑，以感激他昨天的一顿饭以及一顿开导。余小游这次终于发现赵誉恒在跟自己说话的时候，还在对着别人笑，她狠狠地白了一眼许诺，然后她用眼睛跟梁晓晓说话，梁晓晓也用撇嘴表示同意。

在许诺上厕所回来的途中，与余小游梁晓晓在走廊里迎面。许诺对余小游真诚地笑着，她总觉得即便关系不如最初那么"要好"，但因为分给她的那条新闻，总也可以非常"友好"，所以她的嘴咧得非常大，大到可以辐射到她并不想对其报以一笑的梁晓晓了。

可是余小游并没有像往常那样也对她回笑。即便许诺是一个近视眼，她还是能轻易分辨出一个人的脸上有着笑容还是没有。余小游和梁晓晓都以漠然的眼睛望着许诺身后的前方，好像她们面前根本没有许诺这个人。

许诺有些不爽，可内心深处也并不介意，这种不介意只意味着她不难过，并不意味着她无所谓，于是她决定以后再也不会主动对余小游笑了，尽管她不知道一向温和的余小游因为什么像基因突变一样对自己有了这么明显的敌意。

虽然她这只大猫很好奇，但她绝不会放下自尊去询问。她选择立刻收起笑脸，也冷漠地直视着她们俩的后方，而后从她们身旁走过。就在大家擦肩的那一刻，余小游小声说了一句："恶心。"

暗箭许诺不好接，可是明枪她不准备躲，她立即停脚。

她回头瞪着余小游，看着余小游依然无辜温和的脸，可上面就好像写着"恶心"二字。她想起刚来办公室的时候余小游是多么贴心，后来也是因为莫须有的原因背弃了自己，今天也一样，因为莫须有的原因跟自己挑衅。许诺气急败坏，她很想打一架，正好发泄发泄一直以来心头的愤懑之气，尽管余小游的身旁还站着敦实的体育生梁晓晓，许诺很可能要以一对二，可这一架输赢，她不在乎，挂彩又何如？

她拿出了亮剑精神，她用了她自从来到电视台从未用过的大嗓门问："你说谁呢？"空荡荡的走廊里产生了一点回音，就像在颤抖。

余小游和梁晓晓原本没有要停住的意思，她俩已经往前走了两步，听到许诺的问话，便不得不停住脚步，余小游回头说：

"什么？"她在装傻，但是表情也并不柔和。

"你刚才不是恶心么？"许诺继续挑衅，手已因激动而微微发抖。

"你听错了吧？"余小游不屑地说。

"对她没说你听错了。"梁晓晓也说。

"是吗？"高大的许诺此时俯视着她俩。

"是的，况且就算我恶心也不关你的事。"余小游也厉害起来了。

"当然了，要是关我的事就奇怪了，我也不是男的。"许诺耍起了流氓，即便以耍流氓的方式，许诺也要占上风。

"你！"余小游气得眼睛瞪得更圆。

"你怎么说话呢怎么那么恶心。"梁晓晓接了余小游不好意思接的话。

"我恶心？是吗？那刚才的确是在说我了？"许诺紧皱眉头，握紧拳头，身体前倾，像一个随时要发起进攻的猛狮。

"我刚才没说，你听错了。"余小游又解释道。

"可是现在说了。"

"现在是我说的不是小游说的。"梁晓晓赶紧担上责任。

"反正你们说了我吧？"

"那是说你说的那句话没说你这个人。"

"以后要恶心就远点恶心，别在我跟前传染了我。"

许诺嚣张的气焰已经成功压倒了她们两人，她们没完没了软趴趴的解释也让原本激动不已的许诺渐渐趋于平静。这头母狮子并不是在狩猎，这有点像同性激斗的感觉，既然对方已经服软，她没有必要再出拳出击。许诺说了这句难听的话后，余小游和梁晓晓相互挽着对方，怯怯地站在她的对面，没有再接她的话。许诺又说：

"哼！没能耐就别惹事。"然后转身就走。

她们依然蠢在原地，余小游狠狠咬着嘴唇，内心无比憋屈，她用力捏梁晓晓的胳膊，但也没有真的冲上去揍许诺的勇气。打架这事有时不看人多人少，像余小游这种柔弱女人外形的，即使有梁晓晓这个身材敦实的体育生做帮手，她也不敢轻易动手。

至于梁晓晓，她最希望的就是许诺被余小游打翻在地之后自己上去踹两脚。尽管她是一个"练过的人"，可许诺虽不是虎背熊腰，也没有孱弱纤细，怎么说也有些高大威猛，又不是她梁晓晓自己的事，犯不着冒这个险。她故意教唆余小游，除了她很看不惯许诺之外，也达到让她两人彻底决裂的目的了。

刚刚不经动手就胜了这一擂台回合的许诺回到办公室没一会儿，蒋俊然就跑过来找许诺，他说：

"我这有个新闻，你跟我去拍吧。"

许诺毫无兴致，她说："我不拍了，你找葛歌或者平平姐跟你去吧！"

"还因为咱新闻一直没上不高兴呢？"蒋俊然关切地问。

"也不是！到周三都给她五条了，今天周五了，她一条都没给我上，我还犯什么贱啊！"许诺已经失去了工作的积极性，虽然她豁然地放下了，但是只能代表她不再执著于此事，并不代表她愿意继续给牛丽杰干活。

"告诉你，你不给她，她就骂你，你给她了，她上不上你就别管了。"蒋俊然已经学会了生存之道。

"她骂我我就说她，现在最好都少惹我！"许诺显然已经化身为一个炸药包。

"哎呀，小孩一个！回头跟你说，你可别冲动！我跟葛歌去了。"蒋俊然依然穿着煞白煞白的羽绒服，但是锃亮的秃头今天被一个黑毛线帽子盖住了，使他很像一个劳改犯。他叫上葛歌匆匆忙忙地走了。

许诺回想着"走廊事件"，她对于余小游的转变依然好奇。她想，像余小游这么温顺没主见的女生，到底什么原因能让她主动出击主动龇牙呢？却百思不得其解。

赵誉恒又悄悄坐在许诺的身边，他说：

"你不去采访？刚才看见蒋哥来找你了啊！"

许诺转头看着他，说："我没心情。"

"我还以为昨天跟你谈好了呢！"

许诺转头看着他，一转眼珠也能看见办公室的门。门突然被打开，余小游出现在门口正要进来，原本只是不悦的表情在看到许诺后立即变成了惊慌和咬牙切齿，她跺了一下脚，又气愤地出去了。梁晓晓好奇地探头一看，也是一个白眼赏给了这边，只是梁晓晓的目光似乎是射向赵誉恒的。

许诺恍然大悟，余小游并不是因为看到许诺而气愤地出去了，而是因为看到了赵誉恒，确切地说，是看到赵誉恒坐在许诺的身旁在跟许诺说话。

嫉妒的确是能让一个女人发狂的"猛药"，再善良温柔的女人也有可能因为"嫉妒"变成一个魔鬼，余小游只是变得可恶了一点，尚可原谅。

许诺对赵誉恒说："你跟余小游是老朋友吧？"

"不是！幼儿园同学，呵呵，不是很熟。"

"哦，看上去感觉你们很要好。"许诺只是瞎说，想套套他的话，许诺之前才没闲暇去观察他们好不好呢。

"没有，你误会了，呵呵。"

"我觉得她很好啊！很适合做妻子，感觉很乖巧，很贤惠。"她开始循循善诱。

"你想什么呢？呵呵，你真逗。"

"哦？莫非你有女朋友了？"许诺一向比较直接，尽管她觉得赵誉恒根本是在给自己献殷勤，她不该问这样的话，但是她还是希望听到他说"没有啊"，她想象的也是他将会说"没有啊"，结果他说：

"啊？呵呵。"他变得含糊其辞起来。

"什么啊？有还是没有啊？"许诺有些不高兴。

"呃……有。家里介绍的，我不是很喜欢，我以后也不想留在这个城市，我还是喜欢大城市，喜欢南方，我……"他似乎越解释越苍白。

"有就有呗！说那么多干啥？我去厕所了。"

她并不是要去厕所，她才从厕所回来，还经历了"走廊事件"，可是她只能选择"机房"和"厕所"作为撤退的后方。她担心说去机房，赵誉恒会跟着一起，所以她只能选择可以直接将赵誉恒堵截在外的女厕所。

许诺起身离开，剩下赵誉恒这个多情的双鱼座自己，端端地坐在凳子上头脑中却开了锅。对，其实这个词更贴切，多情。

"喵了个咪的！有女朋友跑到我这儿来献什么狗殷勤！真有病！害得姐姐还险些跟人打了一架！太气人了！"

　　许诺虽然并没有步入到"喜欢"赵誉恒的程度，但是她觉得很窝火，她最看不得感情不专的臭男人，她硬是跑到厕所挤了个屁，她要把赵誉恒当做这个屁放掉，她觉得自己曾经下意识地当这个人没存在过真是英才之举，以后也要继续下去。

　　挤过一个屁之后，赵誉恒的个人信息就好似被许诺永久粉碎删除，她回到办公室开始无视他的存在，她的目光没有落过他身上一秒，他坐在她身边说话的时候，她也垂着眼皮像一个聋子。

　　赵誉恒自知理亏，说完一些无关紧要的话后，他问：

　　"我们还是朋友吧？"

　　许诺的狮心疾恶如仇的同时，也非常喜欢怜悯，她觉赵誉恒实在可怜巴巴，她没有看他，她说："同事。"

　　那个寒碜的破热线小手机又在许诺兜里振动起来，许诺没有理，权当给穴位做按摩了。

　　头皮屑王子王向阳在周四晚上果然没有将热线拿回去，他早早地在下班之前就跑了，以至于已经周五，这个热线还在许诺手上，许诺就成了他们组里唯一一个连续拿了两天热线的人，搞不好王向阳还在盘算周六周日也继续让她拿。

　　自从许诺在电视台的走廊里撕过那一路的纸片子之后，她一个热线也没有接。她心想反正你们也不帮助那些真正需要帮助的人，为什么我还要接上电话让别人抱着根本没有的希望？只要有人来电话，她就按成无声，做出一副无人接听的样子。

　　傍晚"审片"的时候，许诺没有去。在大家都前往机房之后，她把破热线小手机放在王向阳的办公桌上，穿上大衣就回家了。她不想看到牛丽杰，不想看到赵誉恒，不想看到余小游和梁晓晓，不想看到王向阳和邹倩。

晚上许诺歪在沙发上用手机上网，老妈正在看中央八套的电视剧，片头曲还没有唱完，四姨就给老妈打来电话，兴奋并自我地说：

"今天有许诺的新闻啦！我看到她出镜了！非常好看！说得也很流利！你们看到了吗？哎呀！我们现在可真是天天锁定这个频道啊！以前从不看的！看到她的新闻也真不容易，这周才上一条，你可得让她加把劲！"

老妈在听到四姨第一句话的时候就迅速调台，可是短短两分多的一条新闻已经接近尾声。老妈说："我没看到我女儿出镜！"

像在陈述一个事实，却透露着无限遗憾。

许诺安慰道："明天看重播吧！好像中午有。"

许诺对她的新闻终于上了电视已经提不起任何情绪。对于自己首次出镜也失去了最初那种想纪念一下的热情，牛丽杰反复地砍掉她的第六条新闻，也是在反复地砍掉她的工作热情。如果说许诺原来的工作热情是一棵正在成长的小树苗，它已经被牛丽杰以及其他人砍得烂了根；如果说许诺原来的工作热情是一汪等待雨水的小溪，它也已经被牛丽杰以及其他人饮得见了底、弄得枯竭了。

尽管许诺自己提不起任何情绪，她知道自己首次出镜对于妈妈而言意义定然是不一样的，所以她对妈妈说了上面那句话。

"几点呀？"老妈果然兴致盎然。

"我不大清楚，要不你也锁定吧！"

"不行，你们这个台的节目不大精彩，我不想锁定，你问问呢？"

许诺依然歪在沙发上，头脑中的搜索引擎立即启动，想了半天她能向谁询问，结果毫无悬念的只有葛歌和杨平平。她又在脑中暗暗对比她俩谁更热爱这个栏目，可惜她没有得出答案。所以她将电话拨给了在电话本里较靠前的名字 G 打头的葛歌。

葛歌的回答是："我不知道啊！还有重播啊？有时候上了我的节目我都不看，不是审片的时候看过了吗？"这个处女座的姑娘又幽默了一把。

许诺只能问杨平平了，她几乎是抱着只能让老妈锁定的心情打了这个电话，但是她的平平姐没有让她失望，她告知许诺是第二天中午的 12 点 30 分重播。

"十二点半！"许诺又告诉老妈。

"太好了，明天准时收看。"老妈说着咬了一口苹果。

"你自己看吧！"许诺兴趣索然。

"怎么呢？你不看吗？"

"我明天可能出去。"

"加班还是有事啊？"

"我还在犹豫。"

"你说什么呢？"老妈又咬了一口苹果，嚼得清脆作响。

"没什么，就是可能出去或者不出去。"

"莫名其妙。"老妈嘟囔着，就又去看电视剧了。

许诺心里一直对之前接的热线耿耿于怀，特别是那个工作一年没有拿到劳务的大妈。那天晚上打来热线的是一个青年，许诺听他的声音哽咽，他说自己是一个大学生，家里非常穷，除了自己勤工俭学外，寡母也从农村来到市里打工供他上学。年近花甲的大妈在一家小餐馆端盘子洗碗，却白白干了一年。

许诺想："可是蒋俊然也不跟我去，"

"可是那个大妈的儿子应该已经去过了也没有解决，"

"可是我只是个女的，"

"可是大妈真的好可怜，"

"可是我是一个记者，"

"可是我也许可以像之前那样写到报纸上，"

"可是我总可以吓唬吓唬吧，"

"可是也许那人因为害怕媒体就会给了，"

"也许事情并没有想象得艰难"——

许诺下定了要去的决心，打算回电话给那个青年问问他小餐馆的地址，她这才反应到她根本没有他的电话号码了——她记录事件和电话的那页纸早被她潇洒地撕碎在悠长的走廊里。她用力挠了挠头发，还没来得及懊悔不已，就想起办公室还有备份——就是那本厚厚的热线本了。此时她真想感激王向阳当初不拿她的字儿当回事儿。

许诺早早洗漱早早睡下，准备迎接明天说不清会是一个什么性质的战役，她要储存好体力和头脑去面对未知的敌人。她希望她电视台的记者身份能是一张王牌，或者哪怕是个盾牌，千万不要泥菩萨过河才好……

第二天一早，许诺还是乘坐拔脚的1路车到了空旷的电视台办公大楼，门卫哥哥对她早已眼熟，例行公事地问了一句：

"干吗？加班？"

"忘东西了，拿了就走。"

尽管四下只回荡着她的脚步声，她还是小心翼翼，生怕被人发现，动作迅速，抄了电话就溜，还不忘把自己的脚印擦掉，把屋内的设施摆回跟进来时一样。

青年接到许诺的电话异常激动，许诺甚至听到他不停吸鼻涕的声音，他说："我还以为你们不管呢！我还想我还能找谁啊！"

"嗯！你把地址发到我手机上。"许诺显得非常仗义。

"我也去吧！看看能帮上什么忙。"

"不用了不用了！"明明知道他看不到，许诺还是连连摆手。

"那个老板很凶的，我得保护你还有摄像机，把他丑陋的样子都拍下来！"青年燃起了熊熊的希望之火。

"啊？这……"许诺自觉有些尴尬，似乎无法面对青年的期望。

"你们现在在什么地方？我来找你们，然后一起过去吧！"

"呃……没有'我们'，只有我一个人，没有摄像机。"许诺内疚地说出了这个残酷的事实。

"为什么？你们不是电视台吗？不是都市之窗栏目吗？"

"是的，只是今天，反正就只有我一个人。"许诺也不想在老百姓面前说栏目的坏话，她总不能告诉他，你的事人家不管。

"没有摄像机，那老板还是会很嚣张吧我想。"青年果然有些失望。

"我可以先跟他谈谈吧！怎么说我也是一名记者。"

"好！我明白您的用意！您是不想把矛盾激化！谢谢您！那我也一路去吧！只怕万一！"

"好！"

当许诺跟青年慢慢逼近小餐馆时，许诺的心狂跳起来。

这个青年只有二十岁的光景，身材瘦小，颧骨很高，皮肤很粗糙，许诺不想用"营养不良"形容他，可实在找不到其他合适的词了。许诺非常担心万一一会儿动武，怕是自己还要保护他，所以一定要稳住！

进了这个油腻腻的小餐馆，许诺找了个空位坐了下来，小青年坐在她的对面，这是一家非常破旧的餐馆，可以称之为"苍蝇馆子"，虽然这大冬天见不到一只苍蝇。餐馆里卖盖浇饭、炒饭、面条之类的快餐，此刻是上午，又是周末，餐馆里非常冷清。

许诺刚刚坐下，一个十几岁的面相不大好的小女孩就来问：

"吃什么？"

"我找你们老板！"

小女孩就对着厨房深处大喊一声："李哥，有人找！"

厨房深处走出一个魁梧但不高的男人，他把手在胸前早已变色的白围裙上蹭了蹭，看来老板也是大厨，此刻想是在厨房准备食材之类。他撇着嘴走到许诺面前，左右打量，牛气冲天，好像他这家小餐馆是做满汉全席的。他奇怪地看着许诺问：

"你谁啊？"

"您好！我是都市之窗的记者。"

"记者找我干啥？"老板的声调顿时升高。

"您能先请坐吗？我有事情跟您商量。"

小青年让了一个凳子给他，男人一转头，瞧见了这个青年，本来欲坐的半蹲姿势立即像被弹簧弹了一样绷直了，他拒绝坐下，点点头，颤颤身体，说："这小子！哼！我知道什么事了。"

"是吗？那您还是先坐吧！"许诺看他凶相毕露，心跳得厉害。

"不用坐了，我是不会给的。"老板这句话说得极为淡定，却不可置疑。

"为什么呢？您能告诉我吗？"许诺争取和颜悦色。

"这老太太老是打破盘子碗，而且动作又慢，干得太差了。"

许诺原本胆怯的心因为这句过于牵强的理由立即被怒火侵占，她又开始咬牙切齿。男人俯视着她，她以鄙视的眼神从下方盯着他。

"我接个电话。"小青年说着跑出了小餐馆。

"您这个理由不大成立吧！"狮子女的假客气终于被剥掉了皮。

"怎么就不成立了？"男人吹胡子瞪眼。

"干得差您还能用人家一年？你唬谁啊？"

"反正我不会给，记者来也不好使！"他说话就像一个地痞。

小青年这时接完电话回来，站在许诺的身旁，三人形成了对峙的阵势。许诺只好以威胁的口吻说："那我就要给你曝光了！"

"曝啊！谁怕你！小兔崽子！还找记者来了！有能耐别让你妈出来干活啊！"男人对着小青年目露凶光了。

许诺听了这话怒火攻心，"腾"地站起身，发现这个老板也没比自己高几厘米，这个发现让她底气更足，她加大嗓门喊："你会说话吗？你说的是人话吗？"

"看你是姑娘不想搭理你！你别上脸！"

"是嘛！我很理解！你没上过学，不知道上大学需要很多学费和生活费，你个文盲当然不能理解一个独身母亲供一个孩子上大学是多么苦，所以你能干出这么缺德的事！"由于许诺的声音过大，餐馆外聚集了很多路人看热闹。

"你他妈别骂人啊！"男人伸出一根指甲里都是泥的食指指着许诺的鼻尖。

"我可没骂人，我从不骂人，我骂的都不是人。你少指我，你敢动我我就报警！"尽管许诺说这话的时候，声音冲破云霄，但她很清楚，如果真的被揍了，报警也不过让这个恶霸蹲几天看守所而已，自己搞不好就要进医院的。

"报警？报啊！看你在医院待的时间长还是我在看守所时间长！"恶霸果然也想到了这一点，他不仅是个恶霸，还非常无赖。

许诺周身瑟瑟发抖，她这时多恨自己不是一个男人，多希望自己是《X战警》里的金刚狼，再不济，葫芦娃也可以啊！这个倔强的狮子女依然倔强地站在原地，眼看男人要抡起胳膊朝向她了。这时一个人越过人群走进了餐馆，许诺没有像上次他从人群中穿到自己面前一样看到他，这个男生进来后说：

"这拳落下去就是重伤害，不是看守所的问题了，是监狱，大哥。"

所有人的注意力都被这个男声吸引过去，许诺是觉耳熟，转头一看，居然真是席贯。席贯歪着嘴巴，头发理短了很多，他耍帅似的看向他刚刚从铁拳下拯救下来的美女，眼睛一瞟过来，也是倒吸口凉气。

"你胡说！"老板又将矛头指向刚进来的席贯。

现在可不是惊愕惊喜的时刻，现在应该是惊慌的时刻，没有时间慨叹又一次的偶遇，没有时间叙旧，席贯必须立即代替许诺接下对面这个重量级对手。

"我可没胡说，我是专业法律人员。"

"你也是这小子找来的帮手？"这个恶霸老板眼睛快冒出来了。

"我是来为他做法律援助的。"

许诺看了看身边的小青年，对他会心一笑，小青年伏在她耳边解释道："我等不到你们的消息，就想试试法律，没想到这个哥哥说可以免费帮我。"

"法律援助？要告我是吧？爱哪告哪告！老子不怕！现在都他妈滚！"餐馆老板说着便推搡起来。

他一个熊掌落在许诺肩膀，猝不及防的许诺向后倒去，小青年勉强扶住，两人一起跟跄了好几下，险些摔跤；他另一个熊掌落在席贯胸口，被席贯利索地一掌拍开，反加一掌在他胸口，席贯吼：

"你他妈推女人？"

老板也同时吼："你他妈推谁呢？"

　　两人话音一落就一个飞拳一个飞脚，噼里啪啦乌烟瘴气拳打脚踢，小青年赶紧拉许诺躲到一边。席贯额头挨一拳，便照他胸口一脚，很明显老板擅拳，席贯擅脚，席贯吃的亏全挂在脸上，老板虽不高大，胸口倒也厚实，挨了几脚虽有阵痛也不至挂彩。

　　小青年急得大喊："别打了别打了，钱我不要了。"

　　可是老板与席贯二人打得火冒三丈，根本无暇顾及小青年的焦急，似乎小青年只是一个导火索，他们两人有早想大干一架的架势。小青年毫无打架经验，他冲到席贯身后，抱住他的腰将他往门口拖，他想用这种方法制止他们打斗，可他无形中却帮恶霸老板"拉了偏架"，席贯胸口又中几拳。

　　"别拽他！"许诺发现席贯在吃亏，大声嘱咐小青年。

　　小餐馆两排桌子之间的过道非常狭窄，即便想迂回到老板身后"拉偏架"也是极不可能的事。油腻腻的小餐馆桌子凳子都倒了，门口看热闹的人有增无减，许诺捏着电话踌躇要不要拨110，如果警察真的来了，不是席贯也要一起被关进看守所吗？

　　突然她灵机一动，打开手机录像对着满脸横肉的老板就录开了，而席贯只有后脑勺不时晃进镜头里。

　　"你他妈干啥呢？"老板边忙着对付脚功甚猛的席贯，一边还用粗手指指住许诺。

　　"你不是不怕吗？"许诺挑衅道，继续对准他录像。

　　老板慌了，总是企图越过席贯冲过来抢夺手机，可总也无法成功，反而因为分心分神吃了不少暗亏。

　　"你去拦个出租车。"许诺跟身边的小青年小声说。

　　许诺的身后拥挤着大批观众，他们表情各异：有的瞪圆眼睛，有的瞪圆眼睛还张着大嘴；有的踮起脚尖，有的踮起脚尖还抿着嘴

巴；有的面带微笑，有的面带微笑还不时起哄，可没有一个人伸出
援手或主持公道。

许诺将镜头来了个一百八十度大转弯，对准这些将门口堵死的
麻木不仁的臭鱼烂虾们，果然他们一见镜头如同见了机关枪，统统
别过脸去或者干脆走开了。门口终于通畅的时候，许诺喊：

"别打了！快走！快走！"

她上前一把拉住席贯的衣服，用了她从未使用过的爆发力将席
贯从缠斗中拽了出来。小青年也正站在停在路边的出租车旁，见两
人风风火火地冲出了小饭馆，立即打开车后座，三人噗噗通通地上
了车，许诺又喊："快开车！"

司机师傅懒洋洋地说："你得先说去哪啊？"

这话刚一落下，但见小餐馆的老板晃晃悠悠地从门口也冲了出
来，手上的家伙被冬天的太阳照得明晃晃光灿灿，看样子只这一会
儿工夫，他就迅速从厨房抄起了菜刀准备大开杀戒了。

许诺吓得大喊："快开快开快开！"

车里的人都被她震得耳鸣，刚才还懒洋洋的司机一见菜刀，立
马将油门一踩到底，车子发出"吱"的一个长音后，就以最快的速
度把那个满脸横肉的亡命徒老板甩在后面。

"哎哟，姑娘，你们这是在拍电影吗？"司机师傅说了一句。

席贯在许诺身边大喘着气，许诺的手捂住胸口，还从车后窗张
望着，生怕这个变态也打个车追上来，如若那般，真就像好莱坞动
作电影里没有它就不能彰显是动作电影的、耗资不低的、次次雷同
的追车镜头了。

"这回你得说去哪了啊！"司机师傅又说了一句。

许诺刚想回答他，小青年突然以惊恐的口气说："血……"

　　席贯坐在后座的中间，左右分别是许诺和小青年。许诺听了这话就像被按了开关的电推子，浑身发抖，随即以目光开始在席贯头上摸索着，边说："哪？哪？哪？"她想象着席贯头上某处已经破了一个大口子，黑红的血汩汩地流，可是又被黑发盖住不易发现，越这样想象着，她的腿越软。

　　"我衣服上。"小青年说。

　　许诺探身一看，小青年的肩膀上蹭上一点点血迹，那血迹的量非常少，甚至不足以把他棉质外套的布渗透。

　　"吓我一跳。"

　　"你以为血流成河了？"席贯似乎回过神来，他的口气又开始戏谑。

　　"那怎么说你也出血了，你疼不疼啊？"

　　"怎么不疼啊，我不知道是哪个疼痛的部位流血了。"

　　"那咱们去医院吧！师傅，去医院。"

　　"可终于有个目的地了。"司机嘟囔着，加快了速度，之前他一直在路上以低速在没底气地闲逛着。

　　许诺拉着席贯往急诊室冲，进门对着医生说："他流血了，可是不知道是哪，大夫您快找找！"

　　医生也被许诺带来的气氛搞得紧张兮兮，眼睛和手都在席贯头上、脸上、身上、手上到处检查着，然后说："没有发现伤口！"

　　"那怎么回事啊？怎么回事啊？"

　　"打架了？"医生问。

　　"是啊是啊！"

　　"有人用利器吗？"

　　"没有没有！他后来拿菜刀的时候我们已经跑了。"许诺还以为自己在回答警察，毫无关系的细节也要说到。

"那他肯定没有伤口了。"医生放松地垂下了双手。

"那哪来的血啊？"许诺一副不信任的表情。

"我估计是鼻子，"医生说着又抬起席贯的下巴，翻开他的鼻翼观察，然后又对许诺说，"你看，这有点血痂。"

"哦哦哦，那就好那就好！"许诺也松弛了一直因为紧张端着的肩膀。

"你女朋友真是心疼你啊，看她急的样子，"医生拍了拍席贯的肩膀，席贯没有回答，医生立即又向许诺说，"心疼这小伙子就别让他打架啊！"

"我才不是他女朋友！"许诺说着就跑出了急诊室。

医生笑了，站在门口看着许诺跑出去的小青年也笑了，席贯尴尬在原地，跟医生说："谢谢您了！"然后走到门口，跟小青年一起远远地跟着许诺出了医院。

"我请你们吃饭吧！"小青年在医院的大门口跟许诺和席贯说。

"算了吧！把事情搞成这样，也没帮成你。"席贯说。

"哟，这可不是你的作风。"许诺瞥着他。

"啊呀，你还欠我一顿饭，好像今天我又救了你一次吧。"

"你们是朋友啊？"小青年惊讶着。

"不算朋友。"许诺答。

"我是她的恩人。"席贯同时说。

"……"小青年一时语塞。

"那好吧！那今天我来请客吧。"许诺找了一个适当的机会兑现她曾经对席贯的承诺。

他们找了一家普通的中餐馆，许诺在途中建议小青年把他的母

亲接过来一起吃饭，小青年说母亲早已回到乡下老家，因为被辞退
又没有拿到工钱，没有多余的盘缠能让她继续留在市里。

　　"如果今天大摄像机一起来，可能老板不敢这么猖狂吧，"席贯
说，"为什么是你一个人来啊？"

　　"啊？因为要先了解情况呗。"许诺搪塞。

　　"你唬谁呢？曝光的新闻还能先告诉别人：你准备好啊，我要
曝光你了。"席贯"刺啦"一声撕掉了许诺的谎言。

　　"呃……我们点菜吧！服务员！"许诺扭过头去喊。

　　"别告诉我你是来见义勇为的。"席贯不肯放过她。

　　"什么意思啊？"小青年也茅塞渐开。

　　"是不是你们栏目对这种问题是袖手旁观的？我后来看过几期，
可没见过这种很猛烈的曝光新闻出现过。"席贯对着许诺不肯转过
来的侧脸不停地说。

　　服务员已经拿好记录菜单的小本走过来了，席贯手里捧着打开的
菜单，但是根本没有看菜品。他对着服务员说："等会儿点，还没看好。"

　　"反正以后有什么困难不用给他们打电话，除非是你家下水道
堵了呀，你家暖气管子爆了呀之类的。"许诺垂着眼睛说。她虽然
不想直说栏目的坏话，她也不希望小青年继续对都市之窗这"强大"
的媒体心存希望。

　　"靠！我就知道！你傻吧你！一个姑娘，又不知道老板是什么
人，今天我要晚来一会儿刚才去急诊室的就是你了，估计你连他一
拳都吃不起。"席贯使劲合上了手里的菜单。

　　"得得得！赶紧点菜。"许诺又招手叫来服务员，服务员已经很
有"狼来了"的感觉。

　　"什么意思？意思是记者姐姐你自己来帮我跟老板讨我妈的工

钱吗？"小青年的眼眶有些红润。

"不是没有成功嘛！也没有帮你母亲讨回公道！"

"好啦！事情都这样了，也别放在心上，你就好好读书，你记者姐姐就不枉此行，我也不枉流鼻血了。"席贯缓解了刚刚差点凝聚起来的一种很 CCTV 的气氛。

"诶？你打架还很厉害的！"许诺也抓紧时间转移话题。

"我练过跆拳道，没见我都是上脚嘛！"席贯一脸骄傲地说。

"不错不错，怪不得你上次也敢救我。"

"我也要学跆拳道。"小青年像少先队员在宣誓一样诚恳地说。

"就是！什么媒体什么法律，关键时刻还是武功靠得住。"席贯拍拍自己的大腿。

"我都不想干了。"许诺叹了口气。

"那就辞职！你们这个算什么媒体。你们栏目整个一个自娱自乐自产自销自欺欺人。"也不知道他哪来那么多"自"，就像一个说相声的演员。

"可是家里人都很喜欢我现在这份工作。"许诺很感无奈。

"你喜欢吗？"

"不喜欢。"

"不对，应该问，讨厌吗？"

"讨厌。"

"那还犹豫什么！这样，你辞职我就放弃法律，怎么样？"席贯像在开玩笑。

"舍命陪君子啊？"许诺也借着他的话开起了玩笑。

"你可不是君子。你忘了你是壮汉吗？哈哈哈。"

"姐姐可不是壮汉，姐姐是个好姑娘。"小青年嚼着刚上来的一道凉菜，插了这么一句。

"我是真不想从事法律。"席贯拉下脸，认真地说。

"为什么？"许诺问。

"不喜欢呗！"

"那你干吗选这个专业。"

"没学之前我哪知道它什么样，看电视里庭审什么的，律师多帅呀，就随便报了，结果学了才发现好像并不适合自己，而且是非常不适合。"

"其实我很喜欢语言，所以大学学了英语，其实当初很想去学同声传译，可是有人说会掉头发，以后会秃顶的。"许诺说。

小青年只能忙着吃了，因为根本插不上话。

"那你是喜欢英语多，还是喜欢头发多？"席贯问了一个很奇怪的问题。

"这哪有可比性啊！"

"哦，那你是喜欢有喜欢的事业多，还是喜欢头发多？"

"啊？这个……那还是事业吧。"

"对了，大不了剃秃子呗，哈哈哈。"

"你才剃秃子！"

"既然想，可以试试啊，至少不会遗憾。"说这句话时，席贯认真了许多。

"好，我们喝点酒吧？"许诺不想在这个时候讨论这么严肃的话题，随口附和便提议喝酒。

"又喝？你果然是个酒鬼。"

"什么'又'啊，上次又没喝，我们还是应该庆祝一下顺利逃亡。"

"对了，到底是没拿回大妈的工钱，这可怎么办？"席贯还想着这事。

"我录像了，哈哈哈。"许诺晃晃手里的手机。

"把我也录进去了？"席贯紧张地问。

"你只有后脑勺。我决定把它贴在网上，正规媒体咱们用不上，总可以利用更容易有呼声的网络吧！即便要不回大妈的工资，也让这臭无赖的店铺倒闭无人光顾，让他变成穷光蛋！"

三人在正午太阳很高很远、阳光很垂直的时候喝了几瓶啤酒，不胜酒力的小青年喝得满脸通红，许诺喝得飘飘欲仙，可席贯是真的"舍命陪君子"了，酒精过敏的他有些糊涂，可也趁没醉之前抢先买了单。

席贯在许诺离去之前对着许诺说"我喜欢你"，许诺惊慌地下了出租车，在上楼的时候，这种惊慌又转化成了欣喜。狮子座的女孩就是这样专情而不痴情，只要有合适的机会，随时可以从上一段失败的感情中走出来，况且一向有些虚荣的狮子女，最喜欢被人喜欢了。最关键的是，这个小子还是有些讨人喜欢的。

不知席贯是不是知道自己借着酒劲干了虎事，接下来的一天他没有音讯，许诺屡次想发短信的手最后都僵滞在空中——她怕席贯是因为知道自己说了虎话而不愿意理自己，如果自己贸然"进攻"会让双方十分尴尬，但是她的心中却有着一份期待。

周日晚上，四姨又打来电话，兴奋并自我地说：

"许诺那条新闻上一周要闻啦！别看我外甥女的数量少，但是质量高啊！值得表扬！继续再接再厉啊！"

家里的期望对许诺来说，现在就像一根刺，时而刺痛她的肌肤，时而刺痛她的内心，可家里的期望又无力化作一团火焰，重新在她心里点燃已经吹飞的灰。

第十六章

So what？

周一，许诺还是机械地乘坐那辆环城公交上班，她心不在焉地在早会上听牛丽杰大说特说，她再也不拿笔记本记录她的废话了。早会快结束的时候，牛丽杰突然喊她的名字：

"许诺！找蒋俊然把你们那两条科学种田的新闻传到省台！"

许诺觉得可笑，这就是被你一砍再砍的新闻？又做"一周要闻"又要传到省台。可是到现在它们已经是旧闻了，你放什么马后炮？但是许诺也在心里暗爽，这一仗，她已经赢了——牛丽杰自己扇自己的嘴巴子，扇得比谁都响。

即便赢了牛丽杰，许诺依然心灰意冷，现在支撑她还坐在这个办公室的，只是家里各路亲戚的期望。尽管听了席贯的话很动容的她，对于走还是留的问题依然摇摆不定，她命中月亮星座的天秤座隐形性格又开始作祟。

许诺右边的杨平平跟她打了招呼就去采访了，杨平平一走，梁晓晓便立即暴露在许诺旁边，许诺没有看她，她故意放大音量跟葛歌胡编乱造地说：

"我昨天看到赵誉恒女朋友的照片了。"她希望能帮助余小游脱离苦海，不要莫名地沉迷，以免受伤。当然许诺不能直接去告诉她，许诺是极爱面子的人，她也怕余小游因为心里抵触而乱想其他。

梁晓晓的鼹鼠耳朵果然支了过来。许诺用余光发现了，继续说：

"长得还行，据说是他家里给他介绍的。"

梁晓晓确认了这个话题之后马上伏在余小游耳边说了什么，余小游也立即侧耳倾听。

葛歌听了许诺的话，笑着说："他还有女朋友呢？没看出来啊！"

"现在根本看不出来谁有没有啊，你要不说你有男朋友，我也看不出来。"许诺继续假意跟葛歌聊天。

"那倒是。赵誉恒女朋友跟他般配吗？"葛歌虽然不知道许诺在故意说给余小游和梁晓晓听，可她的这个问题问得太恰当了。

许诺答："啊！还行，家里介绍的，应该还门当户对吧！"

许诺就答这些覆盖面很广的答案，她也怕说多错多，只要达到她的目的——让余小游知晓这个事实即可。可是葛歌立即却提供了另一个惊人的消息：

"对了，我周末上街看到王向阳和他女朋友了。"

许诺一愣，莫非是梁晓晓？

可是梁晓晓的身体也在许诺身后小跳了一下。许诺马上问：

"咱们认识吗？"

"不认识啊！挺高的！长得挺好看。"

"你确定是他女朋友？"这话，许诺是替梁晓晓问的。

"当然啊！我们还说话了呢，他告诉我的啊！"

许诺想说，可是他和梁晓晓……但是梁晓晓就在身后，所以她缄默了。由此，她更加确定王向阳是一个狮子座的败类，更加对他厌憎有加。

这一刻，许诺突然觉得余小游和梁晓晓很可怜，就是专属于女人的一种悲哀——勇敢地用情，等待获得同样的回报，甚至以为已经获得回报，到头来，却是一场骗局。暧昧对于女人，就是一场骗局。有人说得好，真正喜欢你的男人，是不甘心跟你保持暧昧关系的。

敲醒了她们两人，也敲醒了自己。

虽然这样的方式有些残酷，但是它就像一把划到咽喉却及时收回的刀，有惊无险，总比那两个男人对她们暗中投掷暗器，直至送命的好上百倍吧！

清闲的"罪人"许诺，在大部分人都出去忙的时候，用办公室已经工作七年的屏幕直跳的老电脑打开自己的邮箱，一封邮件告诉她，她的报纸稿将被刊用。

她没有掩饰自己的嘴角大幅度上扬，因为今天牛丽杰没在办公室，她不需要掩饰自己。也许别人知道牛丽杰没来的原因，反正许诺不知道也不关心，因为她的心突然乱了起来，她知道这篇文章一旦刊登，那将是她亲自抡圆了手臂扇牛丽杰一个大嘴巴子，她在犹豫，这一嘴巴子扇下去，应该是一个终点一个句号，否则自己该怎么面对呢？她在恍惚中，登上了QQ，不一会儿，"哔哔"声响了，是大学时的班长，许诺过去最喜欢跟他聊天，因为他像一个百科字典。

"好久不见，听说你当记者了，恭喜啊！"

"呵呵，没什么好喜的，围城而已。"

"怎么说？"

"我来之前也跟所有人一样，觉得记者即是无冕之王，很体面风光，来了之后，才能窥到别人不知的阴暗面。"

"人生就是围城，围城外的人永远不知围城里的人真正在面对什么。不只是你，所有人都这样，不只是这份工作，所有的工作都这样。学会适应吧！"

"我很讨厌我的上司。"

"可是他是 MI，你只是 BI，没有办法啊！"

"什么 MIBI？"

"MI 简单地说，就是指导方针、理念，BI 就是执行。上司是提出理念思想的人，而你只能去执行。"

"哦，好，那我问你，如果一个 BI 的思想理念超过 MI 呢？"

"那你就干到头了。"

许诺想，我不知道我是不是干到头了，我只知道我非常不快乐，而且越来越不快乐，现在的一切，并不是我想要的。席贯问我的时候，我毫不迟疑地说，我讨厌现在的这份工作，其实从最开始我就在削足适履吧，从一开始就没有喜欢。人都说，适合自己的，才是最好的。

我只能活一辈子，我才二十三岁，我要从现在就开始不快乐下去，一直到老吗？人的一辈子，到底该追求什么呢？一份稳定的工作和家庭，仅此而已吗？不！我想我至少要快乐，至少要做我真正喜欢的事，我才能快乐，哪怕一辈子都在追求快乐的途中，永远充满希望和憧憬的日子，不是更加让人向往吗？

许诺想起她在大学时学生会的一次演讲中，主持人学姐问她人生的梦想是什么，她答：在一个喜欢的地方，跟喜欢的人在一起，做自己喜欢的事。当时笑呵呵地说，真是一个简单的梦想。

可如今想来，这是多么难的一件事。

启开已经背叛了自己，现在又在一个陌生又奇怪的城市——不仅有可怕的骗术还有"特效迷药"更有拎着菜刀的像臭无赖一样的老板大厨，还有这根本不管人民困苦生存问题的可笑可悲的"民生新闻"。许诺最初的简单的梦想，如今一项都没占。

她觉得，她应该去追寻它们。

这时牛丽杰突然"訇"地推开永远和地面亲密接触的门，余小游也在她几步之后进了办公室。牛丽杰看到许诺坐在电脑前发呆，气哼哼地说："就你自己？"

许诺没动地方，对她笑笑，说："嗯。"

牛丽杰单侧嘴角向上一提，假意笑了笑，脱了大衣坐在凳子上。办公室的座机热线突然响了，许诺坐着不动，牛丽杰瞪了她一眼就按了免提，她的手正在忙乎桌上的文件。

"你好。"是一个粗壮男声。

"你好！"牛丽杰声音蛮横，一点不像是对人民和蔼可亲，为人民办事的形象。

"是都市之窗吗？"男人的声音还算友善。

"是的，有什么事吗？"牛丽杰对开着免提的电话大喊。

"操你妈！"男人猛地提高音量大骂了一句，而且她居然没有立即挂断电话。

"你谁啊？你神经病吧？"牛丽杰没文化地又把"精神病"错说成了"神经病"。

"你们都市之窗的全都去死吧！"男人又补了一句才挂了电话，扬声器里传来"嘟嘟嘟"令人烦躁的声音。

牛丽杰气急败坏地关了免提，她开始大声嘟囔：

"这怎么回事？这人怎么回事？真是有病！病得不轻！太不要脸了！太猖狂了！还敢打到电视台来骂人！"

她接下去不知道说什么了，看着许诺对着电脑也似乎并没有在写稿，她想如果刚才这个电话是许诺接的，自己就不用受这个气了，她内心中转而将怒火迁移到许诺身上了。

"你占着电脑也不写稿你干啥呢你？"

"我写什么稿？"许诺说。

"是啊！你都好几天没采访了！上次让你去采脏水那个你让余小游去的吧？你以为我不知道？"

"嗯，是的。"

"你不采访不写稿你天天在这儿干啥？"

"那我辞职好了。"许诺对她的厌恶已经到达一个巅峰，正是这种厌恶之情趋使她心中的天秤完全倾斜。

"你说啥？"牛丽杰吃惊不已。

"我说我辞职，"许诺站起来走到她的面前，又说，"现在，我正式向您请辞。"

牛丽杰抬眼望着她，似乎被许诺突然的这一步棋惊得说不出话，然而她突然意识到，这头饿极了的猛兽其实并没有被关在笼子里，她对付许诺的伎俩只有两种可能：要么逼她服服帖帖；要么逼她逃跑。她的所作所为只给许诺留了这两项选择。想到此，她的惊讶转化成了一种平静，相比较而言，驯服需要她下很多功夫，她还是更希望她走人。

其实狮子座的许诺更像一只逃跑的猫。猫是少数人类难以驯服的动物之一，它们很难像狗一样为了一口食物对人类唯命是从、马首是瞻，即便有时它们走进主人的怀里，也一定因为这是自愿的，它可以在主人的怀里撒娇慵懒，可以对主人温顺服从，可一旦它感到危险或者不舒服，就会立马翻脸，转而起身逃跑，搞不好逃跑之前还会伸出爪子狠挠两下，甭管在此之前它有多么乖巧可人。猫的这种逃跑特性丝毫不带有颓败的意味，而是一种极为自我与自由的象征。

虽然猫科动物的狮子老虎动辄出现在马戏团里被驯兽师的鞭子指挥得团团转，可它们龇牙咧嘴又无奈的表情却从未改变过。许诺这个狮子座的大猫具有浓厚的猫性，她根本不怕牛丽杰的辫子，也不稀罕她给的这口饭，她就是一只毅然逃跑的大猫。

"为啥？"牛丽杰假模假式例行公事地问了一句。

"家里给我有其他安排了，呵呵，多谢这么久以来您对我照顾！希望您保重！"已经到了这种时刻，许诺还是愿意说些客气话。

"那好吧！我也不强留你！这是你自己做的选择！"牛丽杰迫不及待地说出了这句话，因为她这句话一出口，她就可以松口气了。

许诺看着她舒坦的样子，心想，真是遂了你的心愿，许诺我权当做次好人，做个好事，让你这个母夜叉变态狂妒贤嫉能的老娘们儿高兴一回。

她对牛丽杰笑笑："呵呵，谢谢您。"

许诺走回自己的位置，穿上大衣，余小游孤零零地坐在那儿，她已经观察这个局势观察了半天，她睁着她圆圆的眼睛哀伤地说：

"亲爱的，你要走了？为什么？"

许诺看出她的哀伤是认真的。人不就是这样？在身边的时候觉得碍眼，等真的离开了，才能想起对方的好。

"嗯，呵呵，你要好好照顾自己啊！"许诺客气地跟她说。

"那我们还会见面么？"余小游问，有些可怜巴巴。

"不知道，我不知道我以后会去哪儿，但是我的愿望是和喜欢的人在喜欢的地方做我自己喜欢的事！"许诺坚定地说出了自己的愿望，或者说梦想。

"真好！可她们都不知道你要走？"

"嗯，有空咱们几个一起吃饭吧！"

"没问题，我张罗张罗，这两天就给你打电话，嗯……叫赵誉恒么？"

"不用叫他，但别忘了叫上蒋俊然。对了，拜托你件事，到时候提醒牛丽杰看 1 月 16 号的省报。"

许诺穿上大衣，面带微笑，潇洒地走出了办公室。尽管牛丽杰自己扇了自己的嘴巴子，许诺也决不让她以为自己是因为觉得输了才选择离开。许诺要让牛丽杰知道，是姐姐我不屑再与你周旋、与你擂台了。

许诺的笑眼到了室外就被雪地上反射的强光刺得眯成一条缝，微笑也被刺骨的风僵住了，她一步一步离电视台的大楼越来越远，而离那个在家里正为自己准备菜肴的老妈越来越近——她会不会很失望？会不会觉得我很不省事？

可已经无法回头。她也不想回头。

许诺扭开防盗门的时候，老妈果然在厨房择菜。听到门口有动静，便探头一看，手还在忙碌着。她看到许诺，纳闷地问：

"今天怎么回来这么早？"

许诺脱了鞋，脱了大衣，心中忐忑不安，她表情严肃，踌躇了半天还是打算直入主题，她坐在餐桌，直视老妈的脸说：

"我辞职了。"

老妈择菜的手停了，脸上的表情是惊讶，再仔细地分辨，也丝毫没有怒气或者不满，她问："刚才吗？"

"是的。"

"为什么呀？"老妈将菜放进了盆子，走过来坐在许诺面前，认真地问。

"就是不想在这个电视台继续工作了。"

"你是不是又一时冲动啊？"老妈很了解许诺易激愤的性格。

"算是吧。"许诺想起刚才与牛丽杰对话时内心翻涌的怒气。

"后悔吗？"

"我怕你生气。"尽管老妈没有怒气，许诺还是有些胆怯。

"关键是你，会后悔吗？"老妈又问。

"不会。虽说刚才提出辞职的时候有些激动，可也是因为内心积压了太多太久。"

"我不生气，这是你的人生。"

"可我又成无业游民了。"

"当初你考上记者，我们都很高兴，我也亲眼见到了你的努力，可如果你觉得不开心或者很痛苦，作为你的老妈，又于心何忍让你必须戴着这个枷锁呢？"

"妈……"许诺的眼眶润了。

"工作嘛，不就是为了吃口饭，要是这个工作让你难受得饭都吃不下去了，还要它干什么？人生在世，总不能只为了糊口而生存，你还年轻，可以去追求你想要的人生。"

"我还不大清楚我想要什么。"

"那就去追寻啊，在摒弃很多你不想要的之后，你自然就知道你到底想要什么了。总之，人的一生并不很长，我记得电影《当幸福来敲门》里有一句话——如果你有一个梦想，那么就去捍卫它。

你有吗？"

"有，虽然它还不具体，可是我知道它的方向在哪。"

"那就向它进发吧！"

老妈的理解就像一个弹簧床，把许诺的任性牢牢接住，没有让她因为自我的行为付出惨重代价，可老妈也用自己的方式给许诺揩出了一条路，虽是未知的，却是充满憧憬的。

四姨因为许诺贸然辞职黑了脸，估计需要几年时间来融化她的失望和气愤。她手中打得正响的如意算盘珠瞬间碎滚了一地，听说她还在给许诺寻摸男朋友，想让许诺跟自己一样嫁到 T 市来。

大姨大姨夫三姨三姨夫表姐表姐夫表哥表嫂异口同声地说：

"你怎么能辞职呢！现在工作多不好找啊！你怎么能这样鲁莽！那么多研究生都找不到理想的工作，你可倒好，说辞就给辞了！"

他们又打算摆出十八铜人阵，把许诺架起来，许诺这个时候则会坐在沙发上，歪着头，说那句她一直很喜欢的电影台词：

"So what？"

他们问："啥意思？"

许诺哈哈大笑，说："那又怎么样？"

他们只能无奈地回答："还能怎么样？有你老妈的支持，我们没法怎么样啊！"

许诺终于找到理由给席贯发了一条短信，她说，我辞职了。虽然这四个字在手机屏幕上不能彰显任何情绪，但许诺发出去的时候，却非常慷慨激昂。

没想到席贯立即将电话打了过来，就好像他一直在等许诺的这个短信，许诺的这个短信就像是他们之间的验证码，要通过了才能顺利登录。

席贯说："勇气可嘉勇气可嘉！母狮子果然有魄力！"

"那你是要舍命陪？"许诺想起了他当时似是玩笑的话。

"当然！但是我怎么也得混到毕业证啊！明年七月将是我跟法律说拜拜的时候。"席贯也非常大义凛然。

"我要复习考同传。"许诺做了一个宣誓。

"在哪复习呢？"席贯关切地问。

"还不知道。"

"就留在这儿吧，我估计你房租都交了。"席贯大胆地做出了邀请。

"哈哈哈，你怎么知道？"

"我猜的，正好你练口语我还可以帮帮你。"

"意思你英语很好？"

"还将就啦。为了庆祝你顺利辞职，我们再去 knock over a drink？"

"Good idea。"

老妈终于给许诺做了一锅皮蛋瘦肉粥，粥的香味弥漫在整个屋子。许诺缠在老妈身边，说：

"真的不生气？"

"干吗生气？你还年轻得很，干吗不做各种尝试呢？虽然是有点任性了，不过你不是也很开心吗？"

"是呀是呀，早知道当初还不如不来呢！"

"那肯定不一样，如果你当初放弃了，也许会一直遗憾。可是今天辞职了，就好像你尝了一口你从没吃过的食物，不喜欢就吐掉好了，总要去找到自己爱吃的东西做自己喜欢的事吧！"

"嘻嘻嘻，老妈真好。"

"皮蛋瘦肉粥爱吃吗？"

"爱吃爱吃！"

许诺盛了两碗跟老妈在餐桌上对面坐，她边吃边想，原来我真的不是一枚皮蛋，我也不想成为皮蛋，我也不是瘦肉大米姜片水或者盐，更不是蒋俊然一样的咸菜。

我想我是一颗莲子，我应该去找属于我的一锅八宝粥。

2012 年 10 月 27 日　初稿

2012 年 12 月 31 日二稿　于北京西城

图书在版编目（CIP）数据

大猫就是这样逃跑的/晶达著. －北京：作家出版社，
2013.11

（星座角都市言情系列）

ISBN 978－7－5063－7034－9

Ⅰ.①大… Ⅱ.①晶… Ⅲ.①长篇小说－中国－当代
Ⅳ.①I247.5

中国版本图书馆 CIP 数据核字（2013）第 190330 号

大猫就是这样逃跑的

策　　划：张　陵

主　　编：白　烨

作　　者：晶　达

责任编辑：李亚梓

装帧设计：薛　怡

出版发行：作家出版社

社　　址：北京农展馆南里 10 号　　邮编：100125

电话传真：86－10－65930756（出版发行部）

　　　　　86－10－65004079（总编室）

　　　　　86－10－65015116（邮购部）

E－mail：zuojia@zuojia.net.cn

http://www.haozuojia.com（作家在线）

印　　刷：三河市紫恒印装有限公司

成品尺寸：133×210

字　　数：177 千

印　　张：7.75

版　　次：2013 年 11 月第 1 版

印　　次：2013 年 11 月第 1 次印刷

ISBN 978－7－5063－7034－9

定　　价：23.00 元